本册主编 陶明玉

小磨诗坊

丛书主编 王兆鹏

田园

長江出版傳媒 | 崇文書局

人间何处觅田园

序

王兆鹏

《小磨诗坊》特点在“小”。

小主题。常见诗歌分类选本，多以大主题分，如山水诗选、咏物诗选之类。本丛书是按小主题来梳理切分，一种景物分作一题，一种情感归为一类，聚集呈现。一册在手，可以窥知不同时代、不同作者、不同诗体对同一主题的表现。欣赏者可藉此比较领悟同一主题的不同风格韵致，创作者可揣摩学习同一景物情感的不同表现方式与写作路径。

小规模。每本 10 万字。可以燃香烹茶，正襟危坐地细细品读，也可以在茶余饭后的碎片化时间里快速浏览。一种主题的流衍变化和 N 种风情，很快就能了然于心。

小作者。丛书的作者基本都是刚入行的名校硕士、博士，属“才露尖尖角”的“小荷”。虽然算不上名家高手，却充溢着青春才子才女们的朝气、才气、灵气，文笔灵动，话语鲜活，有学理性而无学究气。

《小磨诗坊》特色是“精”。

选目精粹。每书所选诗篇词什，都是在广搜博览的基础上几经汰选而成。切合主题的名篇佳作方能入选。故所选作品，多为百里挑一的精品。

赏析精到。作品鉴赏，既不同于传统的一板正经，如教科书般条分缕析，学术性强而可读性弱；也区别于新潮的天马行空，文笔虽妙，却不着边际，有可读性而无学术性。本丛书坚守学术本位，充分发挥每位作者的灵心慧性，将个体的生活经验、艺术感悟与迁想妙得有机融合，入乎其内又出乎其外，诗心诗境诗法诗艺，拿捏得精准到位。

制作精良。作者团队精心结撰，编辑团队也是细心打磨。如同小作坊制作工艺品，字斟句酌，刮垢磨光，力图打造一部部精品。然能否成为精品，有待高明读者的评鉴印可。

前言

陶明玉

每当我们在都市的高楼大厦间行走，在熙熙攘攘的人群中流浪，在污浊的空气中呼吸，像机器一样重复着每天的琐碎直到衰老不能动弹时，是否突然会有那么一刻，想要寻找一处田园，来安顿我们疲惫的身心？

这片田园，应该是什么样子的呢？

寻找一片田园，它应如陶渊明的东篱那样悠然，如王维的别业那样高远，如孟浩然的南园那样静谧，如杜甫的草堂那样清幽。

寻找一片田园，临着清澈的小溪盖两三间茅屋，在东皋开垦十亩五亩良田，傍着庭院种一块小小的菜园。

寻找一片田园，绿树环绕着村庄，青山遥遥可以望见。红尘飘不到这里，车马更不会来。只有春天的燕子年年会来，只有江边的沙鸥天天会来。

寻找一片田园，与野老樵夫为邻，与渔翁隐士为邻，与江边的鸥鹭、山间的明月清风为邻。

寻找一片田园，携童子四五人去江边游泳，或者同邻家女伴在浦中泛舟采莲，或者倚靠在窗前读一卷古人书，或者坐在松间月下独自弹琴。或者干脆什么也不做，天天与田舍老翁喝得烂醉如泥。

寻找一片田园，清晨看鸟雀离巢，午后看白云出岫，黄昏看牛羊归栏。

寻找一片田园，可以采薇西山上，可以采蕨南山前，亦可以采菊东篱下。

寻找一片田园，不是为了隐居遁世，也不是为了耕读传家，只为在尘世中寻找一片净土，来安顿自己疲惫的心灵。

可是，这样的田园去哪里寻找呢?

今天当我们谈起“田园”的时候，它代表的是一种美好的遥远的记忆，甚至是一种不切实际的想象。但是对古人来说，它却是一种能够触摸到的事实，甚至是一种安身立命的所在。近百年来，工业文明几乎已经完全取代了农业文明，这并不仅仅是一种生产方式取代另一种生产方式那么简单。人类社会实际上正经历着一场非常深刻的变化，传统的知识与信仰世界逐渐瓦解，时间与空间也加快了碎片化的进程。曾经被我们称之为家园的东西被弃置在废墟之中，离我们越来越远。“田园”这个词语就丢失了它的本义，变成了一种隐喻，成为人们脑海中偶尔闪过的微不足道的名词。于是它变得飘忽不定，变得无处寻觅。

我们只有在古人的诗句中才能寻找到它。历史从来都没有离我们太遥远，现实也并不一定同我们亲近。对于心灵来说，时间与空间或许并不比诗意更永恒。那些古人用生命写下的诗句，直到今天仍然能够穿越历史的尘埃，像雨露一样洗涤我们的心灵。

展示在读者面前的这本小书，搜集了历代关于田园的诗词佳作百余首，每一首都配有细致的解读和品评，比较适合对古典诗歌有一定兴趣的人士阅读。诗歌能带给我们的或许只是想象中的美好。而真正诗意的生活，还要靠我们的心灵去感受，靠我们的双手去创造。希望这本小书，能够给读者打开一个心灵的世界，帮助我们重新找回生活的灵感。

目录

诗

诗

小磨诗坊·田园

诗经·豳风·七月

先秦·佚名

七月流火，九月授衣。
一之日觱发，二之日栗烈。
无衣无褐，何以卒岁？
三之日于耜，四之日举趾。
同我妇子，馌彼南亩，田畯至喜。

七月流火，九月授衣。
春日载阳，有鸣仓庚。
女执懿筐，遵彼微行，爰求柔桑。
春日迟迟，采蘩祁祁。
女心伤悲，殆及公子同归。

七月流火，八月萑苇。
蚕月条桑，取彼斧斨，
以伐远扬，猗彼女桑。
七月鸣鵙，八月载绩。
载玄载黄，我朱孔阳，为公子裳。

四月秀葽，五月鸣蜩。
八月其获，十月陨萚。
一之日于貉，取彼狐狸，为公子裘。
二之日其同，载缵武功。
言私其豵，献豜于公。
五月斯螽动股，六月莎鸡振羽。
七月在野，八月在宇。
九月在户，十月蟋蟀入我床下。
穹窒熏鼠，塞向墐户。
嗟我妇子，曰为改岁，入此室处。

六月食郁及薁，七月亨葵及菽。
八月剥枣，十月获稻。
为此春酒，以介眉寿。
七月食瓜，八月断壶，九月叔苴。
采荼薪樗，食我农夫。

九月筑场圃，十月纳禾稼。
黍稷重穋，禾麻菽麦。
嗟我农夫，我稼既同，上入执宫功。
昼尔于茅，宵尔索绹。
亟其乘屋，其始播百谷。

二之日凿冰冲冲，三之日纳于凌阴。
四之日其蚤，献羔祭韭。
九月肃霜，十月涤场。
朋酒斯飨，曰杀羔羊。
跻彼公堂，称彼兕觥，万寿无疆！

| 辑 评 |

[清] 方玉润《诗经原始》:"《豳》仅《七月》一篇，所言皆农桑稼穑之事，非躬亲陇亩，久于其道者，不能言之亲切有味也如是。"

[清] 崔述《丰镐考信录》:"读《七月》，如入桃源之中，衣冠朴古，天真烂漫，熙熙乎太古也。然则诗当为太往以前豳之旧诗，盖周公述之以戒成王，而后世因误为周公所作耳。"

| 赏 读 |

本篇出自《诗经·豳风》。《豳风》是陕西彬县、旬邑一带的民歌，彬县、旬邑是西周故地，而《豳风》的流传可能更早，约在三千多年以前。《豳风·七月》则是我国现存最古老、最杰出的农事诗。

这首诗记录了豳地农民一年中的生产和生活。七月心宿向西流下去，天气要转凉了，九月官家开始发放御寒的冬衣。一之日，指夏历十一月。十一、二月

天寒地冻，没有长袍短袄，怎么度过年底？三之日就是正月了，春天来了，就要开始修理农具，耕地翻土了。妇人和孩子们带着饭菜，给田间劳作的农夫送去。田官看见农夫们为天子劳作的情形，心中欣喜异常。耕地播种、采桑养蚕、缫丝织布、割草打绳、涂窗修屋、剥枣获稻、宰牲献祭……这些生产生活的情景与四时月历紧密结合在一起，用重章叠句的手法将这些事项杂然相陈，于是一幅幅上古农事图生动地展现在我们的眼前。我们从中可以窥见，先民的田园生活是那样古朴自然，又透露着许多艰辛。诗中记载的一些传统风俗，至今还保存于部分农村地区，成为我们与古人遥相呼应的文化记忆。

然而底层农民与统治者的矛盾到底还是存在的，采桑的女子害怕在路上被公子劫走；妇人纺织印染，要为公子做鲜艳的衣裳；男人们猎到狐狸，就做成狐裘献给公子；捕猎到的肥猪要献给王公……不管怎样，淳朴的农民仍然在收获的季节准备酒食，宰杀羔羊，进献给王公，祈祷他万寿无疆！如果我们想象着回到三千年前，试着去感受先民的心情，理解先民的想法，或许就能明白这样一种与土地相亲，渴望君王贤德爱民的生命寄托是多么难能可贵！

诗经·小雅·大田

先秦·佚名

大田多稼，既种既戒，既备乃事。
以我覃耜，俶载南亩，播厥百穀。
既庭且硕，曾孙是若。
既方既皁，既坚既好，不稂不莠。
去其螟螣，及其蟊贼，无害我田稚。
田祖有神，秉畀炎火。
有渰萋萋，兴雨祁祁。
雨我公田，遂及我私。
彼有不获穉，此有不敛穧，
彼有遗秉，此有滞穗，伊寡妇之利。
曾孙来止，以其妇子，
馌彼南亩，田畯至喜。
来方禋祀，以其骍黑，与其黍稷。
以享以祀，以介景福。

| 辑 评 |

[清] 方玉润《诗经原始》："事极琐碎，情极闲淡，诗偏尽情曲绘，刻摹无遗，娓娓不倦。"

赏读

《大田》是一首祭祀田祖的乐歌，出自《诗经·小雅》。这首诗主要描述了一年中种植庄稼的农事活动。农人要在大田里多种庄稼，于是播种前早早就开始选种，修理农具，然后耕田翻土，再把种子播下去。没过多久，苗长出来了，既挺直又肥大。曾孙，指主祭祀的人。主祭者看见庄稼根壮叶肥也很满意。稻开始抽穗了，谷壳结实坚硬，没有空壳也不生杂草。最可恶的就是那些害虫，希望田祖显灵，将它们赶进大火中烧死。需要雨水的时候，雨水就下来了，公田、私田都得到灌溉。庄稼成熟，农人们开始忙着收割了。这里有掉下的谷子，那里有落下的稻穗，只好让寡妇捡去。处处流露着丰收的繁忙与喜悦。粮食大丰收，自然少不了祭告祖先。农夫们见主祭者来，连忙通告，带着妻儿送饭菜到田间。田官见此情景，非常高兴。准备好了牛、猪和收获的粮食，来祭祀神明，希望神明能够赐福保佑！

祭祀是上古社会普遍而重要的活动，社指谷神，稷指农神，社稷代表了农业，是古代社会的根本。虽然现代农业已经发生了质的飞跃，农民的生活也有了翻天覆地的改变，但是无论社会制度和科学技术怎样发展进步，“民以食为天，国以民为本”这一点是永远不会改变的。

击壤歌

未知·佚名

日出而作，日落而息。
凿井而饮，耕田而食。
帝力于我何有哉？

| 辑 评 |

[明] 冯惟讷《古诗纪》：“《博艺经》云：（壤）长尺四，阔三寸，将戏，先侧一壤于地，遥于三四十步以手中壤击之，中者为上。古野老戏也。”

[清] 陈祚明《采菽堂古诗选》：“至化忘之，民情可想见。”

赏读

关于《击壤歌》，我们已经无从知道它的作者和具体年代了。《礼记·经解》正义："《尚书传》曰：'民击壤而歌：凿井而饮，耕田而食，帝何有？'"皇甫谧《帝王世纪》："帝尧之世，天下大和，百姓无事，有五十老人击壤于道。观者叹曰：'大哉！帝之德也。'"五十老人击壤而歌的即是这首诗。如果这条材料的记载可靠的话，那么《击壤歌》很可能是中国文学史上最早的一首反映农耕生产的诗歌。当然，这种可能性似乎并不大。虽然我们已经难以详考具体的文化语境，但是从这些简短的句子中，我们大致可以想象出远古农民生活的情形。

击壤是一种非常古老的游戏，大概是用一物投中一物为胜，《击壤歌》就是在玩这种游戏时唱的歌。歌词的大意为：太阳出来我就下地劳作，太阳落山我就回家休息，我挖井汲水而饮，耕田种植而食。帝王对我有什么影响呢？

这首诗不仅语词古朴简洁，其表现的内容也非常和谐自然，展示了上古先民的生活风貌。大约到商周以后，封建生产制度建立起来，"帝力于我何有哉"的时代便一去不复返，《击壤歌》所代表的尧舜治世，变成了周秦诸子和后世文人频频追颂的远古想象。

拊缶歌

汉·杨恽（？—前54）

田彼南山，芜秽不治。
种一顷豆，落而为萁。
人生行乐耳，须富贵何时！

|辑 评|

［宋］王钦若《册府元龟》："山高而在阳，人君之象也。芜秽不治，言朝廷之荒乱也。一顷百亩，以喻百官也。言豆者，真实之物当在囷仓，零落在野，喻已见放弃也。萁，豆茎也，曲而不直，言朝臣皆谄谀也，须待也。"

［明］钟惺、谭元春《古诗归》："亦似不甚怨，何以速祸？"

赏读

杨恽，西汉华阴（今属陕西）人，司马迁的外孙。汉宣帝时，杨恽在朝为官，廉洁无私，因为揭发他人徇私而遭人怨恨，于是弃官返乡。这首诗出自他给友人写的一封书信，信中记载他在酒席上畅饮之乐，奴婢数人在旁歌舞，当他酒酣耳热之际，忽然仰天拊缶而歌，所歌即为此诗。

严格来说，这并不是一首田园诗，虽然诗中写到种豆南山，但是仅仅只是一种比喻。然而，后来的陶渊明却明显地受到了这首诗的影响，在陶诗中，“种豆南山”的隐喻变成了一种事实，并且被注入了新的精神内涵和人生态度。

这首《拊缶歌》仅二十六字，以四言为主体，杂有五言，语言非常古朴。在南山耕种，田园荒芜失于治理。种下上百亩的豆子，结果只剩豆茎。萁，豆茎，落而为萁，言豆未长成，比喻事与愿违。

诗旨在“人生行乐耳，须富贵何时”两句，表达了人生苦短、及时行乐的生命态度。然而全诗的况味似乎不尽于此，它涉及诗人具体的人生境遇，并且似乎还有某种政治隐喻。然而我们可以确定的是，人生不如意事常八九，郁郁不得志是文人的常态，更有危及性命、连累妻子者，不可胜数。由种豆南山到人生行乐的感叹，寄意若相关若不相关，妙正在此处。

江南

汉·佚名

江南可采莲，莲叶何田田。
鱼戏莲叶间。
鱼戏莲叶东，鱼戏莲叶西，
鱼戏莲叶南，鱼戏莲叶北。

|辑 评|

［宋］郭茂倩《乐府诗集》:“《乐府解题》曰：江南古辞，盖美芳晨丽景，嬉游得时。”

［清］张玉谷《古诗赏析》:“此采莲曲也。前三叙事，不说花偏说叶，叶尚可爱，花不待言矣，更有以鱼比己意，诗旨已尽。后四，忽接上‘间’字，平排衍出东西南北四句，转见古趣。”

［清］陈祚明《采菽堂古诗选》:“起三句，已足排；演四句，文情恣肆。”

赏读

《江南》是一首乐府古辞，是流行于江南地区的民歌。在古诗中，采莲或采桑往往不仅是一种劳动，同时也经常和青年男女的爱情联系在一起，这首诗就表现了青年男女在采莲时的嬉戏场景。

开篇“江南可采莲”两句便将全诗的意境点染而出，江南水乡多生莲，六月可采摘莲蓬。田田，叶在水面之貌，美好的水乡之景如在眼前。诗中虽然没有提到人，然而却能够感觉到人的存在。第三句却不写人而写鱼，然而“鱼戏莲叶间”的“戏”字又在提示我们，写鱼的游动实际上还是在比喻男女的游戏，而后四句每句只是变动了一个方位词，鱼戏莲叶东、西、南、北，看似简单地重复，实际上却在渲染一种欢快的氛围，显得活泼而有意趣，这种表现手法在古诗中别具一格。我们甚至可以想象，青年男女撑着小船，在荷叶高举的水中来回穿梭嬉戏，其乐融融。

《江南》是后代《江南曲》《采莲曲》《采菱曲》等乐府诗的滥觞，“江南”本来就是一个深具诗意的名词，后世的诗作也在不停地丰富它的诗性内涵，以至于今天我们一提到江南，脑中浮现的不是一个地理位置，而是一个充满诗意的文化场景。

归园田居五首 其一

东晋·陶渊明（365—427）

少无适俗韵，性本爱丘山。
误入尘网中，一去三十年。
羁鸟恋旧林，池鱼思故渊。
开荒南野际，守拙归园田。
方宅十余亩，草屋八九间。
榆柳荫后檐，桃李罗堂前。
暧暧远人村，依依墟里烟。
狗吠深巷中，鸡鸣桑树颠。
户庭无尘杂，虚室有余闲。
久在樊笼里，复得返自然。

| 辑 评 |

［南北朝］钟嵘《诗品》：“古今隐逸诗人之宗也。”

［宋］惠洪《冷斋诗话》：“东坡尝云：渊明诗初见视若散缓，熟视有奇趣。如曰：‘暧暧远人村，依依墟里烟’，‘狗吠深巷中，鸡鸣桑树颠’。大率才高意远，则所寓得其妙，如大匠运斤，无斧凿痕。”

赏读

晋安帝义熙元年（405）十一月，不肯为五斗米折腰的陶渊明，终于告别官场，归田隐居。这首诗即作于他归田后的第二年。

开篇“少无适俗韵”四句直抒胸臆，表达了他对世俗的厌倦和对自然的向往。“羁鸟恋旧林”四句，诗人用拟物的手法将人比作山林中的鸟，水潭里的鱼。久在尘网之中，一旦得到解脱，便觉身心自在。远离了官场的倾轧与争斗，在南边的荒野开垦出一块属于自己的田地，默默耕耘，安然度过余生。世人皆巧用心机，我独守拙无争。“方宅十余亩”八句，写田园的景象。在诗人的笔下，乡村的物象依次展开，茅屋草庐、鸡鸣狗吠、榆柳桃李、树荫炊烟，动景与静景，远景与近景，颜色与声音，人与田园交融在一起，这些田园意象构成了一幅幅恬淡朴素、和谐美好的乡村画面。“户庭无尘杂，虚室有余闲”两句，表现了隐居生活的怡然自得。末句“久在樊笼里，复得返自然”，与首句遥相呼应，再次强调了诗人的感情。

自陶渊明以后，经过中国文人千余年反复的歌咏与体认，田园逐渐升华为精神的家园。在现代社会，纯然的田园生活已经成为一种美好的幻想，而精神的返乡在物欲横流的今天更显得积重难返。只有在读起这些诗句的时候，心中才恍惚唤起某些遥远的记忆。

归园田居五首 其二

东晋 · 陶渊明（365—427）

野外罕人事，穷巷寡轮鞅。
白日掩荆扉，虚室绝尘想。
时复墟曲中，披草共来往。
相见无杂言，但道桑麻长。
桑麻日已长，我土日已广。
长恐霜霰至，零落同草莽。

| 辑 评 |

［清］王夫之《古诗评选》：“平淡之于诗自为一体。平者，取势不杂，淡者，遣意不烦之谓也。陶诗于此固多得之。”

［清］陈祚明《采菽堂古诗选》：“淡永，有十九首风度。”

赏读

这首诗是《归园田居》的第二首，亦作于陶渊明辞官归隐之后。

“野外罕人事，穷巷寡轮鞅。白日掩荆扉，虚室绝尘想。”轮鞅指车马。隐居田园，没有人事的交往纷争，身居穷巷，自然也不会有权贵的车马来访，无人造访，因此柴门常常关闭，独居虚室中，断绝了尘俗的劳想。“虚室”在陶诗中反复出现，“虚”不是指“空虚”与“虚无”，而是一种无为虚静的状态。前四句直言隐居生活的自得。

“时复墟曲中，披草共来往。相见无杂言，但道桑麻长。”墟曲，同“墟里”，指乡村。“披草”，指拨开草丛。村里的小路上长满了野草，村民们要拨开野草来往走动。碰面了也不会有什么杂事俗事相扰，不过是谈一谈庄稼的长势而已。这四句表现了田园农事和人情的淳朴。

“桑麻日已长，我土日已广”两句说他种下的桑麻等农作物慢慢长大，开垦的田地也越来越广阔，在平淡的话语中流露出一种平静自得的喜悦。末两句“长恐霜霰至，零落同草莽”突然一转，害怕天时变革，严霜冰雹突降而凋伤庄稼，像荒草一样零落。

“人生一世，草木一秋”，而风雨时至，能不令人心惊？诗人把生命之思融入庄稼和土地之中，由草木之悲而升华到人生之悲，读来哀情无限。

归园田居五首 其三

东晋 · 陶渊明（365—427）

种豆南山下，草盛豆苗稀。
晨兴理荒秽，带月荷锄归。
道狭草木长，夕露沾我衣。
衣沾不足惜，但使愿无违。

| 辑 评 |

[宋] 苏轼《东坡题跋》：“览渊明此诗，相与太息。噫嘻！以夕露沾衣之故而犯所愧者多矣！”

[明] 钟惺、谭元春《古诗归》：“高堂深居人动欲拟陶，陶此境此语，非老于田亩不知。”

[清] 王夫之《古诗评选》：“此作之佳，非以其和丽可喜也。能不为可喜之容，即颉颃《十九首》矣。”

赏读

本篇是《归园田居》第三首，主要写诗人忙于农事的情形。全诗仅有八句。

开篇即说他种植于南山下的豆子，因失于治理，已被荒草埋没。这一天清晨，诗人早早地起来，带着农具前往地里锄草，忙活了一天才收拾回家，这时月亮已经爬上天空。虽然劳作了整整一天，却无一字言农事之辛苦。何故？大抵诗人内心自有一片安然、充实的精神世界，不为农作之辛苦所动，反而是农作愈益增加这份安然自得。“带月荷锄归”一句最有诗意，在完成了一天的劳作后，扛着锄头悠然回家，月亮一路跟着诗人，似乎与人相亲。读到此处，便觉平静中蕴含着淡然的欣喜，这种心情大概非身临其境不会有吧？狭窄的田间小路旁长满了草木，天色已晚，道路两旁草丛上的露珠儿，打湿了诗人的衣裳。衣裳被露水打湿并不足惜，只要心中的志愿没有违背就行了，诗人一直在坚守着自己的内心。

全诗至此结束，然而读者忍不住发问，“但使愿无违”的“愿”是什么“愿”呢？我想，大概是诗人不与世俗同流合污的隐居之愿吧！全诗自然清新，朴厚蕴藉，兴寄深远。

归园田居五首 其四

东晋·陶渊明（365—427）

久去山泽游，浪莽林野娱。
试携子侄辈，披榛步荒墟。
徘徊丘垄间，依依昔人居。
井灶有遗处，桑竹残朽株。
借问采薪者，此人皆焉如？
薪者向我言，死没无复余。
一世异朝市，此语真不虚。
人生似幻化，终当归空无。

|辑 评|

[清] 陈祚明《采菽堂古诗选》：“‘人生’句，率达者之言。终不以语率为累。”

[清] 邱嘉穗《东山草堂陶诗笺》：“前言桑麻与豆，此则耕种之余暇，凭吊故墟，而叹其终归于尽。‘人生似幻化’二句真可谓知天地之化育者，与远公白莲社人见识相去何啻霄壤！”

赏读

这是《归园田居》的第四首，记录了诗人在野外的一次游历。

在这首诗中，诗人念起自己很久没有到山泽林野间游览了。浪莽，即放荡、放旷之意。于是携带着子侄后辈，拨开杂乱的草丛去野外散步，走到了一座荒废的墟落间。他们在一片坟墓间徘徊良久，依稀可以发现这里原来有人家居住过，几株残存的桑树和竹子还立在旁边，枯井、灶台的遗迹也都还保存着。眼见此景，诗人心中已有悲情浮起，于是向附近的砍柴人打听："这户人家去了哪里？"砍柴人回答说："都已经死了。"陶潜听见此语，心中感慨万千。昔人之居处已成今日之墓地，人世之变迁，人生之无常，谁能得免？

古人常说"一世异朝市"，三十年为一世，一世之间，朝市便能改迁，何况是普通老百姓呢？人生如同一场幻化，最终都会回到空无。

末句饱含着诗人对生命无常的感叹，读来令人生悲，然而又隐含着一种人生的解脱。

陶诗中处处闪现着生命的哲思，或隐或显，当有悲欢无尽之感。

归园田居五首 其五

东晋·陶渊明（365—427）

怅恨独策还，崎岖历榛曲。
山涧清且浅，可以濯吾足。
漉我新熟酒，只鸡招近局。
日入室中暗，荆薪代明烛。
欢来苦夕短，已复至天旭。

|辑 评|

[清] 邱嘉穗《东山草堂陶诗笺》："前者悲生死，此首念生者，以死者不复还，而生者可共乐也。故耕种而还，濯足才罢，即以斗酒只鸡，招客为长夜饮也。"

[清] 孙人龙《陶公诗评注初学读本》："田家真景，令人悠然。"

赏读

这是《归园田居》的最后一首。首句两字便是“怅恨”，然全诗并没有说为何“怅恨”，仍然是上一首诗中的生死之悲吗？我们不得而知。

诗人拄着拐杖，独自在崎岖的山路间行走。遇见山间清浅的流水，可以濯洗我的脚。《孟子·离娄上》曰：“沧浪之水清兮，可以濯我缨；沧浪之水浊兮，可以濯我足。”“濯足”这个典故常被后世引用，用以表达人格的高洁。

陶潜此处言“濯吾足”既有自然之趣，又托高洁之志。

回到家以后，准备好新酿的酒，还杀了鸡，邀请近邻来宴饮。太阳已经落山，室内昏黑，于是燃起木柴来代替蜡烛。欢乐的时候总觉得时光短暂，不知不觉间竟然快天亮了。

陶渊明的快乐，是一种体悟到生命真相以后的快乐，是一种由悲而喜的快乐，它寄寓在所有平淡的日子里，在诗书间，在花酒间，乃至陇亩或废墟间。

陶征君潜田居

南朝·江淹（444—505）

种苗在东皋，苗生满阡陌。
虽有荷锄倦，浊酒聊自适。
日暮巾柴车，路暗光已夕。
归人望烟火，稚子候檐隙。
问君亦何为，百年会有役。
但愿桑麻成，蚕月得纺绩。
素心正如此，开径望三益。

| 辑 评 |

[元] 刘履《风雅翼》："赋也。巾，覆之也。柴车，车之麤者。会者，期必之词。三益，谓友也。此篇词稍平淡，近似渊明，故人多称诵之。"

| 赏读 |

南朝诗人江淹善于摹拟古人诗作，曾经作过《杂体诗》三十首。这组摹拟之作，从主题到意境无不毕肖。本诗为拟陶之作。历仕三朝的江淹虽然并没有体验过陶渊明式的田园生活，却心生向往，他的这首诗，大概就是在表达这种心情吧。

在诗中，江淹模拟陶渊明的口吻说他在东皋种了庄稼，谷苗长满了田间。阡陌，指纵横的田间小路。虽然种地辛苦，但是只要有一壶浊酒，便能安然自适。天色已晚，柴车缓缓驶过，路途已经看不清了。田间劳作的人看见村里的炊烟才知道要回家了，儿童早已在屋檐下等候。因有前面许多辛苦，诗人于是自问："何为辛苦？"又自答："人生百年，皆有劳役。"劳心者与劳力者皆是劳也，并无本质的区别，人活在世上，焉得不劳苦？诗人写到此处又一转，重新回到了具体的事物上，劳役算不了什么，只要种的桑麻收成好，蚕月就能纺纱织布。蚕月，指夏历三月，因为是养蚕的月份，所以称蚕月。末句言我的本心但愿幽静如此，蒋诩是东汉隐士，他的庭院仅有三条小路，只与羊仲、求仲两位隐士来往。《论语》有言："益者三友，友直、友谅、友多闻，益也。""开径望三益"同时用了这两个典故，无非是想表达隐士淡泊明志的心境。全诗在一定程度上再现了陶渊明田园诗的体格风貌和精神追求。

归田诗

南北朝 · 庾信（513—581）

务农勤九谷，归来嘉一廛。
穿渠移水碓，烧棘起山田。
树阴逢歇马，鱼潭见酒船。
苦李无人摘，秋瓜不值钱。
社鸡新欲伏，原蚕始更眠。
今日张平子，翻为人所怜。

| 辑 评 |

［清］王夫之《古诗评选》：“田园诗不为简陋语，非但松陵让其大，抑使杜陵自视椎野矣。”

［清］陈祚明《采菽堂古诗选》：“何语不新？一结弥苦。”

［清］倪璠《庾子山诗集注》：“子山欲归田里，故作是诗。”

赏读

梁元帝承圣三年（554），庾信奉命出使西魏，从江陵来到长安。没想到西魏不久即攻下江陵，颠覆了梁朝。庾信怀着亡国之痛，被迫留在北方，忍辱出仕北朝。这首《归田诗》即作于庾信在北朝为官之时，表达了渴望归田退隐的心情。

开篇两句直言归田耕种。九谷，指黍、稷、秫、稻、麻、大豆、小豆、大麦、小麦。一廛，约为一户所居之地。开挖水渠，用水碓来舂谷，烧掉野草乱木来开荒积肥。水碓，是一种借助水力舂谷的工具。在树荫下休息的时候，遇见旅途中休息的人，看见鱼潭里有载酒的船驶来。苦李，路边无人采摘的苦李子。秋瓜，秋后才长出来的恶瓜。苦李与秋瓜似乎有自喻之意，言己不逢时而欲自弃。农忙结束了，还要忙着孵鸡养蚕，秋社时的母鸡就要孵出小鸡了，原蚕也要再次入眠了。原蚕，指夏秋第二次孵化的蚕。

昔有张衡著《归田赋》，今日庾信作《归田诗》，以明其归田之志，故有相怜之叹。我们读此诗，始终无法感受到一种田园的真实，大概因为这些都只是庾信的想象，所以无法真切地打动人心。然而如果我们细思他当时之处境，以及渴望归隐之用意，或许会多一份同情与了解吧。

幽居值春

南北朝·庾信（513—581）

山人久陆沉，幽径忽春临。
决渠移水碓，开园扫竹林。
欹桥久半断，崩岸始邪侵。
短歌吹竹笛，低声泛古琴。
钱刀不相及，耕种且须深。
长门一纸赋，何处觅黄金。

辑评

[清] 陈祚明《采菽堂古诗选》："直述性情之语每能作致。"

赏读

庾信的这首《幽居值春》大概和上一首《归田诗》作于同时。

山人，指隐士，是作者自称。《庄子·则阳》云："方且与世违，而心不屑与之俱，是陆沉者也。"陆沉指隐居，庾信此处用"陆沉"自况，似乎也隐含着自己不与北朝权贵合作的态度。漫步在幽长的小径，忽然发现春天已经来临。一个"忽"字，便将山人对春来之惊喜表现出来。因有"久陆沉"，故有"忽"字之惊，诗法丝毫不乱。见春来，便思收拾院子，于是疏通水渠，将舂谷的水碓移正，然后推开小园的门，将竹林打扫干净。见有竹林，便知诗题"幽居"并非空无着落。倾斜的桥因为年久失修已经断了一半，河岸也被河水侵蚀了很多。桥断失修暗示无客来访，河岸侵蚀则显示时日已久。

泛，古琴的泛音，这里作动词，指弹琴。吹笛弹琴，闲居自如也。钱刀，指钱币。富贵与我无关，只要勤劳耕种便好。虽然庾信笔下的这些田园物象多来自他的想象，但其超凡的才华足以胜任。末句用司马相如作《长门赋》的典故，昔日陈皇后被汉武帝遗弃在长门宫，以黄金百斤赠司马相如，司马相如为其作《长门赋》，武帝见赋，复宠幸陈皇后。今日庾信作赋，与司马相如已大不相同。

这首诗字里行间，都流露着甘愿贫贱自守的心志。

田家三首 其一

唐・王绩（585—644）

阮籍生涯懒，嵇康意气疏。
相逢一醉饱，独坐数行书。
小池聊养鹤，闲田且牧猪。
草生元亮径，花暗子云居。
倚床看妇织，登垅课儿锄。
回头寻仙事，并是一空虚。

| 辑 评 |

［明］钟惺、谭元春《唐诗归》：“钟云：说得不酸馋，只是一真。谭云：真至，可以开诗家气运。”

赏读

王绩是隋末唐初的诗人，隋末时曾除秘书正字，因不乐官场，又预感到天下将乱，于是回到东皋隐居，入唐后被征召当官，没过多久又辞官归隐。这首诗表现了他隐居东皋的日常生活。

阮籍、嵇康是魏晋时期的著名隐士，阮籍不与世事，嵇康意气疏懒，皆是“竹林七贤”之一。王绩举出这两位先贤，用以自况，有效仿乃至超出之意。朋友相逢就开怀畅饮，独自一人就舞文弄墨。小池塘里养几只鹤，空田用来放猪。元亮，指晋代隐士陶渊明，陶渊明有“三径就荒”的诗句。子云，指汉代学者扬雄，扬雄晚年宅居读书，人迹罕至。长满青草的小路和开有鲜花的草屋都是古人闲居的样子。王绩频繁称述古人，是为了与古人之精神达到一种契合。这种古人之精神，大概就是安贫乐道的精神吧。他或是靠在床边看看妻子纺织，或是去垄头督促儿子锄田，显得非常闲适从容。末句突然来一句“回头寻仙事，并是一空虚”，说寻仙以求长生只是虚妄，到头来都是一场空。王绩并无求仙的行为，他将求仙与田居生活相对比，大概是想说明只有眼前的田居生活才是真实的。仔细读这句诗，不难发现其中蕴含着一种体悟生命真相后的坦然。

田家三首 其二

唐·王绩（585—644）

平生唯酒乐，作性不能无。
朝朝访乡里，夜夜遣人沽。
家贫留客久，不暇道精粗。
抽帘持益炬，拔箦更燃炉。
恒闻饮不足，何见有残壶？

| 辑 评 |

[明] 钟惺、谭元春《唐诗归》：“钟云：写尽贫士好客。”

[清]余成教《石园诗话》：“王无功(绩)《田家》云：‘家贫留客久，不暇道精粗。抽帘持益炬，拔箦更燃炉。恒闻饮不足，何见有残壶’……眼前景况即是好诗料也。”

赏读

王绩好饮酒，在隋朝为官时即嗜酒不任事，后弃官还乡。唐高祖时，待诏门下省，当时太乐署史焦革家酿的酒很好，王绩与他交善，焦革死后不久，他又弃官回到东皋隐居。

在这首诗中，王绩一开口就说好饮酒是他的本性，不可改变。作，乃。那他到底有多好饮酒呢？“朝朝访乡里，夜夜遣人沽”！日日夜夜都在邀请朋友一起醉饮，这似乎有些夸张了，但是酒狂酒痴不正是这样吗？家里已经很贫穷了，还要天天留客宴饮。没有什么好菜招待，粗食将就着下酒吧。精粗，指食物的精粗。喝到天黑了，就把竹帘抽下来点火照明，把竹席拔下来烧火烤。为了喝酒，把家里的东西都烧了，这也太任性了吧！当然，这也有可能只是文人故作豪放语，不可尽信。这样没日没夜一壶接一壶地喝，总嫌喝不够，倒是真的。王绩这首诗写好酒近于痴，近于狂，可见其性情疏放的一面。

野望

唐·王绩（585—644）

东皋薄暮望，徙倚欲何依。
树树皆秋色，山山唯落晖。
牧人驱犊返，猎马带禽归。
相顾无相识，长歌怀采薇。

| 辑 评 |

［明］李攀龙、叶羲昂《唐诗直解》："浅而不薄。"

［清］黄生《唐诗矩》："前写野望之景，结处方露己意。三、四喻时值衰晚，此天地闭、贤人隐之象也。故末寄怀'采薇'，盖欲追踪夷、齐之意，然含蓄深深，不露线索，结法深厚。得此一结，便登唐人正果，非复陈、隋小乘禅矣。"

赏读

这首诗是王绩在隋末天下动乱时所作，全诗流露出一种彷徨无所着落的心绪。东皋，即王绩隐居之地。黄昏的时候，诗人站在东皋远望，徘徊而无所归依，一种落寞哀愁涌上心头，一直笼罩全诗结束。

究竟所见何景呢？只见满山都染上了夕阳的余晖，所有的树木都是秋天的颜色，正是一片苍茫萧瑟景致，其间又交融着莫名的怅惘。二三联全用对仗，然而却无人工雕琢的痕迹，犹以“牧人驱犊返，猎马带禽归”一句最为人称道。天色近晚，于是见归人来。牧人驱赶着牛犊往回走，猎人载着猎物骑马而归。牧人、猎马的归来在那种广阔而苍茫的背景下展开，从景色到人物，由静到动，由远而近，一直到与诗人“相顾”而止。那种心绪由远望而发，在天地山色中徘徊，通过牧人猎马之归来，又返回到自己的内心。牧人、猎人与诗人相望而不相识，隐者的心情只能以长歌采薇之诗来排遣，诗至此处方露胸襟。

相传商末孤竹君遗命要立次子叔齐为继承人，叔齐不肯受，让位给兄长伯夷，伯夷不受，叔齐也不愿登位，二人先后都逃到首阳山隐居。周武王伐纣，二人叩马谏阻。武王灭商后，他们不食周粟，采薇而食，饿死于首阳山。王绩用“采薇”的典故，含蓄深沉，寄寓了避世隐身之意。

吾有十亩田

唐 · 王梵志（？）

吾有十亩田，种在南山坡。
青松四五树，绿豆两三窠。
热即池中浴，凉便岸上歌。
遨游自取足，谁能奈我何！

|辑 评|

［唐］范摅《云溪友议》：“梵志者，生于西域林木之人，因以梵志为名。其言虽鄙，其理归真，所谓归真悟道、徇俗乖真也。”

赏读

初唐诗人王梵志的生平几乎是一个谜，据说他早岁家境原本较为殷实，后来家道中落，田产荡尽，看破红尘的他于是遁入空门。这首诗主要是写他在南山耕种时悠然自得的情形，大概作于他出家之前。

王梵志的诗大多俚俗，这首诗也不例外。开篇两句说自己在南山坡有十亩田，如同白话。十亩之田，不多不少，恰能自食。他还种了四五棵松树，两三丛绿豆。他也不多言农作物的情况，似乎并不着意于生产，而是热了就去池塘里洗澡，凉快的时候就坐在岸上唱歌，一副率性自然的样子。“热即池中浴，凉便岸上歌”一句包含了“非心非佛”的禅宗思想。试问谁能真正做到“饥来即食，困来即眠”，“热即取凉，寒即向火”？且不说佛法吧，就是率性之人本来就不多，看破红尘后之率性随物则更少。在这个世界上，人的行为不可避免地受到诸多限制。即使是种田也要交赋税，况且十亩之田也不算多，倘若收成不好，生计都成问题。然而王梵志仍然自得地说：“谁能奈我何！”他所谓的自由或许是指心灵的自由吧。何为遨游？人在尘世间，即是一次遨游。“自取足”，是说我与世无求，生命中的一切只是暂时的凭寄，与世无求便无所依傍，无所依傍便得解脱，得解脱便是自取足。由此观之，在他俚俗的诗句中，实蕴含着真切的人生哲理。

春晚山庄率题二首 其二

唐·卢照邻（635？—682？）

田家无四邻，独坐一园春。
莺啼非选树，鱼戏不惊纶。
山水弹琴尽，风花酌酒频。
年华已可乐，高兴复留人。

| 辑 评 |

［明］周敬、周珽《唐诗选脉会通评林》："鱼鸟忘机，山水风花得兴，总指独坐春园景趣，优游自在，宁知年华消长。'留人'乃春兴留人也。妙在'独坐'句'一园春'三字，便多满前活泼处，弹琴酌酒何如鱼鸟飞跃于天渊也。"

赏读

卢照邻是初唐著名诗人，与王勃、杨炯、骆宾王号称“初唐四杰”。卢照邻虽然在文学上负有盛名，然而人生失意，仕途坎坷，晚年又疾病缠身，最终自沉颍水而死。

这首诗大概是写他在春天寓居一座山庄的情景。田家没有四邻，远近只此一座山庄，从侧面体现出山庄的幽静。有此幽景，自然少不了幽人，诗人独坐在庭前园中，享受春景。“一园春”三字，将全诗的景色总括而尽。黄鹂在树枝上鸣叫，它们不是为了选巢而吵闹，而是自得其乐。鱼儿在水中忘情嬉戏，没有钓者惊扰它们。纶，指钓鱼的丝线。鱼鸟能忘机，是因为人不动机心，人不动机心，才能体会到山水之趣。“山水弹琴尽”，“尽”字妙，山水之意在琴声中已尽，诗人贵适意而非贵山水之景也，乃至于作为物象的山水已经退居其次，而一种艺术化的境界反而成了山水本身。这句诗大可玩味。坐赏风花好景，心情愉悦，于是频频酌酒畅饮。美好的年华已经让人陶醉欢乐，高情雅兴更让人依依不舍。结句格调稍显卑弱，然而也是自然流出。

夏日南亭怀辛大

唐・孟浩然（689—740）

山光忽西落，池月渐东上。
散发乘夕凉，开轩卧闲敞。
荷风送香气，竹露滴清响。
欲取鸣琴弹，恨无知音赏。
感此怀故人，中宵劳梦想。

|辑 评|

［宋］刘辰翁《王孟诗评》："起处似陶，清景幽情，洒洒楮墨间。"

［清］王士禛《唐贤三昧集笺注》："'卧闲敞'字甚新奇。'荷风'二句一读，使人神思清旷。"

赏读

这首诗大抵作于孟浩然隐居故乡襄阳南园之时，主要表达了诗人对友人辛大的思念之情。辛大即辛谔，通音律，善琴，是孟浩然的同乡好友，也曾隐居在西山一带，与孟浩然时有来往。后来辛谔离开西山北上，孟浩然故有此诗。

首句点明时间是夜晚刚刚来临，夕阳忽然就落山了，池上的月亮从东边升起来。“忽”与“渐”写出时光流逝之迅捷。在这个凉爽的夜晚，披散着头发在庭院信步，或者推开窗子卧在空荡的屋子里。晚风掺和着荷花的香气吹进南亭，竹上的露水滴沥着，发出清悦的声音。“香气”从嗅觉写入，“清响”从听觉写入，细致入微。荷花清香，竹叶清幽，令人心旷神怡。滴水可闻，可见此时环境之幽静，也反映出诗人内心的闲寂。诗人在幽静闲适的环境下，怀着这样一种寂寞的心情，于是想到取琴来弹。可是转念一想，没有知音，我独自弹琴又有什么意思呢？这是一种恨无知己的孤独，非独关琴音也。想到这里，诗人念起老朋友辛大，只有他才能听懂我的琴音啊，可惜他现在不在这里。他不在，就没有人能听懂自己的琴声了。越想越念，乃至半夜频频梦见。全诗节奏舒缓，意境清幽，仔细读来，却有一种难平之心绪。

过故人庄

唐·孟浩然（689—740）

故人具鸡黍，邀我至田家。
绿树村边合，青山郭外斜。
开轩面场圃，把酒话桑麻。
待到重阳日，还来就菊花。

|辑评|

[清] 沈德潜《唐诗别裁》："通体清妙。末句'就'字作意，而归于自然。"

赏读

这首诗大概作于孟浩然隐居襄阳期间，记述了他去拜访一位乡间友人的经历，表现了乡村的幽静、淳朴，以及友人间的深厚情谊。

老朋友杀了鸡，煮了黄米饭，邀请诗人去田家做客，于是诗人欣然前往。首句写得自然，如家常语，毫不做作，其间已蕴含主客深情。翠绿的树木在村子边环绕，远远还能看到城外斜依的青山。能够看见城市，说明村子离城并不远，环境却非常幽静，远离尘嚣。这两句写景，一远一近，将乡村的幽美秀丽凸显出来。该句对仗精工，自然简省，颇有神韵，是唐人佳句。酒桌已经摆好了，推开屋子的窗户，诗人和友人坐下来，面对着窗外的谷场和菜园，一边举杯畅饮，一边谈论农作物的收成。这种情景这种氛围，多么温馨惬意啊，让人不由得心生向往之情。怪不得孟浩然早早地就约定下来，等到重阳节的时候，还要来这里赏菊！重阳节有饮酒、赏菊等习俗。“就”字用在这里看似平淡，不假修饰，其实恰到好处，信口而出，无拘无束，正能体现孟浩然心情的喜悦，以及主客之间的深厚情谊。整首诗写得平实自然，和谐舒畅，是田园诗中难得的佳作。

仲夏归汉南园寄京邑旧游

唐·孟浩然（689—740）

尝读高士传，最嘉陶征君。
日耽田园趣，自谓羲皇人。
予复何为者，栖栖徒问津。
中年废丘壑，上国旅风尘。
忠欲事明主，孝思侍老亲。
归来当炎夏，耕稼不及春。
扇枕北窗下，采芝南涧滨。
因声谢朝列，吾慕颍阳真。

| 辑 评 |

［宋］刘辰翁《王孟诗评》："其怀淡然自足，故出语不求工，愈浅愈佳。以字句争奇者，彼安知诗为何物？"

赏读

孟浩然的一生，大多数时候是在隐居和漫游中度过的。自四十岁赴京应举失败后，孟浩然便蛰居在乡，直到去世。这首诗大概写于开元二十二年（734），也就是孟浩然赴京应举落第后，归乡隐居之时。

中国古代文人每当失意的时候，总会把陶渊明引为知己，推赏他的隐居之志。孟浩然也不例外，在这首诗的开篇他就援引《高士传》，直抒对陶渊明归田隐居的赞赏。《高士传》为晋代皇甫谧所作，是一部关于古代名人的传记。诗人称道完陶渊明后，紧接着便对自己出山求仕的行为流露出厌恶和悔恨。“栖栖”一词形容汲汲营营求取功名的心理，“徒”字则道出求而不得、徒劳无功的结果。人到中年了，还离开山林去京城求仕，一路风尘仆仆。归来的时候正值炎热的夏天，早已经耽误了春耕。这里再次流露出悔意。然而“来者犹可追”，于是在北窗之下，摇着扇子高枕而卧，或者去南山的溪水边，采集灵芝。诗的末尾又一次向京城的朋友们表明自己的心志：我将追随许由，隐居不仕。颍阳，指许由。传说尧欲让天下给隐士许由，遣使者游说，许由听后，不仅不受，还跑去颍水之阳洗耳朵，认为那是恶语。这首诗表现了诗人隐居不仕的高洁志向，但也流露出几分郁郁不得志的辛酸。毕竟，在豪迈奔放的盛唐，有几人甘愿过“采菊东篱下”的隐士生活呢？

野老曝背

唐 · 李颀（690？—751？）

百岁老翁不种田，惟知曝背乐残年。
有时扪虱独搔首，目送归鸿篱下眠。

| 辑 评 |

[元] 辛文房《唐才子传》："（李颀）工诗，发调既清，修辞亦秀，杂歌咸善，玄理最长，多为放浪之语，足可震荡心神。"

赏读

李颀，祖籍河北赵郡，盛唐诗人，与王维、高适、王昌龄等人多有来往，诗多写边塞风光，风格豪放，慷慨悲凉，曾先后在颍阳隐居。

“人生七十古来稀”，能活到百岁已经是天大的福气。这首诗中的百岁老翁已经不种田了，他每天都只知道曝背扪虱，安享晚年。“扪虱”的典故出自《晋书·王猛传》：“桓温入关，猛被褐而诣之，一面谈当世之事，扪虱而言，旁若无人。”《王猛传》中的“扪虱”行为表现了不拘小节的魏晋风流。这首诗中描写的老翁扪虱，主要表现了老翁任情闲适的状态。你看那个光着膀子的老头，他一个人卧在篱笆下，一首托着脑袋，一手在身上扪虱，真堪如画。嵇康《送秀才入军》诗有云：“目送归鸿，手挥五弦。俯仰自得，游心太玄。”老翁一边扪虱，一边望着鸿雁飞向远方，意在若有若无之间。或许是他望着天上的鸿雁飞向远方，望着望着便犯困了，于是倒在篱笆下睡着了。悠然闲适中还透出几分豪放、几许风流，仿佛一个隐居尘世的高人。当然，这样的老翁恐怕还是少数，更多的农村老人终其一生，都在不停地劳动。劳动似乎已经变成了中国农民一种根深蒂固的生活习惯，甚至说是生存方式。白发渔樵、曝背野老等形象更多的是一种寄寓文人品格和精神的想象。似乎可以这样说，李颀其实是借曝背野老，来寄托自己的隐居之志。

题农庐舍

唐·丘为（694—789？）

东风何时至，已绿湖上山。
湖上春既早，田家日不闲。
沟塍流水处，耒耜平芜间。
薄暮饭牛后，归来还闭关。

|辑 评|

［明］钟惺、谭元春《唐诗归》：“钟云：不说出草树甚有味。此‘绿’字虚用有情。”

［清］王士禛《唐贤三昧集笺注》：“超然。三、四叠上句而为流水对，对法甚奇。”

［清］孙文荪《唐贤清雅集》：“妙不费力，是炼神法。”

| 赏读 |

丘为是盛唐诗人，与王维、刘长卿友善，曾一道游览赋诗，琴樽自乐。据说丘为对继母非常有孝心，或许是他的孝心感动了天地，堂前竟然时常长出灵芝。丘为八十岁才辞官回家，活到了九十六岁，可能是唐代最长寿的诗人。他的诗多写田园风物，格调清幽淡逸，这首《题农庐舍》是其代表作之一，描写了田家生活的自然风光和淳朴生活，表现了诗人的悠然心境。

首联“东风何时至，已绿湖上山”，不知东风何时吹来，正写出春来人不觉的状态。绿，这里作动词用。湖上的山丘好像是被东风渐渐吹绿的一样，一片盎然的生机。春天来了，田家每天都要忙农活了。田边水沟流淌着春水，耒耜在田间耕耘。塍，指田间的土埂。傍晚喂饱了牛，就回到家里闭关。从这些描写农事的诗句中，丝毫看不到一点儿田家的辛苦，有的只是闲适从容。通读全诗可以发现，从湖山绿到知春来，从知春来到日耕田，从日耕田到饭牛归，意思一层层递进，行文却如流水一般，简省不繁。其诗法大抵不出“自然”二字，用意不觉，却又含不尽之意在言外。闭关是一种修行方式，或许诗人只是想表达一种超然的心境，未必真要打坐参禅。这样的生活介于耕种和闭关之间，没有任何世俗的牵绊，只有一颗淡泊的心灵，如湖上青山，如山间流水。

采莲曲二首 其二

唐·王昌龄（698—757）

荷叶罗裙一色裁，芙蓉向脸两边开。
乱入池中看不见，闻歌始觉有人来。

| 辑 评 |

［明］顾璘《批点唐音》：“此篇纤媚如晚唐，但不俗，故别。”

［明］周敬、周珽《唐诗选脉会通评林》：“容貌服色与花如一，若不闻歌声，安知中有解语花也？景趣天然，巧绝、慧绝。”

赏读

唐代著名诗人王昌龄是京兆长安（今陕西西安）人，曾在江南做过地方官。这首《采莲曲》的写作年代已经难以详考，但是可以肯定的是，江南生活的经历给诗人带来了不少灵感。

一、二句写采莲女的服饰容貌。采莲女在长满荷叶的水中，她们的罗裙与团团荷叶仿佛被一色裁剪而出，一朵朵荷花开在她们的四周，恰好将她们的笑脸衬托出来。这两句，前一句用比喻，后一句用烘托，将采莲少女服饰、面容之美表现出来，清新富丽，宛然如画，令人观之不足。王昌龄的这两句诗，应当是化用梁元帝的诗句“莲花乱脸色，荷叶杂衣香”（《采莲曲》），然而仔细对比，王昌龄的诗句似乎又高出梁元帝之上。王诗不仅写出了采莲女容貌之清新脱俗，还刻画出了采莲女情态之羞涩可爱。三、四句写少女们采莲的动作与歌声，荷叶高举，小舟轻便，她们穿梭其间，方才还看见罗裙衣带，忽而又钻进茂密的荷叶中，不见踪影。“乱”字妙，写出穿梭莲叶间之漫无目的。虽然看不见人影，却又能突然听见她们唱着采莲的歌曲，才知道她们原来还在那一片莲叶之中，若隐若现，令人神往。这首诗将景色与人物融为一体，通过对声色、动作的描写，展现了江南水乡的采莲画面，表现了采莲女清新脱俗之美。

渭川田家

唐·王维（701—761）

斜光照墟落，穷巷牛羊归。
野老念牧童，倚杖候荆扉。
雉雊麦苗秀，蚕眠桑叶稀。
田夫荷锄至，相见语依依。
即此羡闲逸，怅然歌式微。

|辑 评|

［明］唐汝询《汇编唐诗十集》："右丞妙于田家，此是其得意作。"

［明］周敬、周珽《唐诗选脉会通评林》："王世贞曰：田家本色，无一字淆杂，陶诗后少见。"

［清］王夫之《唐诗评选》："通篇用'即此'二字括收。前八句皆情语，非景语，属词命篇，总与建安以上合辙。"

| 赏读 |

这首诗大概是王维某次路过渭水郊野，看见田家景色后有感而作，表达了他对田园隐居生活的向往，是其田园诗中的代表作之一。

那时正当黄昏，夕阳的斜晖照进村落里，牛羊都回来了，沿着陋巷缓缓地归栏。一位老头子没有看见自家的放牛娃，拄着拐杖在柴门前守望等候。野鸡鸣叫的时节，麦苗已经长得茂盛了，蚕吃了很多桑叶，快要结茧吐丝了。农夫们也扛着锄头从田地里回来了，与邻居一碰面便亲切地交谈。前八句写田园晚景，不仅画面自然和美，而且还蕴含着淳厚的人情。看到此种场景，谁能不生田居之想呢？“即此”总括前八句，直言归田之志，于是歌《式微》之章。《式微》是《诗经·邶风》中的一篇，其首章曰：“式微式微，胡不归？微君之故，胡为乎中露？”《式微》表达的是服役者思归故乡，大意是说天色将暮，为什么还不归来呢？王维在此处用来表达自己的归隐之意。然而或许是因为受到某些世俗的羁绊，归田隐居的想法难以成行，所以除了歆羡田家之闲逸外，到底还有几分不能遂意的怅然。

辋川别业

唐·王维（701—761）

不到东山向一年，归来才及种春田。
雨中草色绿堪染，水上桃花红欲燃。
优娄比丘经论学，伛偻丈人乡里贤。
披衣倒屣且相见，相欢语笑衡门前。

|辑评|

[清]张潜《诗法醒言》：“‘雨中草色绿堪染，水上桃花红欲燃’，此格与咽泉相似，多在第五字平仄转换，声调不顺，然峭别疏放正在此处。”

赏读

王维离开东山已经快一年了，回来的时候刚好赶上春耕。东山是东晋谢安的隐居之处，后世经常用东山来代指隐居地。一年之计在于春，能够赶上春耕，他的心情是喜悦的。刚刚下过春雨，正是春暖花开的时节，雨中的小草绿油油的，像是被染料染过一般，水边的桃花争相开放，嫣红似火。这两句写春景，清新明丽，景色中流露着诗人愉快轻松的心情。对于漂泊在外的人来说，故乡的一切都是可喜的，更何况正值草长莺飞的春天呢。

优娄,是一位佛教高僧。比丘,佛教男弟子称比丘，女弟子称比丘尼。这里指与王维相邻的一个和尚。伛偻丈人，弯腰驼背的老者。《庄子·达生》记载了孔子遇见一个善于捕蝉的老者，曰："用志不分，乃凝于神，其佝偻丈人之谓乎？"这里指乡里的老翁。普通的和尚在他的笔下成了满腹经纶的高僧大德，乡里的老头也被夸张成贤德的伛偻丈人。在他眼里，这些乡下的人物都是可亲可敬的。披衣倒屣，形容披上衣服，倒穿了鞋子就急忙出去见客。他们来了，王维就要披衣倒屣迫不及待地迎接他们，在庭前和他们谈笑欢乐。衡门，指简陋的柴门。

这首诗无论是写景色还是写人物，皆能传神，读来颇有意趣。

辋川闲居赠裴秀才迪

唐・王维（701—761）

寒山转苍翠，秋水日潺湲。
倚杖柴门外，临风听暮蝉。
渡头余落日，墟里上孤烟。
复值接舆醉，狂歌五柳前。

|辑 评|

［清］王夫之《唐诗评选》："通首都有'赠'意在言句文身之外，不可徒以结用两古人为赠也。楚狂、陶令俱凑手偶然，非著意处，以高洁写清幽，故胜。"

［清］黄生《唐诗矩》："虚实相间格。一、二、五、六用实，三、四、七、八用虚，相间成篇。"

高步瀛《唐宋诗举要》："自然流转，而气象又极阔大。"

赏读

本篇是王维田居辋川时寄给裴迪的赠诗。裴迪是王维的好友，也隐居在终南山一带，二人经常诗酒赠答。

开篇两句描摹山水之景，写出时节变化。随着秋天的来临，山上的树木开始变得苍翠，山间的水流日趋缓慢。这两句将辋川别业环境的清幽表现出来。傍晚，诗人拄着拐杖独立于柴门前，晚风吹面。诗人听着秋蝉的鸣叫，若有所思，若有所望。意在有无之间，与诗题“闲居”相扣。

“渡头余落日，墟里上孤烟”乃传世名句。夕阳悬在地平线上，他物皆是一片苍茫，乍一望去，只有这落日映入眼帘。陶渊明《归园田居》有“暧暧远人村，依依墟里烟”句，“墟里上孤烟”显然是化用陶诗，但是在王维的笔下已然脱胎换骨。日暮时候，村子里开始晚炊，一炷孤烟从村落直上。虽是动景，但愈见闲静。“落日”对“孤烟”，一落一上，对仗精工而不露痕迹，用语自然高古，景色宛然若画。

结句也是信笔所至。接舆，春秋时楚国隐士，曾拦在孔子车前狂歌：“凤兮凤兮，何德之衰！往者不可谏，来者犹可追。已而，已而！今之从政者殆而！”这里以楚狂接舆代指裴迪。五柳，指东晋隐士陶渊明，此处王维用以自比。一狂一闲，自有精神相通之处，旁人安可知？

下终南山过斛斯山人宿置酒

唐·李白（701—762）

暮从碧山下，山月随人归。
却顾所来径，苍苍横翠微。
相携及田家，童稚开荆扉。
绿竹入幽径，青萝拂行衣。
欢言得所憩，美酒聊共挥。
长歌吟松风，曲尽河星稀。
我醉君复乐，陶然共忘机。

|辑 评|

［清］王夫之《唐诗评选》："清旷中无英气，不可效陶。"

［清］王尧衢《古唐诗合解》："首言下山时明月随人，回顾行来路径，夜色苍茫，横于翠微之中矣。"

［清］宋宗元《网师园唐诗笺》："尽是眼前真景，但人苦会不得，写不出（首四句下）。"

赏读

在唐代，文人隐居长安终南山，大多是自高其名，实际上是想等待朝廷征召，谋求官位。开元中，李白也来到长安，在终南山暂时隐居。这一天，他下山去拜访朋友斛斯山人，斛斯山人准备了酒食招待他，并留他过夜。李白与友人饮酒赋诗，度过了一个愉快的夜晚，并写下了这首千古传诵的名篇。

傍晚，李白沿着山路下来，山间的月亮一路跟随着他。回头看看走过的小路，山岭间的翠绿一片苍茫。翠微，形容山岭之色。此一回顾，真可荡涤心灵。前四句写“下终南山”，紧扣诗题，后面的诗句则叙述留宿斛斯山人居所饮酒吟哦之情景，亦循序渐进，诗法井然。斛斯山人和他携手来到田庄，儿童看见客人来了，于是打开柴门迎接。翠绿的竹子簇拥着一条幽长的小路，两旁的青萝拂过衣袖，“绿竹入幽径，青萝拂行衣”一联将主人庄园环境的清幽表现出来。两人相谈甚欢，举杯畅饮。有酒作兴，兴致更加勃然，于是歌吟起来。“长歌吟松风，曲尽河星稀”，松风与歌声相和，松风衬托出诗人的高洁，又将视线和思绪拉到浩渺的天河，超脱物外，遂成千古名句。末句以“我醉君复乐，陶然共忘机”作结，一幅陶然、和乐的情景。忘机，指忘记世俗机心。在这样和乐的氛围下，主客二人都已喝醉，只有纯粹的快乐，没有世俗的心机，心灵的默契于此显现，真可以相视而笑，莫逆于心。

田家即事

唐·储光羲（706？—763）

蒲叶日已长，杏花日已滋。
老农要看此，贵不违天时。
迎晨起饭牛，双驾耕东菑。
蚯蚓土中出，田乌随我飞。
群合乱啄噪，嗷嗷如道饥。
我心多恻隐，顾此两伤悲。
拨食与田乌，日暮空筐归。
亲戚更相诮，我心终不移。

|辑 评|

[明] 高棅、桂天祥《批点唐诗正声》："老练，无不悉合人意。"

[明] 周敬、周珽《唐诗选脉会通评林》："周珽曰：此是善阴阳术田家，又是念佛田家，移此理治国家，何时务之失？宜民物之垂爱也。"

[清] 沈德潜《唐诗别裁》："爱物之心，胜于爱己，田父中不易有此人。"

赏读

开元十四年（726），储光羲考中进士后，一直担任县丞之类的小官，仕途颇为失意，遂隐居终南山。这首诗即作于他隐居终南山之时，主要记述了诗人在耕作时用自己的口粮喂养田鸟的一件小事。

老农们看见水边的菖蒲叶子长了，杏花开了，就知道农忙的时节到了。种田最重要的就是遵守时令。清晨，诗人将牛喂饱后，就去东边田里耕地。菑，初耕的田地。蚯蚓从湿润的土壤里钻出来，田鸟在诗人身边飞舞着。在诗人的笔下，乡村的一切都充满了生机。然而鸟儿似乎没有食吃，它们围在诗人的周围，焦躁地对着地面空啄着，像是路边的饿殍，饥肠辘辘。"群合乱啄噪，嗷嗷如道饥"两句描摹田鸟求食的神态、动作，无不毕肖。看见田鸟饥饿的样子，诗人动了恻隐之心，于是把自己的食物分给了鸟儿。

诗人心思细密，对生灵有着恻隐之心，真是菩萨心肠。把自己的食物都分给野鸟吃，亲戚自然要笑话。用粮食去喂野鸟，哪里有个止境，可是他的心仍然坚定不移。

同王十三维偶然作十首其一

唐·储光羲（706？—763）

仲夏日中时，草木看欲燋。
田家惜工力，把锄来东皋。
顾望浮云阴，往往误伤苗。
归来悲困极，兄嫂共相诮。
无钱可沽酒，何以解劬劳。
夜深星汉明，庭宇虚寥寥。
高柳三五株，可以独逍遥。

| 辑 评 |

[明]钟惺、谭元春《唐诗归》："三字（指‘惜功力’）非老农不知。"

[明]唐汝询《唐诗解》："全篇合作，末二语更有风韵。‘伤苗’亦偶然中事。"

赏读

储光羲与王维、裴迪等人交往较多，都曾隐居在终南山一带，往往写诗赠答，这组诗就是储光羲寄给王维的，主要表现了他的田园生活。

仲夏的正午，天气十分炎热，草木快要被烈日烤焦了。庄稼人惜时如金，大热天仍然要去东皋锄禾。一个“惜”字，包含了农人多少辛苦。诗人在地里干着活，不时地往阴凉的地方投去渴望的目光，一不留神，就把禾苗锄断了。他终究不是一个称职的庄稼汉，真正的农人在劳作的时候，是不会这样三心二意的。但是他何至于“悲困极”呢？难道仅仅是因为“误伤苗”吗？或许这些禾苗对他来说，有着某种特殊的意义。回家的时候，兄嫂还要讥笑他。他多么想买一壶酒宽慰自己，可是没有钱，买不起。但是诗人自有一个精神的天地。当夜深人静，星汉寥廓的时候，他在高大的柳树下怡然自得。陶渊明曾作《五柳先生传》以自况，储光羲此处用“高柳三五株”，亦暗用五柳意。一个“独”字，多少透出些许寂寞孤独。独自逍遥，谁能体会？恐怕只有古人罢。你看他深夜独自坐在柳树下，或许觉得莫名其妙，但是你无法明白，他获得了常人无法享受的精神愉悦和心灵安顿。农人耕种是为了养家糊口，诗人则不同，他耕种更多了一种安身立命的意味，或许这就是储光羲的“悲”与“独”吧。

同王十三维偶然作十首 其三

唐·储光羲（706？—763）

野老本贫贱，冒暑锄瓜田。
一畦未及终，树下高枕眠。
荷蓧者谁子，皤皤来息肩。
不复问乡墟，相见但依然。
腹中无一物，高话羲皇年。
落日临曾隅，逍遥望晴川。
使妇提蚕筐，呼儿傍渔船。
悠悠泛绿水，去摘浦中莲。
莲花艳且美，使我不能还。

| 辑 评 |

[明] 周敬、周珽《唐诗选脉会通评林》："刘辰翁曰：'末入别调，转觉悠远。'"

[明] 陆时雍《唐诗镜》："无此结语，要知其意趣何在？"

[清] 王夫之《唐诗评选》："得转皆无预设，此乃似陶，亦似江文通之拟陶。"

赏读

这首诗表现了田园生活的闲适与安逸。开篇诗人便自称自己是贫贱的野老，要冒着炎热去地里锄瓜。这两句倒还真有几分老农的架势，可是到了后面，诗人偷懒贪闲的本性就显露出来了。一垄田还没锄完，他就躲到树荫底下高枕而眠了。没过多久，一个挑柴的汉子腆着大肚子朝他走过来，放下担子在树下休息。两人见面了，也不问对方是哪个村子里的人，却有亲切、一见如故之感。虽然他们早已饿得肚子咕咕叫了，却还在高谈阔论，说着羲皇时代的事。传说在羲皇的时代，天下太平，人民富足安乐。“腹中无一物”与“羲皇年”形成强烈反差，却表现出二人志向的高洁。写到这里，诗人又将老农与挑柴汉子的交谈放在一边，转入对田野晚景的描绘。夕阳映照着鳞次栉比的村落，诗人眺望着铺满斜晖的江面。逍遥是诗人内心写照。傍晚时分，本该收工回家了，老农却让妻子提上蚕筐，叫小儿把渔船靠岸，在一片绿水中泛舟，去采摘浦中的莲子。晚风阵阵，荷花清香艳美，让人流连忘返。本该以逍遥回家作结，却又插入采莲一节，乐而忘返。这首诗叙事与写景相结合，从锄瓜到高谈，从高谈再到采莲，两次转折，平添意外之喜，而诗人的闲适安然则始终如一。

田舍

唐·杜甫（712—770）

田舍清江曲，柴门古道旁。
草深迷市井，地僻懒衣裳。
杨柳枝枝弱，枇杷对对香。
鸬鹚西日照，晒翅满鱼梁。

| 辑 评 |

[清] 仇兆鳌《杜诗详注》:“上四叙村居荒僻，下言景物之幽闲。”

[清] 浦起龙《读杜心解》:“叙意在前，缀景在后，倒格见致。”

| 赏读 |

乾元二年（759）冬，杜甫历经艰难险阻来到成都，在友人的帮助下筑草堂而居。杜甫在成都共居住了三年多。在草堂的那些日子，或许是老杜生命中最舒适最惬意的时光，一个颠沛流离、饱受磨难的灵魂得到了暂时的休憩。这段时间，也是他诗歌创作的高峰期。

这首诗约作于上元元年（760），从诗中的枇杷等事物可以推知，当时正当初夏时节。首联写田舍的环境，茅屋临近清澈的江水，“曲”字显出幽意，柴门开在古道旁，倒有几分荒僻。然而荒僻自有荒僻的好处，附近长满了深深的野草，使得市井喧嚣之人难以找到，“迷”字形容芳草萋萋迷人耳目之状。下句承上句而来，因为居处偏僻，少有人至，所以衣着随意、容止懒散亦无妨，表现出诗人的无拘无束。杨柳随微风飘拂，有一种柔弱的美感。一对对金黄的枇杷，在空气中散发出怡人的香味，让人心生喜悦。颈联用对仗，仿佛随意从眼前取景，不加修饰。鸬鹚捕完鱼，在夕阳中懒散地晒着羽毛，一片丰足祥和。鸬鹚，是一种水鸟，渔民们常用它来捕鱼。整首诗几乎都在写景，然而诗人的心绪早已与景物相融无间，我们感受到诗人的那份闲适与悠然。诗人仿佛并没有刻意去作诗，只是随手将眼前的景物写下来，自然成篇，妙手偶得。这种心境，恐怕不是后世苦苦学杜之人所能体会的。

江村

唐・杜甫（712—770）

清江一曲抱村流，长夏江村事事幽。
自去自来梁上燕，相亲相近水中鸥。
老妻画纸为棋局，稚子敲针作钓钩。
多病所须惟药物，微躯此外更何求？

辑评

［明］周敬、周珽《唐诗选脉会通评林》：“刘辰翁曰：全首高旷，真野人之能言者，三联语意近放。”

［清］黄生《杜诗说》：“杜律不难于老健，而难与轻松。此诗见潇洒流逸之致。”

［清］杨伦《杜诗镜铨》：“诗亦潇洒清真，遂开宋派。”

赏读

这首诗主要表现杜甫在草堂的幽闲生活。一条清江把村庄环绕起来，漫长的夏天，居住在江村，一切都是那样幽静。“曲”“抱”已露出“幽”意，颔联、颈联则是“事事幽”的具体写照。屋梁上的燕子自由自在地飞来飞去，沙鸥在江水中游泳嬉戏，毫不畏人。妻子在纸上画了个棋盘，要和老杜对弈，孩子在一旁用石头敲针做鱼钩，准备去江边钓鱼，一幅夏日幽居闲适之景。中间四句从景物之幽写到人物之幽，由鸟到人，无不自适，与首联“事事幽”紧密相合。有人认为“老妻画纸为棋局”一联写得太“琐碎”，甚至说是老杜诗句中的糟粕。然而这两句虽然格调不高，放在这首诗中却与全诗的意境贴合，甚至还有几分意趣。结句转入辛酸，亦不失旷然。此时的杜甫年迈多病，对人生已经没有太多奢望。只要有足够的药材来养病，还有什么可求的呢？其实，杜甫并没有强烈隐居的愿望，他只想寻找一个幽静的居所，让疲惫的身心得到暂时的休息。而成都草堂，恰好给他提供了这样一个地方。这位伟大诗人的停留，也成就了今天杜甫草堂的名气，如今的草堂，已经成为成都闹市中最富诗意的景点，吸引着全国各地的游客前来游玩。然而，那位伟大的诗人早已在一千多年前离开成都草堂，沿长江顺流而下，颠沛流离，终于在一条小船中黯然辞世。

南邻

唐·杜甫（712—770）

锦里先生乌角巾，园收芋栗不全贫。
惯看宾客儿童喜，得食阶除鸟雀驯。
秋水才深四五尺，野航恰受两三人。
白沙翠竹江村暮，相送柴门月色新。

| 辑 评 |

[明] 钟惺、谭元春《唐诗归》：“野老看客，儿童看客，写出村僻人情如见。”

[清]杨伦《杜诗镜铨》：“蒋云：只就‘儿童’‘鸟雀’，写先生好客忘机，情怀自妙。”

[清] 浦起龙《读杜心解》：“前半山庄访隐图，后半江村送客图。”

赏读

杜甫的草堂虽然远离市井，却并不孤寂。他的邻居除了一些善良淳朴的农民外，还有院子里种满花草的黄四娘。草堂北面住着杜甫的两位诗酒朋友，而杜甫在这首诗中说的锦里先生，则是他草堂南边的邻居，《昭昧詹言》说："此赠朱山人也。"据此可知，这位南邻锦里先生就是杜甫的好友朱山人。

根据这首诗的首联，我们大概可以想象，杜甫来的时候，锦里先生正戴着乌角巾收获园子里的橡斗和板栗，看来这位隐士的生活倒还不算贫苦。乌角巾，指隐士的头巾，一种用葛布制成的黑色的有角的头巾。小孩子总是喜欢有客人来，看见杜甫来了，自然也是非常喜悦的。阶前的鸟雀经常来啄食吃，像被驯养了似的，一点儿也不怕人。"喜"字是形容儿童的，当然也是锦里先生自己的感受。鸟雀不畏人，正是因为主人忘却机心。这两句从侧面体现了主人的情怀。门前的江水只有四五尺深，正宜泛舟江上，一艘小船刚好能坐两三人。诗中没有提到他们的宴饮，也没有提到他们的游乐，但是杜甫傍晚才告别，可想而知主客的兴致都很高。尾联两句写出江村晚景的清幽，河边的沙子洁白如雪，岸上的竹子翠绿一片，锦里先生送客至江边，这时半轮新月正爬上屋顶，真如图画一般美好，这种清朗的环境也烘托出主客之间的高洁情谊。

江村即事

唐·司空曙（720？—790？）

钓罢归来不系船，江村月落正堪眠。
纵然一夜风吹去，只在芦花浅水边。

|辑 评|

［明］唐汝询《唐诗解》："全篇皆从'不系船'三字翻出，语极浅，兴味自在。"

刘永济《唐人绝句精华》："此渔家乐也。诗语得自在之趣。"

赏读

司空曙，大历十才子之一。安史之乱起，避难寓居江南。他为人耿介，不攀附权贵。曾因患病家贫，打发爱妾出门，家中没有口粮度日的时候，仍旧晏然自若。

江南一带的渔人多以捕鱼为业，以渔船为家。司空曙虽然不是渔民，却喜欢钓鱼。这首诗表现的就是他的垂钓之乐。这一天，他在江中垂钓至夜深，回来的时候把船随意停靠在江边，连绳索也没有系上。这时月亮刚从江村落下去，正可卧船而眠。“江村月落正堪眠”一句大可玩味，想睡倒头就睡便是，为什么要到“江村月落”才堪眠呢？这自然非淳朴的渔夫可以想到，只有心中充满诗意和情趣的诗人才能体会。结句“纵然一夜风吹去，只在芦花浅水边”则更加为人称道，首句已言“不系船”，故有船被风浪吹走的思虑。诗人为什么不系船呢？因为他知道江水非常平静，风儿也比较轻微。然而比江风更平静的是诗人的心灵，纵然渔船被风吹走，也不过是漂到在开满芦花的浅水边。船可系可不系，然而诗人正是要追求那一份悠然洒脱，所以倒不如随波轻逝。我们看到的不仅有不系之舟，还有一颗不可羁绊的心灵。芦苇多生长在江边，一般在八月左右开花。料想于船中醒来，见此芦花浅滩，正是一道好风景！

逢雪宿芙蓉山主人

唐·刘长卿（726？—786？）

日暮苍山远，天寒白屋贫。
柴门闻犬吠，风雪夜归人。

| 辑 评 |

[明] 周敬、周珽《唐诗选脉会通评林》："顾璘曰：此所谓真语真情者近实，故妙。周敬曰：语清调古，含无限凄楚。唐汝询曰：首见行之难至，次言家之萧条，闻犬吠而睹雪中归人，当有牛衣对泣景象。此诗直赋实事，然令落魄者读之，真足凄绝千古。"

[明] 顾璘《批点唐音》："此所谓真语真情者，清语古调。"

[清] 黄叔灿《唐诗笺注》："上二句孤寂况味，犬吠人归，若惊若喜，景色入妙。"

赏读

刘长卿是唐著名诗人，擅长五言律，自称“五言长城”。他为人刚直，做官时两遭诬陷，长年贬谪，这首诗写于大历六年（771）刘长卿出使湖南途经潭州时。这首五言绝句是他的代表作，广为传诵。

在古代，旅行是一件艰难的事情，风餐露宿、舟车劳顿是不可避免的事情。这一次，刘长卿在旅途中遇到了一场大风雪，天色已晚，只看见苍山在雪原上远远矗立着。从“苍山远”三字可以想见行旅之遥远艰难。天寒地冻，他却还没寻到住处，这时雪原上出现了一座低矮的茅屋。白屋，指简陋的茅草屋。虽然屋子破旧，但对于风雪中的旅人来说，已经是一件幸事了。这两句诗的意境是凄寒的，但是凄寒中又透出一分暖意。诗人走进茅屋，没想到主人不在家，于是先在屋里坐下，等待主人归来。不知过了多久，听见柴门外的狗叫声，心知主人已经顶着风雪归来了。诗到这里就结束了，然而我们不禁去想象，主人回来的时候，看见客人在自己家里，会是一种怎样的情景呢?我想应该少不了几分惊讶几分喜悦吧。这首诗语言凝练，意象简略，多处留白，然而意境却很丰富，韵味无穷。像这类诗，似乎不宜过分解读，倒不如用心灵，去感悟其中无尽的诗意。

女耕田行

唐·戴叔伦（732？—789？）

乳燕入巢笋成竹，谁家二女种新谷。
无人无牛不及犁，持刀斫地翻作泥。
自言家贫母年老，长兄从军未娶嫂。
去年灾疫牛囤空，截绢买刀都市中。
头巾掩面畏人识，以刀代牛谁与同。
姊妹相携心正苦，不见路人唯见土。
疏通畦垄防乱苗，整顿沟塍待时雨。
日正南冈下饷归，可怜朝雉扰惊飞。
东邻西舍花发尽，共惜余芳泪满衣。

|辑 评|

［清］贺裳《载酒园诗话又编》："此诗语直而气婉，悲感中仍带勉励，作劳中不废礼防，真有女士之风，裨益风化。"

［清］乔亿《大历诗略》："女耕，纪异也。叙致曲折含情，末幅以牧犊之感寓标梅之思，巧合天然，有悯其过时不采者矣，是风人之义也。"

赏读

安史之乱后，唐王朝转向衰落，祸乱继起，兵革不息，民生凋敝。戴叔伦所看到的二女耕田，正是这一时代农民生存状况的真实写照。

正值春耕时节，戴叔伦看见两位年轻的女子在田地播种。女子说她们家里贫穷，母亲年迈，尚未娶妻的兄长也从军去了，所以她们只有自己下地干活了。去年又闹了一场灾疫，把牛给病死了，只得用刀来翻土了。翻土的刀还是从织机上割下尚未成匹的绢换来的。这里的刀，指一种简单的翻土农具，并非指刀刃，古有“刀耕火种”可证。二女说话时用头巾遮着面容，害怕被人认出。说完，又埋头干活了。她们低头看着田里的泥土，不看路上的行人。谁能体谅姐妹二人内心的悲苦呢？她们疏通畦垄，防止秧苗乱长，把水沟挖好，等待雨水的降临。一直忙到太阳爬上南边的土冈，才回家吃饭，树上的雉鸟被惊扰起飞。“雉朝飞”的典故出自晋崔豹《古今注》：“《雉朝飞》者，犊沐子所作也，齐处士，愍宣时人，年五十无妻。出薪于野，见雉雄雌相随而飞，意动心悲，乃作《雉朝飞》之操，将以自伤焉。”此处，诗人用以表达二女迟暮之悲。末句读来令人鼻酸，东邻西舍的花朵都已经开放了，她们却要在地里劳作，任美好的青春年华消逝，悲伤的泪水滴落在她们的衣服上。全诗流露着对下层妇女的深切同情。

种瓜

唐·韦应物（737？—791？）

率性方鲁莽，理生尤自疏。
今年学种瓜，园圃多荒芜。
众草同雨露，新苗独翳如。
直以春窘迫，过时不得锄。
田家笑枉费，日夕转空虚。
信非吾侪事，且读古人书。

| 辑 评 |

［宋］刘辰翁《须溪先生校点韦苏州集》：“亦自有意。”

［明］钟惺、谭元春《唐诗归》：“谭曰：心口无饰。”

| 赏读 |

唐代诗人韦应物早年任侠，后折节读书，应举中进士，曾出任苏州刺史，世称“韦苏州”。他多次罢官归隐，创作了许多优秀的山水田园诗，其诗娴雅淡远，有陶渊明遗风。

韦应物自言性情粗疏轻率，疏于治理生计，可是今年也学着老农种瓜了。那他的瓜种得怎样呢？瓜苗没有长大，园子里却是一片荒芜。野草随着雨露一起疯长，瓜苗却还是伶仃一点。春天的时间有些窘迫了，错过了时节就锄不了草了，于是寻思着治理园子。田家老农却笑他枉费心机，到头来都是一场空。韦应物于是感叹，种瓜确实不是我们读书人干的事情啊！还是好好地读古人的书吧。《论语·子路》里记载了一则小故事：“樊迟请学稼，子曰：‘吾不如老农。’请学为圃，子曰：‘吾不如老圃。’”孔子是在告诉我们，读书人应该有更高的追求，而不是去学什么种田种瓜。读书人能专心读书便好，然而读成四体不勤五谷不分的书呆子，则又大可不必再读。其实种瓜是历代隐逸诗人寄托心志的方式，是一种诗意的行为，并非仅仅是治理生产。如果能从这首诗中读出这层意思，方能理解韦应物。这首诗用语平淡，读起来却自然有真趣。

观田家

唐·韦应物（737？—791？）

微雨众卉新，一雷惊蛰始。
田家几日闲，耕种从此起。
丁壮俱在野，场圃亦就理。
归来景常晏，饮犊西涧水。
饥劬不自苦，膏泽且为喜。
仓禀无宿储，徭役犹未已。
方惭不耕者，禄食出闾里。

| 辑 评 |

[明] 邢昉《唐风定》："与太祝（储光羲）《田家》仿佛，而各一风气，并臻至极。"

[清] 沈德潜《唐诗别裁》："韦诗至处，每在淡然无意，所谓天籁也。"

赏读

这首诗记录了诗人观望田家劳作后的所思所感。一场绵绵的细雨，将田野里的各种青草都催生出来了，春雷响动，地里的虫类开始复苏。惊蛰是二十四节气中的第三个节气，据说此日春雷会把在土里冬眠的虫类惊醒。到了惊蛰，农民便开始忙着春耕。“田家几日闲，耕种从此始”两句确实道出了农民春忙的实情。家家户户的青壮劳力都在田野里干活，打谷场和园圃也都整理好了。所有的劳动力都出动了，田间地头，一片热闹繁忙景象。“归来景常晏”道出劳作时间之长。景，光景。晏，晚。回来的时候已是傍晚时分，还要将牛牵到西涧边饮水。尽管忍受着饥饿和劳累，但是他们不以为苦，只要田地肥沃，灌溉得利，就会打心底里高兴。“且”字刻画出农民易于满足的心理。饥劬，饥饿劳累。粮仓里没有多余的粮食，繁重的徭役还接连不断，老百姓的困苦可想而知。这里的不耕者指官吏。而那些不用耕种就能领到俸禄的官吏，是否真正为老百姓干了实事呢？能不愧对子民吗？韦应物的愧疚不仅针对自己，也针对那些尸位素餐、盘剥百姓的官吏。这首诗的语言朴素自然，字里行间流露着对贫苦百姓的深切同情。

溪居

唐·裴度（765—839）

门径俯清溪，茅檐古木齐。
红尘飘不到，时有水禽啼。

| 辑 评 |

[明] 周敬、周珽《唐诗选脉会通评林》："周珽曰：心以居闲，诗以人传，如吴伯苍有厌尘之想，求为令公溪居不可得矣。"

[清] 吴昌棋《删定唐诗解》："萧然尘表，化簪缨于无有。"

赏读

裴度是唐代中期杰出的政治家、文学家，在朝时坚持与奸臣、宦官和藩镇割据势力斗争，晚年罢相，留守东都，随世沉浮以避祸，与白居易、刘禹锡等人诗酒唱和。这首诗为他晚年描绘自己的洛阳居处所作。

首句“门径俯清溪”点题，临溪而居，读来便觉一股清流荡涤心灵。“俯”字极为形象，柴门前小路的台阶较高，清澈的溪流在下面流淌，故曰“俯”，古人喜欢“俯清流”，现在坐在门口就能看到，岂不快哉。“茅檐古木齐”写屋舍周围的环境。茅檐，指茅屋的屋檐，说明屋舍的朴素，古老的树木和屋檐相齐，“齐”字写出了古木郁郁葱葱的景象，屋舍中的静谧清凉亦可以想见。写出了此处环境的幽雅。茅屋内外，一片幽静，令人神清气爽。“红尘”的字面义是尘埃，佛家一般用来比喻尘世间的喧嚣烦扰，着一“飘”字，则字面义与隐喻义兼用，既说出溪居环境的清洁，也写出了诗人远离世俗尘嚣的心境。裴度早已有出世隐居之心，晚年脱离政治漩涡，回到这里得以让心灵休憩。末句“时有水禽啼”，因有“清溪”，“水禽”前来栖息则是自然而然的。在这人迹罕至的地方，鸟儿自由自在地嬉戏、鸣叫。“时有”说明此起彼伏，啼声不断，这给茅舍增添了无限生机，这是自由的啼鸣，它只会在忘却机心的地方出现。这首诗语言清新明丽，读来悠然自得。

野居

唐·张籍（766？—830？）

贫贱易为适，荒郊亦安居。
端坐无余思，弥乐古人书。
秋田多良苗，野水多游鱼。
我无耒与网，安得充廪厨。
寒天白日短，檐下暖我躯。
四肢暂宽柔，中肠郁不舒。
多病减志气，为客足忧虞。
况复苦时节，览景独踟蹰。

|辑评|

[明]陆时雍《唐诗镜》：“语近真切。”

[明]钟惺、谭元春《唐诗归》：“法紧气宽，古诗至此，不得以中唐限之矣。”

[明]唐汝询《汇编唐诗十集》：“清浅中有浑厚气。”

赏读

张籍是中唐著名诗人，与白居易等人交善，擅长乐府诗创作，与王建齐名，称“张王乐府”。贞元十四年（798），张籍考中进士后，一直做着秘书郎、水部员外郎、国子司业之类小官，颇有些不得志之感。晚年更是贫病交加，一度隐居郊野。

开篇自述现状，贫贱的人容易自适，没有过高的要求，在荒郊野外也能安居。端坐在茅屋中，诗人心中没有多余的想法，只是更加爱读古人的书了。田里空有禾苗，河里空有游鱼，诗人却没有耕犁和渔网，无法耕种、捕捞，以至于粮仓无米，厨房无食。诗人即使再穷，也不至于连耕犁和渔网都没有吧。本句大概是意在言外，借“耒与网”来表达自己不被朝廷任用的苦闷。寒冷的冬天白日很短，诗人独坐在屋檐下晒太阳。晒太阳能够让肢体柔和舒适，可是心中的郁结怎么舒展呢？诗人因为多病，胸中志气也磨灭殆尽，常年作客他乡亦徒增忧愁。写到这里，苦闷已非常深沉了，“况复”一词又加重了语气。更何况在这个苦寒的时节，一个人凭眺景物、独自彷徨呢？末句有心绪排遣不尽之感，令人黯然。虽然诗人处处想要表达自己安贫乐道的精神，但又时时流露出郁郁不得志的苦闷，这正是诗人矛盾的地方，同时也是诗歌的张力所在。全诗充满着悲凉与寂寞，非饱经贫寒之士描写不出。

插田歌

唐·刘禹锡（772—842）

连州城下，俯接村墟，偶登郡楼，适有所感，遂书其事为俚歌，以俟采诗者。

冈头花草奇，燕子东西飞。
田塍望如线，白水光参差。
农妇白纻裙，农夫绿蓑衣。
齐唱郢中歌，嘤咛如竹枝。
但闻怨响音，不辨俚语词。
时时一大笑，此必相嘲嗤。
水平苗漠漠，烟火生墟落。
黄犬往复还，赤鸡鸣且啄。
路旁谁家郎，乌帽衫袖长。
自言上计吏，年初离帝乡。
田夫语计吏，君家侬定谙。
一来长安道，眼大不相参。
计吏笑致辞，长安真大处，

省门高轲峨，侬入无度数。

昨来补卫士，唯用筒竹布。

君看二三年，我作官人去。

| 辑 评 |

［明］钟惺、谭元春《唐诗归》：“夸得俚，俚得妙（‘长安’句下）。风土诗必身至其地，始知其妙，然使未至者读之，茫然不晓何语，亦是口头笔下不能运用之过。”

［明］邢昉《唐风定》：“音节已入变风。讽刺澹然，可谓怨而不怒（‘昨夜’四句下）。”

［清］沈德潜《唐诗别裁》：“前状插田唱歌，如闻其声；后状计吏问答，如绘其形。”

［清］贺裳《载酒园诗话又编》：“匪徒言动如生，言外感伤时事，使千载后人犹为之欲哭欲泣。”

赏读

这首诗写于刘禹锡担任连州刺史期间，诗引介绍了写作的背景：诗人登上连州城楼，看见城外百姓在插秧唱歌，于是将这件事情用俚俗的诗歌记录下来。

这首诗按内容可以分为两部分。第一部分主要写农民插田唱歌的情景，开篇四句写出春日烂漫之景。土坡上花草鲜美，燕子飞来飞去，远望那田埂像一条条直线，将水田一块块分开，波光闪闪。这个时候，农夫农妇开始来田里插秧了，一边插秧，一边唱着歌儿。歌调嘤咛像是竹枝词，因为相距较远，只听出歌声有些哀怨，听不出歌词的内容。农夫农妇唱着唱着，忽然大笑一声，可能是在相互调笑。水田里的稻苗漠漠如织，村子里升起了炊烟。黄狗不停地跑来跑去，雄鸡时而啄米时而鸣啼。第二部分写农夫与计吏的问答。一个穿着官服的年轻人走在路边，农夫上前跟他搭话。年轻人说自己是上计吏，年初刚从京城回来。农夫说，你家的情况我都知道，你去了一趟京城，眼界大了，看不上我们这些庄稼汉了。计吏却笑着说，长安城真大啊，官府衙门嵯峨威严，我进出了好多次。这次去，我用一筒竹布，就谋到了一个在京城做卫士的差使。你看着吧，过不了两三年，我就要当上大官啦！这首诗语言通俗易懂，叙事直白明快，表现了农事生活的欢快与淳朴，同时也辛辣地讽刺了骄横的地方官吏，揭露了卖官鬻爵的社会黑暗现象。

悯农二首

唐·李绅（772—846）

春种一粒粟，秋收万颗子。
四海无闲田，农夫犹饿死。

锄禾日当午，汗滴禾下土。
谁知盘中餐，粒粒皆辛苦？

| 辑 评 |

［明］周敬、周珽《唐诗选脉会通评林》："吴山民曰：由仁爱中写出，精透可怜，安得与风月同？知稼穑之艰难，必不忍以荒淫尽民膏脂矣。今之高卧水殿风亭，犹若炎燠者，设身'日午汗滴'当何如？"

［清］吴瑞荣《唐诗笺要》："至情处莫非天理。暴弃天物者不怕霹雳，却当感动斯语。"

［清］李锳《诗法易简录》："此种诗纯以意胜，不在言语之工，《豳》之变风也。"

赏读

本篇是家喻户晓的名作，传说李绅曾拿着这两首诗拜谒吕光化，在座有人读完后说："斯人必为卿相。"后来果如其言。

第一首诗，春天种下一粒粟，秋天就能收获很多粮食。万颗子，形容多，并非实指。春种秋收，似乎含有一种丰收的喜悦。然而末两句却突然一转。四海之内有多少田地，能产多少粮？可是农夫最终还是饿死了。这使得主题一下子变得沉重起来。既然四海没有闲田，全国丰收，那么农夫为什么还会饿死呢。诗人其实是将隐形的矛头直指统治阶级，如果不是统治者对老百姓的残酷剥削，勤劳朴实的农民怎么会饿死呢？这首诗前后形成对比，在结构上造成了一种张力，语言简洁，寓言含蓄，具有强烈的现实批判意义。

第二首诗的前两句首先描绘了一幅农民耕种的图景：在酷热的太阳底下，农夫手握锄头在田间锄草，豆大的汗珠儿滴落进土里。这两句将农夫的辛苦细致地描写出来。下句突然引出疑问，谁知道盘中的粮食，一粒粒都是农民辛辛苦苦种出来的？这样简单的道理人人都明白，可是谁又真正同情农民的辛劳呢？农民用汗水浇灌出来的粮食，我们有什么理由不珍惜呢？李绅的这两首小诗形象地道出了农民的悲苦命运，表达了对农民的真切同情，呼吁人们珍惜来之不易的粮食。即使放在今天，仍然具有普遍的教育意义。

朱陈村

唐·白居易（772—846）

徐州古丰县，有村曰朱陈。
去县百余里，桑麻青氛氲。
机梭声札札，牛驴走纭纭。
女汲涧中水，男采山上薪。
县远官事少，山深人俗淳。
有财不行商，有丁不入军。
家家守村业，头白不出门。
生为村之民，死为村之尘。
田中老与幼，相见何欣欣。
一村唯两姓，世世为婚姻。
亲疏居有族，少长游有群。
黄鸡与白酒，欢会不隔旬。
生者不远别，嫁娶先近邻。
死者不远葬，坟墓多绕村。
既安生与死，不苦形与神。
所以多寿考，往往见玄孙。
我生礼义乡，少小孤且贫。

徒学辨是非，只自取辛勤。
世法贵名教，士人重冠婚。
以此自桎梏，信为大谬人。
十岁解读书，十五能属文。
二十举秀才，三十为谏臣。
下有妻子累，上有君亲恩。
承家与事国，望此不肖身。
忆昨旅游初，迨今十五春。
孤舟三适楚，羸马四经秦。
昼行有饥色，夜寝无安魂。
东西不暂住，来往若浮云。
离乱失故乡，骨肉多散分。
江南与江北，各有平生亲。
平生终日别，逝者隔年闻。
朝忧卧至暮，夕哭坐达晨。
悲火烧心曲，愁霜侵鬓根。
一生苦如此，长羡村中民。

| 辑 评 |

[明] 都穆《南濠诗话》:“予每诵之，则尘襟为之一洒，恨不生长其地。”

[明] 许学夷《诗源辩体》:“乐天五言古，语既率易，中复间用律句，是厥体中所短。”

| 赏 读 |

这首诗约作于元和三年（808），这时的白居易虽然不到四十岁，却经历了太多的人生悲苦，渴望着一个能够安顿身心的地方。当他看到朱陈村的时候，心有所感，于是写下了这首诗。据说朱陈村在今江苏省丰县。朱陈村本不为人知，因为白居易的这首诗而闻名天下，正所谓“朱陈本无名，诗成天下知”。

开篇为我们描绘出一个桃花源般的地方——朱陈村。这是一个风景如画、民俗淳朴的村庄，这里的村民勤劳节俭，安土重迁，他们长幼有序，邻里和睦，并且还热爱生活，健康长寿，仿佛是远古的羲皇之民。我们读这些诗句，恍若走进了老子描绘的“小国寡民”的美好世界。接着，诗人自述前半生的坎坷经历，与朱陈村村民形成了鲜明的对比。诗人虽然功

名有成，可是常年背井离乡，颠沛流离，乃至骨肉分散，亲友多亡，这些坎坷的经历更加强了诗人对朱陈村村民的羡慕之情。但是，朱陈村难道永远不会发生灾祸吗？村民难道真的不会有自己的烦恼吗？诗中描绘的朱陈村美好得有些不真实，显然更多地出于诗人的想象。这也从侧面反映出朱陈村寄托了诗人自己的美好理想。大约两百年后，苏轼在一幅画上题诗云："我是朱陈旧使君，劝农曾入杏花村。而今风物那堪画，县吏催钱夜打门。"从苏轼的诗句我们得知，白居易笔下的朱陈村已不复其旧。如今，我们再也找不到一个像陶渊明笔下的桃花源，也看不到白居易笔下的朱陈村。

田家三首 其一

唐·柳宗元（773—819）

蓐食徇所务，驱牛向东阡。
鸡鸣村巷白，夜色归暮田。
札札耒耜声，飞飞来乌鸢。
竭兹筋力事，持用穷岁年。
尽输助徭役，聊就空舍眠。
子孙日已长，世世还复然。

|辑 评|

［宋］曾吉甫《笔墨闲录》："田家诗'鸡鸣村巷白'云云，又'里胥夜经过'云云，绝有渊明风味。"

［明］周敬、周珽《唐诗选脉会通评林》："周珽曰：朝作暮归，终岁勤勤，只足供上官之征，子孙还相服业。田家能事止于如此。有悯农之思者，读是诗宁无恻然？"

赏读

《田家三首》是柳宗元杰出的代表作，这组诗表现了当地的乡村景色，鞭挞了官府剥削、欺压百姓的现象。此处选其中的第一首。

本诗采用白描的手法，风格平易质直。开篇“蓐食徇所务，驱牛向东阡”，仅用两句便将农人生活的简朴表现出来。蓐，指草席。徇，是从事的意思。农人坐在草席上吃完饭，就赶着牛去田里干活了。这时公鸡才打鸣，晨光照亮了村子里的小路。夜晚，暮色笼罩在田垄间。这两句虽只描写了“鸡鸣”“夜色”等田园环境，却从侧面表现出农人日夜劳作的辛苦。耕田犁地的声音札札响起，乌鸦和老鹰在天上飞来飞去，好像要来觅食。尽管精疲力尽辛苦劳作，可一年到头还是难以维持生计。为什么会这样呢？因为所有的收入都充抵徭役了，最后穷得家徒四壁。“尽”字写出官府徭役之繁重，“空”字写出农人生活之贫寒，而“聊”字则表现出农人甘受压迫、无可奈何的心态。末句最耐人寻味，子孙慢慢长大了，可世世代代还是免不了过这样的生活。“世世还复然”道出了封建君主制社会下，农民世代不可更改的悲剧命运。柳宗元的思考已经触及了封建社会的根本矛盾，可是他没有给农民指出一条出路。当然，这不是诗的使命。一首诗能够将社会矛盾如此深刻地揭示出来，已经可以算作上乘之作了。

田家三首其三

唐·柳宗元（773—819）

古道饶蒺藜，萦迴古城曲。
蓼花被堤岸，陂水寒更渌。
是时收获竟，落日多樵牧。
风高榆柳疏，霜重梨枣熟。
行人迷去住，野鸟竞棲宿。
田翁笑相念，昏黑慎原陆。
近年幸少丰，无厌饘与粥。

|辑 评|

[明]唐汝询《唐诗解》:“此述田家之敦俭也。前叙景平直，自然会心，末四句勤俭老人口气。”

[明]周敬、周珽《唐诗选脉会通评林》:“周珽曰：首四句，田野闲时景；中六句，田家人趣趣；尾四句，得相助、相扶、相恤之意，古朴可味。”

赏读

这首诗是《田家三首》中的第三首，主要描绘了秋日田野的优美风景，表现了田家生活的淳朴。

前四句写城外风景。长满了蒺藜的古道，萦绕着古老的城墙。饶，多。蒺藜，一种带刺的草。这两句连用两个“古”字，表现了野外的荒僻。鲜红的蓼花铺满了堤岸，因为天寒，池塘里的水更显清澈了。中六句写田野风光。农人刚刚丰收完毕，空旷的田野里，很多樵夫和牧人都在金色的夕阳下打柴、放牧。“落日多樵牧”一句语言洗练，意境混阔，一幅落日樵牧图在读者脑海中浮现。榆柳树被秋风刮得枝叶稀疏，梨、枣被霜打过之后都已成熟。天黑了，野鸟争相飞往树林栖宿，而诗人却在原野上茫然不知何往。行人，诗人自谓。“迷”字刻画出行人的彷徨心理，“竞”字表现野鸟归巢急切之态。路边的田翁大概发现了诗人的彷徨，于是上前笑着关切地说，昏黑的夜晚在原野上赶路要格外小心啊！“笑相念”足见老翁古道热肠。老翁又继续说，今年田里的收成一般，如果不嫌弃粥饭清淡，就来我家做客吧。饘与粥都是粥，《礼记·檀弓上》孔颖达疏曰：“厚曰饘，稀曰粥。”末四句是老农口吻，也是老农心肠，一个朴实厚道的老农形象跃然纸上。

暮过山村

唐·贾岛（779—843）

数里闻寒水，山家少四邻。
怪禽啼旷野，落日恐行人。
初月未终夕，边烽不过秦。
萧条桑柘处，烟火渐相亲。

| 辑 评 |

[元]方回《瀛奎律髓》:"'怪禽''落日'一联，善言羁旅之味，诗无以复加。'初月未终夕'，则村落之黑犹早。'边烽不过秦'，似是西边寇事始息，初有人烟处。"

[清]叶矫然《龙性堂诗话续集》:"贾岛'怪禽啼旷野，落日恐行人'，夕阳驴背，真有此景，想之心怦怦然动。"

赏读

贾岛为诗好苦吟，风格幽深孤峭，曾与韩愈、孟郊、张籍等人交游酬唱。这首诗记录了他在旅途中的所见所感，写出了一种孤独、惊恐的旅行体验。

行走在原野上，数里之外听见有寒水流动，用“寒”字形容水，可以推知季节或在秋冬，水之寒否本不从听觉得知，这“寒”的感受大概是从心理上得来。远远能看到山中有一两户人家，显得孤零寂寞。“怪禽啼旷野，落日恐行人”是贾岛诗中的名句。旷野本来是安静的，当然这是一种没有生机的静，令人恐惧的静，而野禽怪异的啼叫突然打破了这种安静，让氛围一下子变得诡异起来。在这样的旷野下独行，唯一能够给人心理以依托、安慰之感的，或许只有天上的太阳。可是太阳马上就要落山了，夜幕降临，行人宿头尚无着落，“恐”字恰好刻画出行人的这种惊怖心理。孤峭寒冷的意境在一层层加深。夕阳还在地平线上，初月已经出来了，天黑得比平常还早，“边烽不过秦”言西边寇事始息，尚未波及秦地，也暗示诗人已经快走到边境了。结句稍稍给人一些暖意。诗人终于从不毛之地走到了有人烟的地方。有桑柘的地方，一般会有村庄。在“桑柘”前，用“萧条”二字来修饰，说明这座村子可能非常冷清，然而到底是有人的地方，这对从荒野中走来的人来说，该是莫大的安慰。至少，今夜不用露宿荒野了。

小儿垂钓

唐·胡令能（785—826）

蓬头稚子学垂纶，侧坐莓苔草映身。
路人借问遥招手，怕得鱼惊不应人。

|辑 评|

刘永济《唐人绝句精华》：“此写儿童情态亦自生动。”

赏读

胡令能是唐贞元、元和时人，曾在福建莆田隐居，以修补锅碗盆缸为业,人称“胡钉铰”。据《唐诗纪事》记载，他住的地方是古代列子的乡里，虽然他家里穷，但是只要有茶果他就拿来祭拜列子。有一天他梦见有人割开了他的肚子，将一卷书放了进去，从那以后，他就非常擅长作诗了。胡令能只有四首绝句传世，但是皆为佳作，尤以这首《小儿垂钓》最为著名。

相信读过这首诗的人，一定会对诗中钓鱼的孩子产生非常深刻的印象。那个头发乱糟糟的小孩侧坐在莓苔边学钓鱼，河边的青草映照着他弱小的身体。纶，指鱼线，垂纶指钓鱼。“蓬头”描写外貌，可以猜出这个孩子平时一定非常调皮，总是把头发弄得乱糟糟的。“侧坐”描写姿态，不正坐而侧坐，将儿童专注、紧张的神态刻画出来。这个孩子大概也不是正儿八经地钓鱼，无非是为了好玩，可他看起来还真是一本正经的样子。有一位路人前来问路，那孩子生怕路人惊扰了他的鱼，也不作声，隔老远就对路人摆手，暗示他不要大声说话。“遥招手”描写动作，“怕得鱼惊”描写心理，想象其中的画面，真是让人忍俊不禁！全诗仅四句就将儿童的外貌、姿态、动作和心理一一描绘出来，同时还描写了一个还饶有趣味的垂钓场景，不仅在描摹人物上生动传神，而且还表现了丰富的生活情趣。

茅栋野人居

唐·寒山（？）

茅栋野人居，门前车马疏。
林幽偏聚鸟，溪阔本藏鱼。
山果携儿摘，皋田共妇锄。
家中何所有？唯有一床书。

| 辑 评 |

［清］王舟瑶《跋寒山子诗集》：“寒山子好为诗，每得一篇一句，辄题于树间石上，有好事者随而录之，凡三百余首。”

赏读

寒山是唐代一位颇为神秘的诗僧，今天已经难以考证他的字号、生卒年等信息。传说他出身于官宦人家，后来看破红尘，遁入空门，隐居天台山，因为他修行的地方在一处寒崖，所以人们叫他“寒山”。这首诗主要表现了他的隐居生活。

首句写诗人居所的环境。一座茅草屋，坐落在没有车马到访的野外，显得简陋荒僻。野人，指郊居之人。虽然茅屋简陋，位置荒僻，但是倚靠幽静的树林，临近流淌的溪水。“林幽偏聚鸟”，一“偏”字，幽静之中充满了生机。溪流广阔，鱼儿藏身其中，可得畅游。“聚”“藏”用来形容鱼鸟的行为，非常贴切。这是一种自由自在、无拘无束的生命状态，鱼鸟如此，人亦如是。在某种程度上，鱼鸟甚至象征着隐士自己。隐居也需要治理生计，在诗人的笔下，摘果、锄草也是富有诗意的，他携着孩子去山里采摘野果，山中的野果一定清脆可口。山林如同自家的园子，亦可反映人与自然的亲近。或者和妻子一起到田里锄草，“共”字表现夫妻同力劳作的情形，颇具生活气息和人情味。虽然家徒四壁，一贫如洗，但是至少还有“一床书”。“一床书”不是说的书本身，也不仅仅是说读书这一行为，还代表了诗人的一种精神状态，一种生存方式。古今隐逸诗人写出生活之闲适的很多，而写出生命之安然的则非常少，寒山的这首诗大概可以看作后者。

城西访友人别墅

唐·雍陶（805—？）

澧水桥西小路斜，日高犹未到君家。
村园门巷多相似，处处春风枳壳花。

辑评

［明］周敬、周珽《唐诗选脉会通评林》：“焦竑曰：如画。陆时雍曰：风味自足。”

俞陛云《诗境浅说续编》：“其实末句枳壳花云云，其佳处正在于闲笔托意而不露痕迹，物我相融。”

赏读

雍陶，成都人，大和八年（834）进士，曾出任侍御史、简州刺史等职。工于词赋，常与白居易、王建、贾岛、姚合等人交往唱和。多次赴三峡秦岭、江南塞北游历，后辞官闲居，养疴傲世，不知所终。

春暖花开的时候，正宜踏青访友。这一天，雍陶沿着澧水，去拜访住在城西别墅的友人。澧水，在今湖南境内，一说在河南。他走过一座桥，往西折进了一条偏斜的小路。“斜”字暗示友人别墅的僻静。他沿着小路一直走啊走，走了半天都还没有走到朋友的家。“日高”二字说明已到正午时分，“犹未”二字略见诗人内心之急切。或许他只知道友人的别墅在哪个村子，却并不知道具体的位置。在这个门庭看起来都非常相似的小村巷里，竟然迷失了路途。为什么相似呢？因为家家户户的门前开满了枳壳花，竟分不清哪一家是哪一户。在这春风和暖、鲜花盛开的村巷里，诗人之前那种急切的心情也一扫而空了，取而代之的是淡淡的喜悦。直到全诗结尾，诗人也没有说是否找到友人别墅，以及与友人相见的情形，或许他更喜欢这种寻觅的过程吧，几分茫然几分陶醉。这也正是此诗的妙处，从访友诗的套路中跳出来，将诗意停驻在春风枳壳花间，让读者回味。

溪居即事

唐·崔道融（？）

篱外谁家不系船，春风吹入钓鱼湾。
小童疑是有村客，急向柴门去却关。

辑评

［元］辛文房《唐才子传》:“（崔道融）工绝句，语意妙甚。”

赏读

崔道融是唐末诗人，自号东瓯散人，生卒年已难详考。早年游历全国各地，后入朝为官，不久黄巢起义爆发，因避祸入浙东。这首七言绝句，写诗人临溪而居时的一件生活小事。

首句“篱外谁家不系船”说篱笆外面的溪水中，有一条没有系绳的小船。第二句“春风吹入钓鱼湾”紧接着说那条船的情况，“春风”二字点明了季节，正是春风吹拂的时节，没有系绳的小船随着溪水，慢慢漂进了不远处的钓鱼湾。这一画面被诗人描绘得饶有意趣，令人感受到溪居的那种恬静、闲适与平和。一只小船被风吹走了，本来是无关紧要的。可是这条船偏偏被一个孩子看见了，而这个孩子又是那样的天真，他竟然以为是客人乘船过来了，赶忙跑去打开柴门迎接客人。“疑”字写出儿童的天真好奇，“急”字表现出儿童的兴奋急切。

全诗语言朴素自然，画面中有动有静，有人有景，让人感受到平常生活中的美好诗意，同时还塑造了一个天真可爱的儿童形象。而这首诗最高明的地方在于，所有的诗意都是由一条被风吹动的小船引起，自然成篇，毫不经意，而天趣自成。

北山晚望

宋·林逋（967—1028）

晚来山北景，图画亦应非。
村路飘黄叶，人家湿翠微。
樵当云外见，僧向水边归。
一曲谁横笛，蒹葭白鸟飞。

|辑 评|

[清] 黄培芳《香石诗话》："林和靖诗，余最喜其五言，如'夕寒山翠重，秋净雁行高'……'村路飘黄叶，人家湿翠微'……品格高逸，即此可接柴桑。"

赏读

林逋是宋初隐逸诗人，宋真宗景德年间曾放游江淮间，晚年在杭州西湖孤山隐居。他无妻无子，喜欢种梅养鹤，称“梅妻鹤子”。死后，宋仁宗赐谥“和靖先生”，故后人多称他为林和靖。本篇作于他隐居杭州孤山期间，描绘了山北远望的景色。

首句总领全篇，点明时间、地点，以画喻景。后三句援画入诗，多用白描笔法，写所见之景，境界疏淡澄净，情感平静自然。近处的村路上黄叶飘飞，有几户人家藏在青山中，若隐若现，山气迷蒙，黄绿交织一片。此时已是傍晚时分，抬头远望山林，那樵夫定也就在那片白云之外，泛舟的僧人也靠船在岸边。“云外见”言樵夫在远山云雾之中，隐逸难寻，亦是诗人心境之写照。而究竟是谁吹起的横笛，是牧童还是渔父？大概因为烟水茫茫、芦苇纵横，不可望见，只能听见悠扬的笛声在飘荡，将那蒹葭深处的水鸟，惊得翩翩起飞。全诗由近及远，动静结合，人家的烟火气与山水的空灵感互相平衡，清幽中不失温婉，闲淡中免于凡俗，人情与画景相得益彰。钱锺书在《宋诗选注》中说林逋善于“用一种细碎小巧的笔法来写清苦而又幽静的隐居生涯”，其实这首诗虽也幽静，其实境界颇为悠远阔大,他的《深居杂兴》一诗也有“幽人不作山中相，且拥图书看白云”之句，足以见其澄淡疏远的性格。

孤山寺端上人房写望

宋·林逋（967—1028）

底处凭阑思眇然，孤山塔后阁西偏。
阴沉画轴林间寺，零落棋枰葑上田。
秋景有时飞独鸟，夕阳无事起寒烟。
迟留更爱吾庐近，只待重来看雪天。

辑评

［宋］蔡启《蔡宽夫诗话》："吴中陂湖间茭蒲所积，岁久根为水所冲荡，不复与土相着，遂浮水面，动辄数十丈，厚亦数尺，遂可施种耕凿，人据其上，如木筏然，可撑以往来，所谓葑田是也。林和靖诗云：'阴沉画轴林间寺，零落棋枰葑上田。'正得其实。"

［清］王士禛《寒厅诗话》："'阴沉画轴林间寺，零落棋枰葑上田'写景最工。"

| 赏读 |

这首诗也是林逋隐居孤山时所作。孤山寺，即广化寺。上人，对和尚的尊称。这首诗写诗人去孤山寺访友，于端上人住处所见之景。

首联点题，诗人在孤山塔后西边的阁楼凭栏远眺，思绪眇然。以眇然之思起句，也突出诗人见此风景的内心变化，为后面的意境营造张本。领联以画轴写寺、以棋喻枰田，“阴沉”形容山阴色调之低沉，而林间寺庙之青砖绿瓦则与这种低沉的背景组成一幅画轴。葑上田，又称架田，以木框浮水面，上置葑泥，可以撑而往来，远远望去像零落的棋局。比喻新鲜工细又不失妥帖，从日常见奇思妙趣。这是林逋诗独特的地方。后黄庭坚有“田似围棋据一枰”（《题安福李令朝华亭》），文同又有“秋田沟垅如棋局”（《闲居院上方晚景》）等诗句，皆是从林逋此句而来。颈联用白描法写独鸟飞与寒烟起，可知已是秋深入暮之时，是尾联“迟留”之着落。两句对仗工整，中间“有时”“无事”二词用得妙，既形容风景淡远也暗示心境闲逸，与首句“思眇然”遥相呼应。尾联流露出对此处风景的喜爱，诗人不舍此时此处之幽景，所幸居处不远，让迟留此处、醉心此景有了可能，见秋景而思冬意，来日一个下雪天，则是诗人所向往的更幽、更静、更美的存在。

全诗诗意闲旷雅致，诗味清淡平远，静而不寂，且满含着对美好事物的期待。

题西溪无相院

宋·张先（990—1078）

积水涵虚上下清，几家门静岸痕平。
浮萍破处见山影，小艇归时闻棹声。
入郭僧寻尘里去，过桥人似鉴中行。
已凭暂雨添秋色，莫放修芦碍月生。

|辑 评|

[元]方回《瀛奎律髓汇评》："查慎行曰：三、四小巧而鲜新。"

[清]纪昀《瀛奎律髓刊误》："三、四有致，宜为东坡所称，然气象未大，颇近诗余。五句作意而笨。"

[清]陈衍《宋诗精华录》："子野词家，诗可与晚唐人争席。"

| 赏 读 |

张先，字子野，湖州乌程（今浙江湖州市）人，宋代婉约著名派词人。他的诗词以善用“影”字著称，李颀的《古今诗话》记载：“有客谓子野曰：‘人皆谓公张三中，即心中事、眼中泪、意中人也。’子野曰：‘何不曰之为张三影？’客不晓。公曰：‘云破月来花弄影’‘娇柔懒起，帘幕卷花影’‘柳径无人，堕絮飞无影’，此余生平所得意也。”

这首诗描写了雨过天晴的秋日西溪无相院内外的风景。首联“积水”暗示刚下过雨，积水很广，填满门户间的坑洼，天上地下，一片清澈浑融。领联“破”字用得妙，浮萍本来盖住水面，因水上涨而势大，撑破浮萍，露出一小块水面来，恰好照出山影。中间两联两次因水见影，以微小的浮萍之破现出远山朦朦胧胧的倒影，以过桥人如镜中行走暗写出桥下的水面倒映出人影。影子扩大了诗的境界，也增强了诗的美感。尾联因秋雨而联想到芦苇，如此修长茂密的芦苇，怕是在晚上会挡住水面初生的月亮。张先不但善于用“影”，更善于用水，全诗四联，每一联都有水，水让这首诗变得灵动，变得有活力。水打破了光影的世界，让天地万物融为一体，而来往于寺庙与城市的僧人则将世俗世界与宗教世界连成一片，世界的种种都被打通了。于是，一个浑融广阔的诗的境界就这样产生了。

过桐庐

宋·胡宿（995—1067）

两岸山花中有溪，山花红白遍高低。
灵源忽若乘槎到，仙洞还同采药迷。
二月辛夷犹未落，五更鸦臼最先啼。
茶烟渔火遥堪画，一片人家在水西。

| 辑 评 |

[元] 方回《瀛奎律髓》：“武平此诗妙甚，八句五十六字无一字不佳，形容桐庐尽矣。起句十四字并尾句，可作《竹枝歌》讴也。”

赏读

胡宿，字武平，常州晋陵人，由五代末年入宋。桐庐在浙江境内。二月的一天，诗人胡宿沿着富春江乘船路过桐庐，看见这一带的春日美景，心情非常舒畅，于是写下了这首诗。

春天，富春江两岸的山花盛开了，诗人乘船顺流而下，看见两岸的花红的白的，高的低的，一片烂漫。“遍”字写出山花开放时的繁盛热闹之貌。三、四两句写此处隐藏着灵源、仙洞，只有乘星槎可到，采药者在这里都会迷路，将此地刻画得如仙境一般。槎，指木筏，乘槎的典故出自张华的《博物志》，据载天河与海相通，有人住在海边，年年八月见有浮槎来去，不失期，于是乘槎浮海而至天河。五、六两句写道，二月的辛夷花还未凋落，五更时分鸦臼已先啼鸣，写出春日生机。最后两句总说此地风光远远望去堪比画卷，村民们在制茶、捕鱼，富有生活气息，也体现了百姓的安乐富足，“茶烟渔火”又与自然风物相互衬托，更凸显了此地的秀美风光。末句写桐庐百姓沿江而居，“一片”作量词，用得极妙，写出村庄聚集水边鳞次栉比之貌，让人感受到江村安宁、祥和的情态。整首诗写得生动流畅，尤其是首尾四句，用白描的手法平实地写出诗人经过桐庐时所见到的自然、人文景色，清新自然，有民歌风味。

鲍家田

宋·吴济（?）

摇旆家家酒，收犁处处村。
草深迷井口，槿密拥篱根。
绿水明秧本，青山失烧痕。
多应忌蚕事，畏客掩柴门。

|辑评|

[清] 厉鹗《宋诗纪事》：“《咸淳临安志》：鲍家田在钱塘门外东山衖之北，吴越相鲍君福赐田于钱塘，因以名焉。”

| 赏读 |

吴济，字巨川，南剑州将乐（今福建将乐）人，生平不详。这是一首描写春末夏初村居生活和田园风景的五言律诗。

首联两句用倒装，将摇旆、收犁的情态凸显出来。正值耕种的季节，酒家的酒旗迎风摇摆，村前村后都是收犁回村的农夫。经过一春的自由生长，野草已经茂盛到遮住了井口，木槿也抱着篱笆长得越发浓密。从井口、篱根等细微之处来描摹，更能够表现出春日的生机，衬托出村庄的清幽。一湾绿水流进稻田，滋养了绿茵茵的秧苗，不知何时，远山上的火痕已被浓浓新绿代替。古人有一种烧山为田的生产方式，较为落后，从"绿水明秧本，青山失烧痕"亦可见此处耕种方式的变迁。正值蚕月，农家以有客至家为不吉，闭门谢客为养蚕的传统习俗，所以村里家家柴门紧掩，只怕见人。这让村子显得非常的安静。这首诗以春末夏初农事正忙之时作为创作背景，将自然风景和农家生活融为一体，耕田插秧、收犁养蚕、喝酒解乏，一片繁忙景象而不失幽静。忙月里的农家生活和农事传统年年都是如此，淳朴而自足，简单而忙碌，与这一片田地相依为命，处处透露着勃勃的生机，这正是大自然的生命力吧。

秋日家居

宋·梅尧臣（1002—1060）

移榻爱晴晖，翛然世虑微。
悬虫低复上，斗雀堕还飞。
相趁入寒竹，自收当晚闹。
无人知静景，苔色照人衣。

辑评

［元］方回《瀛奎律髓》：“‘相趁入寒竹’，以应‘斗雀堕还飞’。‘自收当晚闹’，以应‘悬虫低复上’。又是一体。首尾翛然出尘，可谓着题诗也。”

［清］陆蓥《问花楼诗话》：“语似平易，实未经人道。”

高步瀛《唐宋诗举要》：“可谓能状难写之景矣。”

赏 读

梅尧臣，字圣俞，宣州宣城（今属安徽）人，北宋著名诗人，刘克庄在《后村诗话》中将他推为宋诗的“开山祖师”。皇祐五年（1053），诗人梅尧臣回到宣城老家守孝。这首诗作于他回乡后的第二年即至和元年（1054）的秋天，主要表现了家居的闲逸。

秋日的阳光总是和煦温暖的。这一天，诗人将卧榻移到阳光下闲卧，觉得自己超然于尘世之外，世俗的机心变得淡然。虫子沿着蛛丝下垂后又收丝爬上去，麻雀相斗坠落在地又飞了起来。打斗的麻雀从地上又追逐着飞入清寒的竹林，织网的虫子慢慢收起丝线仿佛回到自己的闺房。中间两联历来为人称道。相信很多人在日常生活中都见到过这样的情景，但是诗人却能够细致入微地将其写出来，并且赋予它某种幽微的诗意。尾联“静景”二字似乎可以看作前诗的总括，没有人欣赏这种幽静的景色，只有那青色的苔藓映照着诗人的衣裳。“苔色照人衣”一句亦清丽可惜。青苔成片，故能反照人衣，愈见景色之清幽，人物之娴静。

整首诗境界小致而自有幽趣，亦可谓别具一格。

江村

宋·蔡襄（1012—1067）

黯澹江村春日斜，汀洲芳草野田花。
孤舟横笛向何处，竹外炊烟一两家。

赏读

蔡襄，字君谟，兴化仙游（今属福建省）人。他的书法浑厚端庄、淳淡婉美，被人推为北宋书法四大家之一，其诗文亦清妙可观。这首七言绝句主要描写了江村两岸的田园风光。

夕阳西下，光线渐渐暗下来，江村的一切看起来都没有那么明晰了，目之所及，农田之外，是江中的洲渚和一些芳草野花。一、二两句写景颇为清幽。一艘小船孤零零地停泊在水边，舟中传来阵阵横笛声，这声音究竟是吹向何处，我们不得而知。诗人随笛声远望找寻，只见竹林之外升起一两缕袅袅的炊烟，原来已经是归家晚饭的时候了。“一两家”说明村子很小，又有竹子环绕，更凸显出村子的幽静。虽然整首诗没有直接写人，但是横笛与炊烟，已暗中说明了江村人物归家的意向，真实地再现了一个安静祥和的小村庄在日暮之时的状态。从三四句可以看出，诗人的思绪是跟着缥缈的笛声而动的，本来毫不着意，却将两组本不相关的意象连接在一起，产生了难以言说的诗意，意味悠长。全诗平稳闲淡，动静合宜，由视觉写至听觉，又由听觉返归视觉，在意境的营造上虚实结合，描绘出幽静安详的江村晚景。

题春晚

宋·周敦颐（1017—1073）

花落柴门掩夕辉，昏鸦数点傍林飞。
吟余小立阑干外，遥见樵渔一路归。

| 辑 评 |

［宋］程颢《二程遗书》：“《诗》可以兴，某自再见茂叔后，吟风弄月以归，有‘吾与点也’之意。”

［元］脱脱《宋史·周敦颐传》：“黄庭坚称其人品甚高，胸怀洒落，如光风霁月。”

赏读

周敦颐，字茂叔，道州营县（今属湖南道县）人，为宋明理学奠基人，世称濂溪先生，程颐、程颢兄弟皆出自其门下。其诗文亦足以名世。除了《爱莲说》为人熟知外，这首《题春晚》也是其代表作。这首诗描写了暮春时节的乡村晚景，从容闲逸，但又不至于平淡寡味。

首句"花落柴门掩夕辉"当是在庭院中往外看，柴门外的花朵凋落在地上，夕阳开始慢慢掩上了它的光芒。"夕辉"点题，"花落"则说明已是暮春时节。再将视线推远，便看见几只乌鸦在树林边错杂地飞着，"点"字形容乌鸦飞远渐小之态，形象贴切。第三句描写诗人独自吟咏的情态。他一边散步一边低吟着诗句，慢慢地就走到了阑干外。"小立"是一种不经意的停留，是闲适心态的体现。他从庭院中走到阑干外，朝着野外远眺，远处，樵夫渔民一路回村了。这一句用白描，写得极简极淡，但是我们可以想象出渔夫提着鱼，樵夫担着柴，沿着小路往村子里缓缓走来的情形。从柴门到飞鸦，景物是往远处推移的，从景物到"小立阑干"则又回到了观赏者的起点，末句又将视线推向遥远的渔樵，而最后一个"归"字又将视野和思绪拉回来，在这种远近往复的过程中，诗人的心灵与外在的景物便产生了一种交流与契合。这种交流与契合，或许就是诗意开始的地方。

早晴至报恩山寺

宋・文同（1018—1079）

山石巉巉磴道微，拂松穿竹露沾衣。
烟开远水双鸥落，日照高林一雉飞。
大麦未收治圃晚，小蚕犹卧斫桑稀。
暮烟已合牛羊下，信马林间步月归。

辑评

[宋] 释惠洪《冷斋夜话》："世徒知文与可扫墨竹，不知其高才兼诸家之妙，诗尤精绝。"

赏读

文同，字与可，号笑笑先生，人称石室先生，梓州永泰（今四川盐亭）人。文同与苏轼是表兄弟，苏轼曾盛赞他的诗，以为其画掩盖了其诗。这一首七言律诗主要描写诗人游报恩山寺所见景色。

首联写上山。登山的石径在大山中蜿蜒而上，依稀可辨。磴道，山间石板路。清晨的露珠晶莹地挂在松枝竹叶上，诗人穿过松竹林，被枝叶上的露水打湿了衣裳。颔联写途中所见之风景。云烟散开来，远处的水面有一对鸥鹭落下来。云雾散开，是因为有太阳高照。一只雉鸟，忽而从高大的树林中飞出来。这两句对仗工整，一远一高，富有层次感，一落一飞，则显出动态美。颈联写途中所见之农事。田中的大麦一片金黄，还在等待农夫的收割，而整治园圃已经错过了好时候。春蚕仍养在家中，就要到吐丝的时候了，桑树因为采摘已见稀疏。这两句一半写实，一半写虚，见大麦和桑树是实景，由大麦和桑树联想到“治圃晚”和“小蚕犹卧”则是虚景。尾联写返程。傍晚的烟雾将山峰笼罩起来，大群牛羊从山坡下来，准备归栏。诗人也要往回走了，他骑着马在树林间信步而行，月光倾泻下来，朦朦胧胧。诗人并没有急切的归意，而是悠闲地漫步，享受那种傍晚时分的静谧美好。这首诗的节奏轻快流畅，从清晨写至日暮，衔接无痕，写景动静结合，形色相映，宛然如画。

书湖阴先生壁二首其一

宋·王安石（1021—1086）

茅檐长扫净无苔，花木成畦手自栽。
一水护田将绿绕，两山排闼送青来。

|辑 评|

［宋］叶梦得《石林诗话》："荆公诗用法甚严，尤精于对偶。尝云用汉人语止可以汉人语对，若参以异代语，便不相类，如'一山护田将绿绕，两山排闼送青来'之类，皆汉人语也。此法荆公用之，不觉拘窘。"

赏读

这首七言绝句是王安石晚年寓居金陵紫金山时所作，描写了诗人前往邻居湖阴先生杨德逢居处所见景色。

前两句描写湖阴先生居处的院内之景，茅檐洁净不生苔藓，想必是常常被人打扫，花木齐整分区生长，应该都是主人亲手所种，环境的清幽、干净从侧面反映出隐居于此的主人的性情，一方面有劳动人民的勤劳朴实，另一方面也显示出文人的高雅情趣。后两句视角从院内转向院外，写法独特，以拟人的手法赋予山水生命和情感，并且超越了山水与人“相看两不厌”的对等距离，而是一种与人相亲的主动行为，透露出此地此人、自然与人文化而为一，你中有我，我中有你，不可分割。另外，这两句对仗精工，格律严密，以史对史，暗中用典而使人无丝毫察觉。“护田”一语出自《汉书·西域传序》：“自敦煌西至盐泽，往往起亭，而轮台、渠犁，皆有田卒数百人，置使者校尉领护。”“排闼”一语出自《汉书·樊哙传》：“高帝尝病，恶见人，卧禁中，诏户者无得入群臣。哙乃排闼直入。”融典故于诗句而不着痕迹，表层义和典故义相融无间，即使不知道这些典故，读者也能通过诗句的表层义领会诗中的韵味，可谓巧夺天工。全诗诗境恬淡舒适，山水与人相亲相乐，王安石对湖阴先生之人之居的欣赏和羡慕流露其中。

南浦

宋 · 王安石（1021—1086）

南浦东冈二月时，物华撩我有新诗。
含风鸭绿粼粼起，弄日鹅黄袅袅垂。

| 辑 评 |

[宋] 魏庆之《诗人玉屑》："用事琢句，妙在言其用而不言其名。此法惟荆公（王安石）、东坡（苏东坡）、山谷（黄庭坚）三老知之。荆公曰：'含风鸭绿粼粼起，弄日鹅黄袅袅垂。'此言水、柳之名也。"

[宋] 李壁《王荆文公诗笺注》："若无如许句法，匿名何用？看它流丽，如景外景。"

赏读

这首七言绝句同样作于王安石寓居金陵紫金山之时，描写了初春时节南浦的田园风光。

首句“南浦东冈”与“二月”点明了地点与时间。正值初春时节，万物复苏，草生水涨。古人有一种受外物感发而作诗的方法叫作“兴”，如王安石所说的“物华撩我”那样。诗人突然有了作诗的兴致，他不是为了写诗而写诗，而是因为“物华撩我”，其心灵深受初春的风物、初春的气息、初春的生机的感发影响，是不得不写诗以宣发心中澎湃奔涌的灵感的状态。诗人们都知道这种状态，只不过王安石偏要在诗中说出来以成一句，倒也使得。下一句对仗极为工整精巧，大概就是他强调“物华撩我有新诗”的具体表现吧，以“鸭绿”指代春水，以“鹅黄”指代新柳，“鸭绿”与“鹅黄”又能相对，言其用而不言其名，突出了春水之碧绿，柳枝之嫩黄，色彩清新，意境明丽，从侧面再现了初春物态的温柔可人；而“粼粼起”与“袅袅垂”，一上一下，一起一伏，水波层层叠叠荡漾开去，柳枝丝丝缕缕迎风飘摇，为南浦增添了几许动态美。这种精巧的人工，并没有破坏自然的景色，反而让我们在景色之外还感受到了一种语言之美。王安石对他这句诗颇为满意，认为“此几凌轹春物”，诗句本身已经超越了初春景物实际的美丽。当然，这样的文字毕竟少见，亦不可多作，多作恐误入歧途。

新城道中二首 其一

宋·苏轼（1037—1101）

东风知我欲山行，吹断檐间积雨声。
岭上晴云披絮帽，树头初日挂铜钲。
野桃含笑竹篱短，溪柳自摇沙水清。
西崦人家应最乐，煮芹烧笋饷春耕。

|辑 评|

[元] 方回《瀛奎律髓》："起句十四字妙。五六亦佳，但三、四颇拙耳。"

[清] 汪师韩《苏诗选评笺释》："'絮帽''铜钲'未免着相矣。有'野桃''溪柳'一联，铸语神来，常人得之便足以名世。"

[清] 纪昀《纪评苏诗》："起有神致，三、四自恶，不必曲为之讳。"

赏读

宋神宗熙宁六年（1073），苏轼时任杭州属官，一次他巡察杭州属县途经新城道，看见沿途秀美的春日风景和欢乐的农家生活，心情非常愉快，于是写下了这首诗。

首联以我观物，以所听写所想。东风与我的情感意志相通，似乎知道我将要出发进山，提早就吹走了乌云，房檐上滴滴答答的雨声已经没有了，营造了活泼的旅行氛围。颔联比喻形象生动，将“絮帽”比作“晴云”，“铜钲”比作“初日”，更添“披”与“挂”字，用拟人的手法写出白云戴帽子、日头挂铜盘的景观，极富动态美，整联诗在此就像活了一般。颈联主要描写了山里的盎然生机，诗人不写野桃因其茁壮生长而高过竹篱，反倒写竹篱自己太短；不写春风拂过柳枝，而写柳枝自己摇曳多姿，更强调出春天万物蓬勃向上的生命力。“含笑”形容花开之貌，“自摇”形容柳动之态，俱是用拟人手法写出，再现了桃红柳绿，流水潺潺的自然风景。尾联写山民生活的喜悦和欢乐，雨过天晴，春光大好，万物生长，赶紧煮熟芹菜，烧好春笋，以慰劳春耕的辛劳。“应最乐”是以诗人眼光看出，西崦人家或许未必就是最乐的，只是在诗人看来是如此美好，从而烘托出诗人心中之乐。全诗以趣为先，善用比喻拟人，情景交融，节奏活泼欢快，充满了乡土气、生活气和人情味。

惠崇春江晚景二首 其一

宋·苏轼（1037—1101）

竹外桃花三两枝，春江水暖鸭先知。
蒌蒿满地芦芽短，正是河豚欲上时。

|辑 评|

[宋] 胡仔《苕溪渔隐丛话》："此正是二月景致，是时河豚已盛矣。但'欲上'二字，似乎未稳。"

[清] 纪昀《批点苏文忠公诗集》："此是名篇，兴象实为深妙。"

[清] 李重华《贞一斋诗说》："七绝至境，须有始终有魂，入神二字，未足形容其奇妙。"

[清] 王文濡《宋元明诗评注读本》："绝妙风景。老饕见之，馋涎欲滴。"

赏读

这是苏轼的一首题画诗，元丰八年（1085）作于汴京。原画为惠崇所作，已亡佚，所幸苏诗高妙，对照这首诗，我们几乎可以再现这幅春江晚景图的景致。

竹林之外，桃花知春，已有两三横枝带笑，迎风开放；春江水里，碧波无声，暖意已被游水的鸭子先行知晓，正畅游其中。桃花开得还比较稀少，天暖还未被人知，可见此时正是早春时节。嫩嫩的蒌蒿从地里冒出来，满地都是，芦苇也刚刚发芽，长出了尖儿，万物都充满了生机。

欧阳修在《六一诗话》中说："河豚常出于春暮，群游水上，食柳絮而肥，南人多与荻芽为羹，云最美。"蒌蒿，一种可供食用的野菜，可使河豚肥，且是烹鱼的配菜。诗人见画中蒌蒿遍地，芦芽冒头，口腹之欲不由得冒上心头，于是自然而然地联想到河豚这一画外之景，突破了图画内容的限制，引导了观者的想象空间，丰富了诗歌内涵，真正做到了再现画中春色甚而超越画中春色，不过这对诗词书画样样精通的苏大才子来说，倒也不算什么难事。这首诗诗调欢快，色彩清丽，读起来朗朗上口，为人喜爱而传诵至今。

村居

宋・张舜民（？）

水绕陂田竹绕篱，榆钱落尽槿花稀。
夕阳牛背无人卧，带得寒鸦两两归。

|辑 评|

[宋] 吴开《优古堂诗话》:“张芸叟诗‘夕阳牛背无人卧，带得寒鸦两两归’与东坡所记苏叔党诗‘叶随流水归何处，牛带寒鸦过别村’，与张诗相类。”

[清] 陶元藻《全浙诗话》:“‘鸦立牛背’，老僧常谈句，着‘带得两两’数字，便觉景物一新。”

赏读

张舜民，字芸叟，号浮休居士，北宋文学家、画家，邠州（今陕西彬县）人，生卒年不详。这首七言绝句是张舜民的代表作，主要描写乡村秋日晚景。一作舒亶诗，存疑。

首句由远及近，从远处的流水绕田，到近处疏竹绕篱，都是以一种环抱的姿态与诗人相对。第二句写榆树的花开已尽，木槿花也是三三两两，将要凋零，说明已是初秋时节了，读来有几分萧瑟之感。夕阳西下，是黄昏时候，归栏的水牛上没有牧童的身影，只有两三寒鸦，停歇在牛背上，被牛带了回来。牧童骑牛卧牛是诗歌中常见的意象，而这首诗却别具一格地写牛背栖寒鸦，产生了新的诗意。在诗歌的乡村叙事中，日暮总是归来的时刻，《诗经·君子于役》就有“日之夕矣，牛羊下来”的描写。这首诗也以日暮作为背景，节奏舒缓，读来有几分温馨。日暮同时又是情绪容易低落的时刻，尤其是秋日的黄昏，看着草木零落，夕阳西下，牛背栖鸦，诗人内心深处到底被激起了一些落寞的情愫。这首诗的意境是闲逸而又怅惘的，所有的景色其实都是经过诗人的眼睛和心灵呈现出来的，这也让诗人的心情被带进了具体的景物之中，虽未明言，但是那种孤独的感觉却能品味得出。

早行

宋·陈与义（1090—1138）

露侵短褐晓寒轻，星斗阑干野外明。
寂寞小桥和梦过，豆花深处草虫鸣。

赏 读

陈与义，字去非，号简斋，河南洛阳人，为南北宋之交著名诗人。《宋史》称他："尤长于诗，体物寓兴，清邃纡余，高举横厉，上下陶、谢、韦、柳之间。"这是一首七言绝句，主要描写晨晓之时独行于郊野道上的所见所感，朦胧轻巧中带着平朴闲远的气质。

首句点题，天将亮未亮，诗人在半梦半醒之间就匆匆上路。"露侵短褐晓寒轻"，清晨露重，寒意浓厚，诗人身穿短上衣，感觉到了一阵清冷，"轻"字和"晓"字相互佐证，点明时间之早。寒意也给诗人带来了一丝清醒，他睁开眼睛，抬头远望，看见星斗仍然横斜。"阑干"，指纵横的样子。这句以"明"衬暗，表现周围环境之昏黑，再次说明了出发时间之早。可清晨的微寒终究难掩早发的困意和独行的孤单，诗人又回到半梦半醒的恍惚状态，他独自经过一座小桥，犹在梦中一般。豆花深处的虫鸣传进耳中，更突出了四野的静谧。梦境与环境融为一体，不知是在桥上行走，还是在梦里行走，这时传来草虫呢侬的和鸣，愈加让人沉醉恍惚，而诗意，正是在此处显得无穷无尽。整首诗境界不大，但写得细致入微，反见别致，调动触觉、视觉、听觉等感官，描绘了天色未明时的情景，将诗人忽睡忽醒之微妙状态刻画得生动形象，表现了郊野春晓的朦胧清新景色。

四时田园杂兴六十首选二

宋·范成大（1126—1193）

淳熙丙午，沉疴少纾，复至石湖旧隐，野外即事，辄书一绝，终岁得六十篇，号《四时田园杂兴》。

昼出耘田夜绩麻，村庄儿女各当家。
童孙未解供耕织，也傍桑阴学种瓜。

新筑场泥镜面平，家家打稻趁霜晴。
笑歌声里轻雷动，一夜连枷响到明。

|辑 评|

［宋］吴沆《环溪诗话》："且如农桑樵牧之诗，当以《毛诗·豳风》及石湖《田园杂兴》比熟看。"

［宋］方岳《深雪偶谈》："范石湖《田园杂兴》，验物切近，但句律太费力气，于唐人之藩尚窘步焉。"

［清］宋长白《柳亭诗话》："范石湖《四时田园杂兴》诗，于陶、柳、王、储之外，别设樊篱。"

赏读

范成大，字致能，号石湖居士，吴郡（今苏州）人，南宋著名诗人。这组诗共六十首，包括《春日田园杂兴》《晚春田园杂兴》《夏日田园杂兴》《秋日田园杂兴》和《冬日田园杂兴》各十二首，主要描写了一年四季乡村的景色和农民的生活。

第一首为《夏日田园杂兴》中的一首。年轻的儿女已经能够当家了，他们白天去田里除草，晚上回来还要搓麻线。小孙子虽然不知道耕田织布的意义，但也学着在桑树荫下种瓜。农村的小孩子，从小就耳濡目染父母的劳作，一般都较早地接受了农事知识。诗中的小孩种瓜的行为虽然只是一种稚嫩的模仿，却显得非常乖巧有趣，惹人怜爱。这首诗以田家老农的口吻道出，见子女成家，儿孙长大，满怀着知足与喜悦。

第二首为《秋日田园杂兴》中的一首，主要叙写了秋收时候农家连夜打稻的情景。新修整过的打稻场像镜子一样平整，家家户户都趁着仲秋连日的晴天打稻谷。大家一边打稻，还一边说笑唱歌。连枷一齐响起，声音就像雷声一样。用轻雷比喻连枷声，表明参与打稻的人数之多，也非常形象生动。尽管是通宵劳作，农人也没有抱怨，而是伴随着歌声笑语。对朴实的农民来说，不管多么劳累，丰收总是让人知足、喜悦的。诗人仅抓住笑语声和连枷声这两个细节，通过听觉便从侧面烘托出了连夜打稻的欢快气氛。

宿新市徐公店其二

宋·杨万里（1127—1206）

篱落疏疏一径深，村头花落未成荫。
儿童急走追黄蝶，飞入菜花无处寻。

赏读

诗人杨万里有一次在新市徐公的酒楼喝得烂醉如泥后在徐公店留宿，这首七言绝句正是他酒醒后所作。大概是他在酒楼上看见村庄的春日风光和儿童嬉戏的场景后，产生了灵感，于是写下了这首诗。

前两句写景。篱笆上的藤蔓比较稀疏，而篱笆旁的小径又深又长，将人的视线引向远处，很有层次感。村头的野花已经凋零殆尽，而树木枝叶稀落，尚形成浓荫。两句表明此时正是暮春时节，描写清新小景，亦有几分别致。末两句写人。正在诗人醉眼看景的时候，突然有三两个孩子闯进了他的视线，他们你追我赶，正在追捕一只黄蝴蝶。急走即快跑，这一细节描写，抓住了小孩子在游戏玩闹时活泼、急切、投入的特点。捕蝴蝶本来就是儿童喜欢玩的游戏，这种天真快乐只有儿童才拥有，将其写入诗中，激发了读者的童心。而末句更让人有意外之喜。就是那只蝴蝶，忽然飞进了黄灿灿的油菜花田里。蝴蝶是黄色的，菜花也是黄色的，并且蝴蝶与花朵本就形似。这一下，孩子们已经无处寻蝶了。当然，蝴蝶飞入菜花丛中难以寻觅，对儿童来说自然有些失望了，可是对诗人和读者来说，正是儿童那种小小的失望神情才更让人觉得可爱有趣呢。全诗清新有趣，节奏轻快，尤其是儿童捕蝶两句，写得活泼生动，亦可以看出诗人童心未泯。

插秧歌

宋·杨万里（1127—1206）

田夫抛秧田妇接，小儿拔秧大儿插。
笠是兜鍪蓑是甲，雨从头上湿到胛。
唤渠朝餐歇半霎，低头折腰只不答。
秧根未牢莳未匝，照管鹅儿与雏鸭。

赏读

杨万里的田园诗经常描写农事的场景，在语言上也更加贴近农家本色，多用俚语、俗语，在中国古代田园诗中可谓别具一格。这首《插秧歌》就是其代表作之一，描写了田家在春雨中抢栽秧苗的农事图景。

首联没有任何琐语，直接切入诗题，写全家出动插秧，田夫田妇大儿小儿分工合作，各司其职，刻画出如流水线一般紧锣密鼓的插秧场面。首联全写动作，到颔联则补叙他们的外貌和下雨的环境。尽管下着大雨，但是斗笠蓑衣是他们的护甲，而插秧仿佛就成了一场与风雨争斗的战争。无奈大雨滂沱，大家浑身上下都被打湿了。颔联写雨中劳作场景，充满了紧张忙碌的气氛，比喻亦新奇有趣。即使家里饭熟了，有人喊他们吃早饭顺便休息一下，大家只顾低头弯腰插秧，也不回答岸上的人。其实大家并非是没有听见，只是想要珍惜工时，多插一根秧是一根秧。田家之勤劳、辛苦于此可见。到尾联我们看到插秧的人仍然没有停歇，因为秧苗还没有插满一圈，况且苗儿刚栽下，根还未长稳，所以要提防小鹅小鸭，不要让它们进到田里糟蹋了刚插的秧苗。尾联曲尽农家心思，非深谙农事描写不出。这首诗选取插秧这一劳动场景，节奏轻快地再现了田家农事的忙碌情景，表现了普通农家勤勤恳恳、和乐融融的生活。

病牛

宋·李纲（1083—1140）

耕犁千亩实千箱，力尽筋疲谁复伤？
但得众生皆得饱，不辞羸病卧残阳。

赏读

李纲是南宋名臣，他主张抵抗金人，改革政治，却遭到保守派的排挤，在做了七十七天宰相后，被朝廷贬斥武昌。这首诗即作于绍兴二年（1132）李纲被贬武昌之后，是诗人的代表作，以一头病牛自况，既是咏物，更是言志。

首句“耕犁千亩实千箱”，“千亩”言老牛劳作之繁重，“千箱”言老牛成果之丰硕。箱，通“厢”，指仓廪。第二句“力尽筋疲谁复伤”说老牛耕犁一生，已经精疲力竭了，可是没有任何人怜悯它。这一句用反问的语气，增强了伤感的效果。第三、四句是全诗的主旨所在，也是为人称颂的名句，只要众生都能够填饱肚子，即使是羸弱残病，独自卧在残阳中也心甘情愿。“卧残阳”三字写出老牛夕阳独卧的神态，形象贴切，同时也渲染了浓重的悲剧气氛。全诗用拟人的手法，通过病牛的口吻自述，实际上象征着诗人自己，表达了鞠躬尽瘁死而后已的奉献精神。虽然这种无私奉献的精神在诗中凸显得非常强烈，然而我们还是能够隐约地感受到，诗人的内心其实是抑郁不平的，尽管甘愿奉献，但是仍然希望得到承认和肯定，读“力尽筋疲谁复伤”一句可知。李纲被贬后，仍然心系朝局，他多次上疏朝廷，陈诉抗金大计，可是不被采纳，最后郁郁而终。《病牛》似乎写出了诗人自己的命运。

游山西村

宋·陆游（1125—1210）

莫笑农家腊酒浑，丰年留客足鸡豚。
山重水复疑无路，柳暗花明又一村。
箫鼓追随春社近，衣冠简朴古风存。
从今若许闲乘月，拄杖无时夜叩门。

|辑评|

[清]清高宗敕编《唐宋诗醇》：“有如弹丸脱手，不独善写难状之景。”

[清]方东树《昭昧詹言》：“以游村情事作起，徐言境地之幽，风俗之美，愿为频来之约。”

[清]彭端淑《雪夜诗谈》：“陆放翁诗‘山重水复疑无路，柳暗花明又一村’，宜称幽致。”

赏读

南宋乾道元年（1165），陆游因力主抗金，受到主和派的排挤和诬陷，被朝廷罢官，在山阴老家闲居。这首诗大概作于他罢官两年后即乾道三年（1167）的春天，政治上的失意并没有在这首诗中流露出来，而闲适自在的田园生活却在笔下缓缓荡开。

春社将至的一天，诗人去山西村乘兴游玩。首联如老农口吻，直道家常，不要笑农家的腊酒浑浊，丰年的时候只要有人来做客，就会杀鸡宰猪好好招待，表现出田家的热情好客，让人觉得异常亲切朴实。颔联为千古名句，常被人用来比喻事物出现转机。而实际上，原诗的本意主要是记叙诗人出游的曲折行程，山水重重让人觉得已经没有路可走了，而前方突然柳暗花明又出现了一座村庄，让人感到惊喜。颈联则从自然幽静的山水之景转向热闹欢腾的人文之景，人们吹箫打鼓，成群结队，相追相随，展示了迎春社时的欢快场面。村民衣冠简朴，还保留着古老的风俗。这两句富有浓厚的民俗色彩。尾联表达了诗人对这种悠闲生活的向往，如果从今以后能够随时乘着月光，拄着拐杖，来敲开老农的柴扉，与老农亲切闲谈。一整天的游玩，诗人仍然意犹未尽，还相约以后时常重聚，可见诗人对此地风土人情的喜爱。整首诗紧紧围绕“游”这一主题展开叙述，结构严谨而又圆润流转，锻炼之迹化为无形，实在是不可多得的佳作。

小园四首选一

宋·陆游（1125—1210）

小园烟草接邻家，桑柘阴阴一径斜。
卧读陶诗未终卷，又乘微雨去锄瓜。

赏读

淳熙八年（1181），五十七岁的陆游在江西常平提举任上遭人弹劾，愤然辞官，又回到故乡山阴。这首诗即作于他这次罢官之后，主要描写了他在老家山阴闲居期间的田园生活。

首句“小园烟草接邻家”写春天小园里的小草生长得非常茂密，与邻家的园子连成一片。“烟”字形容小草在微微细雨中的那种绿茵之貌。桑树和柘树的浓浓绿阴之下是一条蜿蜒的小路，倾斜着通向幽深之处。前两句写出了田园的幽静与清秀，后两句则由景及人，写人物之闲适。诗人斜卧闲躺，正捧着陶潜的诗卷随意读着，“卧读”二字表现出居家的闲适悠然。他还没有读完一卷书，突然想起园子里的瓜还没有锄，于是放下书，赶紧拿起锄头出门，去菜园里锄瓜。伴随着细雨的微凉，劳作也增添了几分惬意。这样的描写不禁令人联想到陶渊明的隐居生活，“欢言酌春酒，摘我园中蔬。微雨从东来，好风与之俱。”（陶渊明《读山海经》）诗人亦有追随前贤之意，闲时读几首陶诗，或者治理一下菜园，打发时光，自得其乐。这首诗给我们描绘出了清新别致的小园春色，表现了诗人恬淡自然的生活意趣，读来清切有味。

村晚

宋·雷震（？）

草满池塘水满陂，山衔落日浸寒漪。
牧童归去横牛背，短笛无腔信口吹。

赏读

雷震，江西人，生卒年不详，约当南宋末年。这首七言绝句主要描写了乡村的晚景。

前两句由近及远描绘了田园的自然景色。池塘边长满了青草，池水已经漫到水岸。两个“满”字，既是诗人对水草丰盛的池塘的形象刻画，也是诗人心中对此田园美景的心满意足的自然流露。再将视线转向远山和落日，一个“衔”字，真切生动地捕捉到了夕阳在山头欲落未落之时的画面，而“浸”字，又将夕阳的倒影置于水波中，寒波和暖日相融一体，冲淡平和。这种视角很独特，将远景和近景通过水的倒影连接在一起，构成一幅颇具层次感的绚丽图画。三、四句又将放牛归来的牧童置入其中，你看他横坐牛背，用短笛旁若无人地吹着不成腔调的曲子，自娱自乐。从“横牛背”可知牧童与牛的长久相处而产生了信赖和默契，故能横坐无碍，同时也表现了牧童的悠然自得。诗人不用“归来”而用“归去”二字，除了符合平仄的考虑外，或许还有故意转换视角的用意，因为“归去”二字可以将牧童身后的青山、落日、水草变成背景，使整首诗组成了一幅完整的图画，横坐牛背上吹短笛的牧童被景物巧妙地衬托出来，更显别致生动。从这些闲适悠然的景观可以揣测出，诗人心中对这种无拘无束的田园生活充满了喜爱。

庆全庵桃花

宋·谢枋得（1226—1289）

寻得桃源好避秦，桃红又见一年春。
花飞莫遣随流水，怕有渔郎来问津。

赏读

南宋灭亡后，谢枋得隐姓埋名，长期流亡在福建建阳一带的穷山野岭中，以卖卜教书度日，生活贫困至极。他每天穿着麻衣草鞋,面向东方痛哭,悼念故国。元朝统一中国以后，谢枋得誓不肯降元，绝食五日而亡。这首诗作于谢枋得隐遁福建期间。

这首诗表面上是写桃花，实际上另有寄托。桃花源的典故出自陶渊明的《桃花源记》，晋代的时候，有一个渔夫误入一片落英缤纷的桃花林，桃林中有一条溪水，渔夫于是沿着溪水穿过了桃花林。在溪水源头有一个山洞，他从山洞进去，终于发现了一个世外桃源，桃花源的人是数百年前为避秦乱而躲进此地的。桃花源的典故人们耳熟能详，大众心理总是将自己代入那个寻找桃花源的人，而诗人却一反常情，以桃花源中人自居，但愿自己的桃花源不被人找到，所谓“花飞莫遣随流水，怕有渔郎来问津”，不希望桃花飘零随着溪水流出去，被好奇的渔夫发现，因此在审美接受上产生了新意。其实，诗人流亡的地方并不像桃花源那样美好，对他来说，只要有这样一个避世的地方，免遭元人侮辱就是万幸。虽然诗题中有“桃花”，但是诗中并没有描写桃花美景，而是由桃花引出桃花源，再由桃花源引出花随流水恐招来渔郎问津的想法，活用人们耳熟能详的典故，随物设喻，创造出了新的诗境，表达了诗人不与新朝合作，避世求安的态度。

野步

宋·周密（1232—1308）

麦陇风来翠浪斜，草根肥水噪新蛙。
羡他无事双蝴蝶，烂醉东风野草花。

赏读

周密，字公谨，浙江吴兴(今湖州)人。南宋灭亡后，入元不仕。周密是南宋末年著名词人，其词典雅清丽、意趣淳雅，诗亦清新可观。这首七言绝句主要描写春日野步所见之景。

这一天风和日丽，诗人乘兴去野外散步。清风阵阵吹来，麦田里卷起青色的麦浪。“翠浪”言麦子青翠一片，被风吹动如浪涛起伏之状。长满青草的水边，有很多小青蛙在鸣叫。一、二两句写春景，分别从视觉和听觉两个角度表现春天的盎然生机。这时，一对蝴蝶飞进诗人的视线，看见蝴蝶在花草中翩翩飞舞的样子，诗人突然对它们产生了羡慕之情。蝴蝶有什么值得羡慕的呢？羡慕它们春日无事，整日在野草野花和东风中沉醉。“烂”字形容沉醉的程度之深，仿佛酒醉一般。这两句用拟人的手法，将蝴蝶依花倚草的神态描摹出来，同时也勾画出诗人欢快陶醉的心情。唐代诗人李群玉有诗曰：“草色醉蜻蜓。”与此句意思相近。诗人的想法是如此天真烂漫，像孩童一般，然而正是这种天真烂漫的情思才成就了这首诗的艺术美感。自从被诗人这么一说，每每看见蝴蝶飞舞，倒真想变作蝴蝶飞进芳香的花丛中，这或许就是诗歌的魔力吧。这首诗写景并无多少新意，语言也较为通俗浅显，它吸引人的地方全在末句之意趣天成。

村居

元·王冕（1287—1359）

断桥分野色，曲径入柴门。
五柳低藏屋，三家自作村。
人情同下里，风俗异东屯。
我老无生计，耕耘教子孙。

|辑评|

[清]朱彝尊《曝书亭集》:“当元之季，多逸民，冕其一也。”

赏读

王冕自幼好学，放牛的时候，偷偷钻进学堂听诸生读书，傍晚回来，才发现把牛给忘了，晚上隔壁田家来他家里找麻烦，说牛吃了他家庄稼，父亲训斥了王冕，没过多久他还是这个样子。最终成才，可是少有用世之心的他，却困厄不遇，在游历大江南北之后，隐居会稽九里山。

这首诗主要描绘了乡村的景色，表现了他在故乡的田园生活。首联一个“分”字将断桥内外的景色隔开，断桥那边是人迹不到的野地，也是诗人村舍所在之地，曲折的小路通往他家的柴门，“断桥”“野色”“曲径”等意象将村舍的荒僻和幽静表现出来。颔联“五柳”暗用陶渊明《五柳先生传》之意，柳树虽然不高，却能将村舍藏在浓荫中，这说明茅屋是非常低矮的，“藏”字表现出茅屋在柳树中若隐若现之貌。村子里只有三五户人家，说明村子很小，也很幽静，“自”形容偏安一隅、自得其乐的状态。颈联说这里的人情如同偏远的乡里，风俗却与东屯相异，仍然是在说明村居的淳朴。尾联感慨自己如今已经年老了，没有治理生计的办法，只好在这里耕耘土地、教育子孙，有几分郁郁也有几分豁达。古代读书人在求官无望，或者不乐仕进的时候，经常会选择回到故乡耕读传家。耕读传家不仅是一种充满诗意的田园生活，更是一种文化理想的薪火相传。

村居四首 其四

元·王冕（1287—1359）

英雄在何处，气概属山家。
蚁布出入阵，蜂排早晚衙。
野花团部伍，溪树拥旗牙。
抱膝长吟罢，天边日又斜。

| 辑 评 |

[明] 朱谋垔《画史会要》:“（王冕）元末隐身不仕，好游名山，遇奇才侠客，即呼酒悲吟，人多斥为狂奴。”

[清]《四库全书总目》:“王冕天才纵逸，其诗多排奡遒劲之气，不可拘以常格。”

赏读

王冕曾研读兵书，并学过剑术，只可惜这些才能一直没有派上用场。一日闲坐时，他突发奇想，把村子变成了虚拟的战场：蚂蚁出入巢穴是在布阵排兵，蜜蜂早晚成群结队地飞舞是官府排衙，路边花团锦簇则是部队集合，溪水边的大树就是将军的牙旗……诗人天马行空的想象真让人目瞪口呆，蚂蚁、蜜蜂本来和部队行伍没有多大的相似性和可比性，可诗人却能将二者生生地牵扯到一起，并用一系列的比喻组合成一个系统的军事场景，让人在惊奇中又能感受到几分孩童般的明快、天真，还乐意与他一起沉醉其中。我们再回头说首联“英雄在何处”两句，既然这些蚂蚁、蜜蜂还有野花之类都是他排列的兵阵，那么“英雄”大概是诗人自指了，这位山家英雄气概超群，他坐在屋檐下指点江山，排兵布阵，滑稽处让人发笑，认真处又让人默然，尤其是等他抱膝吟完此诗，看见太阳又西斜了，竟有些许莫名的失落。诗人或许整日都沉醉在这样的想象中，虽说在旁人看来有些莫名其妙，不过倒也能自得其乐。读此诗让人想起那位隐居隆中，好为《梁甫吟》的诸葛孔明，二人竟有几分神似。这首诗的写法颇为新奇，全诗多处使用拟人和比喻的手法，臆想出一个个生动活泼的情景，描绘出春天百花盛开、蜂飞蝶舞的热闹场面，富有意趣。

湖乡二首

元·陶安（1315—1368）

淝水新无警，湖乡颇有年。
稻田驱夜豕，莲荡捕秋鳊。
逻卒黄茅屋，归人白板船。
数家依绿树，斜日照炊烟。

熟处人还聚，生涯日渐忙。
洗鱼淹作鲊，切藕曝为粮。
野纻栽临屋，家凫浴满塘。
掩门儿女坐，灯下补衣裳。

| 辑 评 |

[清] 朱彝尊《静志居诗话》："俞右吉云：郡公（陶安）谋略文章，孝陵推为第一。诗亦拔俗，五古未免冗长耳。"

[清] 陈田《明诗纪事》："（陶安）有诸葛君、王景略一辈气象，诗亦清劲，不愧雅音。"

赏读

陶安，安徽当涂人。《湖乡二首》约作于元末田居之时，主要描写湖乡的田园风光和农民生活。

第一首描绘湖乡的秀美风光，表现湖乡的富足安宁。这一年淝水的水势稳定，没有引起水灾，湖乡一带的庄稼收成不错。农人们晚上去稻田里驱赶野猪，防止它们祸害庄稼，撑着小舟去捕捞荷叶荡里的秋鳊。前四句写出田家富足，令人心喜。一队士兵在黄茅屋前巡逻，在野外农忙的人也站在白板船头回来了。虽有官兵，却能与民相安无事，可见湖乡之安宁。村子里只有几户人家，村前村后栽满了绿树，“依”字表现村舍与绿树相依相偎之态，有几分暖意。傍晚时分，夕阳照着村落里袅袅升起的炊烟，一片安静祥和。

第二首描绘乡村生活场景。邻里之间都相熟，大家经常聚坐在一起聊天。秋天是收获的季节，田家要开始忙碌了。上一首有“捕秋鳊”，故此处有洗鱼腌鱼的行为，淹，通“腌”。除了腌鱼，还把莲藕切成片晒成藕干，留作秋后的口粮。腌鱼、藕片皆是农家风味，令人垂涎欲滴。屋门口栽种了野纻麻，一大群家养的鸭子在池塘里游泳嬉闹。天黑以后关上门，儿女们相依而坐，慈母在灯下缝补着衣裳，多么温情的画面啊！这首诗写得极平淡，亦极真实，将田家生活亲切有味地表现出来，非真切经历过田园生活者描写不出，非真切向往田园生活者亦欣赏不来。

始归田园二首选一

明·高启（1336—1374）

辞秩还故里，永言遂遐心。
岂欲事高骞，居崇自难任。
清晨问田庐，荒蹊尚能寻。
秋虫语左右，翳翳桑麻深。
别来几何时，旧竹已成林。
父老喜我归，携榼来共斟。
闻知天子圣，欢然散颜襟。
相期毕租税，岁暮同讴吟。

|辑评|

［清］朱彝尊《静志居诗话》："王子充云：季迪诗俊逸清丽，如秋空飞隼，盘旋百折，招之不下。又如碧水芙蕖，不假雕饰，翛然尘外。"

赏读

明洪武三年（1370），诗人高启辞官还乡，脱离樊笼的他，看见故乡的一草一木都无比欣喜，于是写下了《始归田园二首》，表现了他回到故乡后的田居生活和复杂情绪。此处选录了其中一首。

前四句叙辞官归乡。诗人自言没有功名利禄之心，也没有为官从政之才。高骞，比喻飞黄腾达。居崇，居高位。能够摆脱官场的凶险，回到思念已久的故乡，自然非常喜悦。这一天清晨，他早早地起来，去村中寻访旧迹，在长满荒草的小路间漫步。路旁的秋虫在两旁唧唧鸣叫着，田里的桑麻郁郁葱葱，已经长得很深了。“语”字用拟人的手法，写出秋虫呢哝之态。已经离别故乡多年了，昔日栽种的竹子如今已长成竹林。从“清晨问田庐”到“旧竹已成林”六句，描写故乡的一草一木，无不流露着深情和喜悦。父老乡亲知道诗人回乡了，非常高兴，携酒来与他共饮。酒席间，父老自然要询问起诗人在朝廷的见闻，当听到当今的天子非常圣明，他们一个个都喜笑颜开。期待着努力耕作交满赋税，过年的时候一起欢饮歌咏。父老们的心思如此简单淳朴，令人叹息。其中不仅包含着他们对美好生活的朴素向往，同时也包含诗人真诚的期望，他愿意把自己的命运寄托在田园之中。这首诗看似平易，实则洗练，中间几句，不减陶诗佳处。

割稻

明·沈周（1427—1509）

我家低田水没肚，五男割稻冻栗股。
劳劳似共雨争夺，稻芽渐向镰头吐。
蓬蓬纂纂缀青针，稻既生芽禾应腐。
腐余割得尚欢喜，计利尚得十之五。
小家伶仃止夫妇，稻烂水深无力取。
口中之食眼中饱，忍见穗头沉着土。
波间粒粒付鱼雁，一年生计空辛苦。
但忧两口不聊生，未暇征租虑官府。
老翁对坐沉灶哭，婆亦号咷向空釜。
云昏月墨忘关门，隔壁咆哮一声虎。

| 辑 评 |

［清］朱彝尊《静志居诗话》：“石田（沈周）诗不专仿一家，中晚唐南北宋靡所不学，每于平衍中露新警语。人既贞不绝俗，诗亦变而成方。何元朗云：石田诗有绝佳者，但为画所掩，世不之称。”

赏读

沈周，字启南，号石田，江苏长州人，工于画，被推为明代第一。和其他隐逸诗人不同，沈周很少以隐士自居，而是把自己当成田家的一员，因为长期与农夫渔人为伴，所以深知底层百姓的欢乐与疾苦，这种身份认同和情感表达也体现在他的诗画作品中。这首诗即诉说了苏州地区水涝灾害中农民的悲苦。

明成化十一年（1475）秋天，正值收获季节，苏州一带却下了大暴雨，将田地都淹没了。沈周家的稻田地势低洼，积水深过肚脐。男丁们都下水抢收粮食，他们在水中冷得直打寒战。但是手中的镰刀仍然急急地挥舞着，仿佛在和老天爷争夺时间。稻谷浸在水中，都被泡烂了。即使收上来，恐怕一半都是腐烂的。小户人家的夫妇们站在水边，家中无壮丁，只得眼睁睁地看着。“口中之食眼中饱”写出农人无可奈何之状。一粒粒粮食都冲进水里，被鱼和水鸟吃了，一年的生计就这样白忙活了！眼前就已是食不果腹，哪还考虑得到交田租给官府？可是田租最终还是要交的呀，到了那一日又该怎么办呢？愈作此想，愈觉悲苦。傍晚无米下锅，老翁坐在灶前哭泣，老妇望着空空的铁锅号啕，此种景象已是凄惨无状。隔壁家又忘记关门，下山觅食的老虎闯进了院子，在院子里咆哮，真是让人心惊胆寒啊！这首诗语言通俗易懂，叙事明白晓畅，一字一句间饱含着对劳动人民的深切同情。

田园杂诗五首 其五

明・李梦阳（1473—1530）

田居亦安娱，患者寡朋仇。
农谈或时歇，仰视苍云流。
青衿者谁子，道言即我谋。
开尊面圃场，剥枣充旁羞。
物小意固勤，觞既情仍留。
皛皛远天色，秋阳下林丘。

辑评

［清］朱彝尊《静志居诗话》："顾华玉云：献吉诗卓尔不群，或失则犄矫枉之偏，不得不然。"

赏读

正德元年（1506），李梦阳代户部尚书上疏揭发权宦刘瑾，反被刘瑾陷罪，几成杀身之罪，幸得友人力救，才免一死。这组诗即作于李梦阳得罪宦官而罢官闲居之时，此处选录了其中的第五首。

开篇说田园生活也还安闲愉快，唯一遗憾的是见不到朋友。朋仇，指同僚朋辈。可以看出诗人罢官田居后仍有些寂寞之感，对政治生活充满着期待。“农谈或时歇”，农人们干活累了，坐在树荫下休息，有一句没一句地闲聊着，或者望着天空流动的白云出神。青衿，黑色交领的长衫，多指书生、秀才。其中有一个做书生打扮的，看见李梦阳来了，大概知道他不是寻常人物，于是就上前搭讪，拉来同坐。农家没有什么好招待客人的，刚从树上打下来的枣倒是清甜可口，聊作酒食。虽然这些小东西不值什么，但是心意殷勤。这位乡村书生的热情好客，感动了李梦阳。坛中的浊酒虽已饮尽，但是主客之间的情谊却从此长存。末句用景色结尾，亦清新可喜：远方的天色还亮白明澈，夕阳却快要落下林丘了。

这首诗具有比较明显的模拟陶渊明和孟浩然的痕迹，在造句上也多用古字词，颇有些晦涩难懂，然而我们还是能够感受得到诗句背后那份闲适、愉悦的心情。

平坝城南村三首选一

明·何景明（1483—1521）

朝出城南村，策马入荆杞。
村中八九家，烟火自成里。
儿童候晨光，稍稍荆扉启。
四邻务收获，时复披草语。
昵昵何所云？但言好禾黍。

| 辑 评 |

［清］朱彝尊《静志居诗话》：“王子衡云：仲默侵《风》匹《雅》，欱《骚》俪《选》，遐追汉魏，俯视六朝，温醇典雅。丰容色泽，靡不备举；规治古调，无所不及。”

赏读

何景明，字仲默，河南信阳人，明代著名诗人。他八岁能文，十九岁中进士，与李梦阳、徐祯卿等人合称“前七子”，共同倡导文学复古运动，惜其英年早逝，年三十九而病亡，未能尽其才。这首诗记录了诗人一次从城南村出发早行的情景。

这天清晨，诗人从城南村出发，策马走进一条长满荆棘的小路。“荆杞”衬托出村庄环境的幽僻。首句自叙行程后，转入对途中所见清晨乡村的景色的描写。这座村庄只有八九户人家，晨烟袅袅，自成乡里。“八九家”形容村子很小，亦可见村庄的宁静祥和。一个小孩子早已睡不着了，盼望着天大亮，已经稍稍拉开了柴门，准备出去玩耍。这句写出儿童贪玩的天性，让人顿生怜爱之情。农人们已经在去田间收割的路上了，可见非常勤劳，他们一边拨开草丛走路一边细语交谈。他们到底在说些什么呢？仔细一听，原来只是在说今年庄稼的收成好。末四句描写农人晨出劳作、披草交谈的场景，富有农家气息，表现出农民的勤劳和田家生活的淳朴。这首诗在遣词造句和意境营造上，都有明显模仿古人的痕迹，但是却能熔铸一体，亦不失为佳作。

失题

明·唐寅（1470—1524）

乐在村中住，为识村中乐。
矮屋竹篨盖，低墙藤萝络。
明窗铺笔砚，烂饭饱藜藿。
邻里别鸡豚，昏晓喧鸟雀。
灶烟袅屋颜，瓶汤鸣床脚。
老酒煮黄精，小菜簇乌药。
土空窖蓣栗，墙居寄杯橐。
秋叶红愈骄，春花香作恶。
无火借石敲，有井当庭凿。
有盐斋富贵，无灯书寂寞。
夫妻八尺床，风雨一双屩。
于人无忮求，于世无乞索。
天下方太平，乡里免漂泊。
君能知此趣，吾诗所以作。

辑评

[清]钱谦益《列朝诗集小传》："祝希哲（允明）有言：'气化英灵，大略数百岁一发钟于人。子畏（唐寅）得之，一旦已矣，此其痛宜如何置！'"

| 赏读 |

弘治十八年（1505），三十五岁的唐伯虎迎娶了第三任妻子沈氏，两人感情甚笃，并在桃花坞建别业居住。这首《失题》诗即作于此一时期，表达了他对乡村生活的热爱。

开篇直言“乐在村中住”，然后铺陈了村居生活的种种场景和乐趣，竹条搭建的低矮小屋上缠绕着藤萝，在明亮的窗子前铺好了纸笔，准备题诗作画，每天吃着野菜烫饭就能果腹。邻居家圈养着鸡与猪，院子里早晚能听见悦耳的鸟鸣声。炊烟袅袅冒出屋顶，床脚边的水壶烧开了，咕咕作响。用黄精来煮药酒，用乌药来炒小菜，健康又美味。窖里存放着山药、栗子等粮食，火笼上摆着自己喜欢的书籍。秋天有红叶，春天有花香。用石头敲火做饭，在庭院的老井里打水。齑，腌菜。有盐来腌菜吃就算是富足了，夜里没有油灯看书，倒有些无趣。一张床，一双草鞋，与妻子度过了风雨阴晴、相濡以沫的日日夜夜。与世无争，与人无求，在简朴中品出人生之真味。唐寅此诗，既得田园之真，亦得田园之乐，和平粹美，一句即是一情景，历历如在目前。富贵于我何有，当从颜回、陶潜处觅知音。

秋晚田家乐事十首选二

明·文征明（1470—1559）

秋雨初晴后，秋风满稻畦。
笑歌村远近，烟火舍东西。
紫擘输芒蟹，黄烹啄黍鸡。
相过有田父，日日醉如泥。

日落山围屋，霜清水映门。
鱼虾时作市，鸡犬自成村。
新味香秔饭，常情老瓦盆。
浑家得醉饱，时事更休论。

| 辑 评 |

［清］钱谦益《列朝诗集小传》："嘉（文征明之子）尝撰行略云：'公生平雅慕赵文敏公，每事多师之。'又曰：'公于诗兼法唐、宋，而以温厚和平为主。'"

赏读

文征明，长洲（今苏州）人，与唐寅、祝允明、徐祯卿并称“吴中四才子”，虽满腹才情，却久试不第。晚年定居苏州，翰墨自娱。某年的秋天，文征明的朋友陈以可在陈湖盖了房子，寄诗给他，夸示他的田园生活。文征明于是给他回寄了十首诗，主要描绘了秀丽的乡村风光，表现了田园生活的快乐与闲适。此处选录其中两首。

第一首写秋雨过后的乡村风景和田家生活。一场秋雨过后，天气放晴，凉爽的秋风从稻田阵阵吹来。村里村外一片欢声笑语，家家户户都在生火做饭，炊烟袅袅升起。因有炊火，故自然引出下面的螃蟹和鸡等美食。吴地获稻时，螃蟹常用蟹钳执一稻穗而行，故吴人称蟹为“输芒”。黄烹鸡即为黄焖鸡，皆是农家美味，令人垂涎。既有美味，当然少不了饮酒，经常来拜访他的田家老父，每天都喝得烂醉如泥。田父醉如泥，友人焉得不醉？这首寄给朋友的诗作，有打趣调笑的意味在里面，同时也寄寓了诗人对友人田园生活的羡慕之情。

第二首主要写田家的黄昏景致。秋霜时节，明亮

的水光映照着柴门，描绘出村舍之安宁、清幽。“鱼虾时作市，鸡犬自成村”两句将鱼虾之跳跃拟作人类的集市，将鸡犬之聚合拟作村舍，鱼虾鸡犬亦有它们自己的天地，实在是天真有趣。写鱼虾鸡犬其实也是从侧面烘托乡村生活的快乐，这种写法在前人诗句中较为罕见，颇具新意。颈联写日常饮食，每顿都有饭有酒，可见日子过得还算惬意。老瓦盆，指陈旧的陶制酒器，全家能够酒足饭饱，天下大事还有什么可关心的呢。田家生活虽然算不上富裕，倒也能自给自足，自得其乐，令人向往。这首诗耐人回味之处在于平淡中蕴含着生活的乐趣。

春日怀桃花别业

明·屠隆（1542—1605）

缓步踏江村，沙晴晚鸟鸣。
偶然逢野老，相送出柴门。
曲岸隐渔吹，平桥落水痕。
归来坐长薄，星月欲黄昏。

|辑 评|

[清] 朱彝尊《静志居诗话》："长卿（屠隆）才非不高，而纵情奔放。"

赏 读

桃花别业是屠隆所筑的别墅，唐伯虎亦曾筑桃花庵，古人以桃花名别业、庵坊等大都隐含着放浪诗酒、声色之意。屠隆为人豪放，才情满腹，纵情诗酒，爱结交天下名士，却蒙受诬陷，被削籍罢官。晚年寻山访道，遨游吴越间，以卖文为生，怅然而终。

开篇“缓步”两字先已点出诗人从容、闲适的心境。漫步江村，见平沙晴暖，鸥鹭翔集，自在和鸣，让人心情舒畅。途中偶然与一位野老相遇，虽然诗人没有写老翁邀他进屋，只写了老翁送他走出柴门，但是可以想象出他在老翁家中歇脚饮茶的情形。“偶然”一词写出诗人散步时的漫不经心，也说明此处人迹罕至，更凸显了江村的清幽，老翁的淳朴热情亦让人喜悦。曲折的河岸边，一位渔夫在吹笛，着一“隐”字，说明未见其人，但听其声，这种若隐若现的效果，造成了一种悠远的意境。平桥的石板上尚保留着下雨后的水痕，可见少有人经过，从侧面表现环境的清幽。诗人回到桃花别业后，在草丛林下席地而坐。长薄，指草木丛生的地方，丛木为林，草木交错为薄。天色近黄昏，星星和月亮已经爬上了天空。从缓步到归坐，诗人的行为总是毫不经意的，大概是因为心境淡泊，无欲无求的缘故吧。这首诗描绘了桃花别业一带的清幽秀美景色，同时表现了诗人悠然闲适的心境。

夜步

明·高攀龙（1562—1626）

幽人夜未眠，月出每孤往。
繁林乱萤照，村屋人语响。
宿鸟时一鸣，草径微露上。
欣然意有会，谁与共心赏？

辑评

［清］沈德潜、周准《明诗别裁》："忠宪（高攀龙）诗无心学陶，天趣自会。"

赏读

高攀龙，字云从，无锡人，万历己丑中进士后，入朝为官，后因参劾首辅被贬广东，不久辞官归乡，与顾宪成兄弟重建东林书院，在家讲学二十余年。天启中复出仕，官至左都御史，因忤阉党，被魏忠贤治罪，不堪其辱，遂投水而死。卒谥忠宪。

这首诗写高攀龙的一次夜间散步。幽人，幽居之人，常指隐士，此处是诗人自称。隐士夜里未眠，见明月高照就要出去散步。开篇便与凡夫不同，超然出尘。“幽”与“孤”二字已点明诗人心境，是全诗诗眼所在。萤火虫在茂密的树林里飞舞着，一“繁”一“乱”写出恍惚迷离之境。这种梦幻美丽的景象并不多见，对幽人来说或许只是常景。村子里还有人家没睡，远远听见他们的说话声。林中的野鸟偶尔鸣叫一声，路旁的草丛上慢慢开始凝结露水。此句造语极工，状物有神。悄无声息并不能很好地表现幽静，反而是宿鸟偶然一鸣，才能将幽静烘托得出。中间四句写景非常奇妙，月光、萤火，人语、鸟鸣，声与光组合在一起，寥寥数语便营造出清幽、静谧的氛围，环境又与人的心境相融合，给人独特的审美体验。结句诗人突然想到了什么，意有所会，旋即又感叹“谁与共心赏”，既是幽人独行，又有谁能共赏呢！诗人有此一问，其实早已欣然意会，虽有几分知音难觅之感，而更多的是那种自得于心的悠然。

辛丑夏日闲居

明·归子慕（1563—1606）

闲居不胜娱，何妨抱微疾。
长以无事心，当彼摄生术。
白日一何长，临窗坐扪虱。
饭余弄清琴，卧起展残帙。
孤云御微风，翩翩高独出。

| 辑 评 |

[清] 王夫之《明诗评选》:“结语峻而不促。”

[清]钱谦益《列朝诗集小传》:“季思(归子慕)清真静好，五言诗雅澹，似其为人。”

[清] 沈德潜、周准《明诗别裁》:“待诏（归子慕）诗雅淡清真，箪瓢童冠，无非乐趣。”

赏读

归子慕，字季思，江苏昆山人，是文学大家归有光之季子，明万历辛卯中举人，再试不第，乃绝意仕进，屏居江村。这首诗即是表现他江村的夏日生活。

归子慕在家闲居的生活非常欢娱，即使身有微疾也无妨。因为身有微疾，故有养生之思。摄生术即养生术。然而对他来说，只要心中无事就能够代替那些养生之术了。不得不提今天人们越来越重视养生，加强锻炼、合理饮食、服用保健品等等，殊不知养生之根本乃在于养心，心中无事，静坐呼吸便是养生。因为有“无事心”，所以便有了“白日一何长，临窗坐扪虱”之闲适，这种闲适并不同于百无聊赖，而是一种无拘无束的自在。“临窗扪虱”虽说俚俗，但也自有俗趣。至若“饭余弄清琴”，则可见他性情之雅正，君子无故不撤琴，正以琴能养性情也。中午休憩过后，便翻开残破的书卷来读。这时微风拂过，抬头望天，一朵白云缓缓飘来，意境悠远。句中说白云“孤”“高”“独”，实有借云喻己之意。然而“孤”“高”“独”之外，又含有自然之神韵。云卷云舒，随风而动，初无挂碍。因其自然，故能高出。此种情境，哪怕只是想象，便觉陶然忘情。

刈稻夜归

明·嵇元夫（？）

西庄刈稻夜半归，明月皎皎当柴扉。
橹声隔岸人语近，斗柄插江霜气微。
木叶萧萧覆林屋，芦花茫茫藏钓矶。
儿童村南酒家去，野夫独立风吹衣。

| 辑 评 |

[清] 朱彝尊《静志居诗话》：“（嵇元夫）还里，困甚。岁暮大雪，李给事乐语家人曰：‘此时嵇公子必大困。’因载酒、炽炭，櫂舟从之，见嵇方坐涯次酌水，相与剧饮而别。苕中传为佳话云。”

赏读

嵇元夫，字长卿，明代吴兴人，生卒年不详。嵇元夫年少时为官宦子弟，放荡不羁，被乡里仇家中伤，被捕下狱。出狱后，痛改前非，勤学苦读。这首诗记录了诗人一次割稻夜归的经历，描绘了秋夜江边村舍的幽美景色。

这一天，嵇元夫在西庄收割稻谷，忙活了一整天，至夜半才回来。明月当空，映照着庭院前的柴门。“明月皎皎当柴门”一句为全诗渲染出一种空灵、幽静的气氛。江岸那边传来摇橹的声音，船上的人隔着雾气，却能听见说话的声音很近了。“斗柄插江”，北斗星之斗柄与江面垂直，星空与江面连成一体，又有秋夜的霜气在江面上微微飘浮，写尽一种朦胧清寒之感。此种壮丽的景象，真是可遇而不可求，独渔夫舟子出入其间，可与共亲，让人羡慕。萧萧而下的落叶，把林间小屋的屋顶都盖满了。“覆”字言落叶之多且厚，屋顶有落叶覆盖，可知屋子深居林中，愈见村舍幽意。江上的芦花白茫茫一片，将钓鱼矶藏在其中，若隐若现。半夜归来，料想尚未吃饭。孩子已去村南酒家打酒去了，夜晚的凉风吹扯着衣裳，他一个人站在江边出神。“独立风吹衣”描写野夫神态，颇具情韵。“风”又是颈联“木叶萧萧”之着落，诗人笔法之细密由此可见。整首诗写田园秋夜之景，天地上下，村野内外，人与自然，皆混合交融，一片澄澈清明。

夜归

明·钟惺（1574—1624）

落月下山径，草堂人未归。
砌虫泣凉露，篱犬吠残晖。
霜静月逾皎，烟生墟更微。
入秋知几日，邻杵数声稀。

|辑 评|

［清］钱谦益《列朝诗集小传》："伯敬少负才藻，有声公车间。擢第之后，思别出手眼，另立幽深孤峭之宗，以驱驾古人之上。而同里有谭生元春，为之应和，海内称诗者靡然从之，谓之'钟谭体'。"

赏读

钟惺是晚明著名文人，与谭元春并称“钟谭”，是竟陵派的领袖。他为人冷峻，不喜俗客。时人将他的诗风总结为“幽深孤峭”，更有甚者用“亡国之诗妖”来诋毁他，则非中肯之论。

这首诗主要写诗人夜归途中所见之景。首联点题，写月亮初生而人尚未归，正沿山路下来回草堂。于是引出途中所见所闻之夜景。路边台阶下的秋虫，在冰凉的露水中哀鸣，“泣”字用拟人的手法写出秋虫哀鸣如泣之状，瞬间营造出凄寒、幽寂的氛围。大概是看见有人来了，篱笆旁边，一条狗在残阳中狂吠着。白霜降下来，月光越显得皎洁。霜降后天空澄明无物，故月光一泻千里，皎洁如霜雪。下句则更让人称道，炊烟袅袅升起，让村落显得更加淡微悠远。“烟生墟更微”，炊烟的朦胧迷茫本已让村落有淡微悠远之感，而炊烟随风波动之态则让村落愈微愈远。烟是富有诗味的意象，故常被古今诗人钟爱。中联四句写景层次丰富，立体可感由近及远，从声到色，有动有静，可见雕琢之工。结尾写秋天已经来临，邻家依稀传来数声舂米、捣衣声。杵声是常被古代诗人用作表现秋意的意象，此处也不例外，“稀”字形容杵声淡微悠远，与初秋疏落萧瑟的意境相契合。而从审美上来说，这一句将读者带入那种缥缈空灵的听觉体验之中，作为全诗结束，有意犹未尽之感。

仲春田居即事

明·陈子龙（1608—1647）

春深归雁急，山晚落花幽。
倚杖斜阳尽，攀条宿雨收。
青黏能却老，丹棘可忘忧。
自觉乾坤隘，谁谈大九州？

| 辑 评 |

[清] 吴伟业《梅村诗话》：“（陈子龙）诗特高华雄浑，睥睨一世。”

[清]陈田《明诗纪事》：“（陈子龙）少过浮艳，中年骨干老成，殿残明一代诗，当首屈一指。”

赏读

崇祯十七年（1644），清军攻破北京，明朝灭亡。昏庸无为的福王在南京建立小朝廷，陈子龙被举荐赴南京为官，在南京待了几十天后，他知道复兴无望，于是辞官回家葬亲。这首诗即作于陈子龙在故乡为祖母守孝期间。

虽然这是一首田园诗，但是我们却读不到陈子龙隐居田园的闲适，有的只是家国破亡的沉郁悲凉。首联两句写季春的景色，天上的大雁急匆匆地往北飞去，太阳下山了，落花凋零，幽寂凄凉。这两句表现了暮春时节诗人的伤感情绪。他拄着拐杖望着夕阳落尽，树枝上残留的雨水已经晾干了。此时陈子龙虽然才三十八岁，可是因为正值病中，所以倚仗而行。“斜阳尽”三字似乎暗示大明朝的覆灭。青黏，一说是玉竹，一说是黄精，总之是一种可以延年益寿的药材。丹棘，指萱草，又称忘忧草，传说可使人忘忧。这时的陈子龙贫病交加，悲伤满怀，故有服药忘忧之思。尾联二句读来更觉沉重。乾坤本来是广阔无边的，可他却感到狭隘，何故？因为故国覆灭，江山易主，茫茫天地之间，却无容身之所。此时一般士人已经丧失了斗志，或者投降清朝，或者隐居山林，那些有气节的志士多已殉国，苟延残喘的南京小朝廷更是无可救药，没有人再谈恢复了，只剩他贫病一身，空负复国之望。读至此句，能不为陈子龙一悲乎！

梅村

清·吴伟业（1609—1672）

枳篱茅舍掩苍苔，乞竹分花手自栽。
不好诣人贪客过，惯迟作答爱书来。
闲窗听雨摊诗卷，独树看云上啸台。
桑落酒香卢桔美，钓肥斜系草堂开。

|辑 评|

[清] 沈德潜《清诗别裁》："自写名士风流，渐入宋格矣。"

[清] 林昌彝《海天琴思录》："温柔敦厚，视平日雄丽，又变一格矣。"

[清] 赵翼《瓯北诗话》："指事类情，又宛转如意。"

赏读

吴伟业，字骏公，号梅村，江苏太仓人。这首七律作于崇祯十七年（1644）明亡前夕，叙幽居生活之闲适与恬然疏放之心境。时诗人因父丧守制返乡，梅村原为明人王士骐别墅贲园，归诗人后有扩建。优游林泉向来是文人士子精神追求的另一途径，作为生命与灵魂栖息地的园林，往往寄托着隐逸之思。

首联从居所周遭的环境写起，枳篱环绕茅舍，小径苍苔掩映。“掩”字将幽僻之境隐然烘托出，说明此地平时少有人来。乞竹遍植之举，亲手分栽花木，均透露出诗人的愉悦自足。诗人长期致力于莳花治园，游艺其间，岂不乐哉。所以诗人并不喜出门访友，即使收到书信也答复迟慢，当然，若有那等不俗之客过访，不落俗套的书信捎来，是再好不过的。此处看似矛盾，实借非写是，表达内心有所选择的真正期盼，“贪”“惯”二字，刻写诗人散漫的态度极形象，自信平生懒是真，足见其雅人深致。颔联历来最为人称赏，清时即有人篆闲章刻此二句。颈联近景、远景转换，融合视听，写诗人的闲趣。近坐窗前听雨，摊开诗集读书，远登高台看云，独树背景下的诗人毫不寂寞，倒有几分魏晋名士的风流逸致。尾联颇具人情味，美酒甘果随时可摘，草堂门前钓船斜湾，打鱼非常方便。桑树、枇杷俱是屋宅常见林木，且多用途，闲居之趣怎不令人快活。

田家

清·胡承诺（1607—1681）

村巷犹未白，众鸡喧我庐。
有生宜相养，夫耕妇亦锄。
夫妇勤力作，教儿强学书。
一饭常苦饥，唧唧倚门闾。
潦深云梦野，直临万顷余。
露下荷花香，蝉鸣稻叶疏。
吾身聊自适，人世复何如。

| 辑 评 |

徐世昌《晚晴簃诗话》："李念慈序称其有《菊佳轩》（胡承若诗集）诗宏深博奥，不屑为新颖秀发以趋时尚。"

赏 读

胡承诺，字君信，号石庄，湖北天门人。崇祯九年（1636）举人，入清后隐居不仕。筑石庄于西村，穷年诵读，著书其中。于学无所不窥，而深自韬晦。

这首诗主要描写纯朴平静的田家生活。开篇如晨光熹微，点亮村巷一角，揭开了田家生活的序幕。一大早天还朦胧未亮，村巷里各家各户的鸡群就此起彼伏在屋边喧叫，提醒着一天的正式开始。接下来描写一户人家的生活常态，夫妇儿女各有其职，苦乐交织。对于长期从事农业生产的百姓来说，要好好地治生养家，必须得丈夫耕田、妻子锄地协作配合起来，且夫妇俩一面要辛勤劳作，一面要勉强教导孩儿们习字读书。这样子还常常因为吃不上一顿饱饭，心中困苦无助，只能倚靠在家门口不住叹息。当然忧虑不只有眼前的，听说云梦泽一带发了大水，积水淹没了万顷良田，让人忧心忡忡。那时全家生计将更加没有着落。露水沾湿了亭亭荷花，散发出阵阵清香，蝉鸣声声，穿过田间水稻稀疏的叶子。荷香、蝉鸣点明时节是夏季，而稻叶仍然稀疏，表明水稻受到洪涝的影响，长势不好，今年看来没有好的收成。虽然生活清贫困苦，但是诗人的心态始终是安详从容的。只要姑且能够自得其乐，人世间纵有千万般难事又能怎样呢？整首诗并不一味写田园之乐或田园之苦，反而将田园生活的两面性刻画得详尽真实，语言古朴率直，读来如入其境。

田园杂事九首选一

清·钱澄之（1612—1693）

夙昔慕躬耕，所乐山泽居。
忧患驱我远，常恐此志虚。
十载一言归，旧宅已焚如。
嗟我昆与弟，茅茨倚废墟。
徘徊靡所栖，还结田中庐。
结庐虽不广，床席容有余。
床上何所有？一二古人书。
荧荧陂上麦，青青畦间蔬。
日入开我卷，日出把我锄。

|辑评|

［清］沈德潜、周准《明诗别裁》："幼光（钱澄之）自述情性，无意工诗，五言似陶公，亦在神理，不在字句。"

徐世昌《晚晴簃诗话》："（钱澄之）诗五古近陶……冲和淡雅中时有沉至语。"

赏读

钱澄之，初名秉镫，入清后改名澄之，安徽桐城人。少以名节自励，崇祯时中秀才，曾官至编修、知制诰。因指切时弊，官场忌之者众，后遂隐归乡里，结庐著书而终。

这首诗是钱澄之归田后所作。诗人往日一心向慕的便是躬耕田亩，居住在山野林泽之间的生活令他感到快乐。而迫于种种忧患，他一度远离家乡漂泊，时常暗自担心这一志趣将会落空。数十年过去了，如今一朝归来，只见旧日屋宅早已焚毁于战火。心下一时难免嗟伤，恍惚间想起自己的兄弟们，昔日生活在此的诸多光景涌入脑海，回首眼前唯剩一片废墟，蒺藜傍生茅草杂覆。四下徘徊，竟没有一片栖身之所，不过却也没关系，夙愿有机会成真，在这儿重新结庐做屋便是。新修的小屋虽然规模不大，容纳下简易的坐卧行具尚有余地。床案上放置了些什么？无非是一两本古人的书。坡上的麦苗碧荧生光，地里的蔬菜茂盛青翠，长势一派欣荣。太阳下山后便掌灯开卷读书，太阳出来时就手把锄头出门劳作，这将是诗人今后的日常作息，每一天都过得如此简单而充实。诗人开篇即表明志在躬耕山泽，中途经忧患风波，归来故园荒芜，惆怅之绪满怀，但一转思，朴实自然的耕读生活正是自己昔日心愿，屋庐不必广阔，有古书相伴，菜蔬粮食俱足，那么未来的日子何愁不称意呢。

夏日雨后

清·钱澄之（1612—1693）

好雨从风至，炎蒸一以清。
雷声驱渐远，云气断犹行。
蝉剧林干噪，蛙矜草露鸣。
同时遭汝聒，听去各为情。

辑评

[清] 朱彝尊《静志居诗话》："昔贤评陶元亮诗云：'心存忠义，地处闲逸，情真、景真、事真、意真。'《田间》一集，庶几近之。"
[清] 韩菼《田间文集序》："（钱澄之诗）冲淡深粹，出于自然，度王、孟而及陶矣。"

赏读

钱澄之是明清之际著名的田园诗人，他生前亲自编订《田间诗集》，几乎囊括他四十岁以后的全部诗作，可谓后半生的真实写照。其田园诗在清初颇具特色，《清诗史》中专以“田园诗人钱澄之”为标目。

这首诗写乡间夏日雷雨之后的情景。好雨随风而至，熏蒸的暑热一下子就荡涤殆尽。首句简笔带入，单一个“好”字，就说明这场雨来得及时。夏天的雨不及春雨滋润、秋雨缠绵，往往挟风带势，来得迅疾无比，用一“清”字，道出了炎热驱散后的天气，瞬间让人感觉清爽畅快。轰隆雷声渐渐消歇远去，许是赶去了下一个地方，氤氲的云雾时断时连，还在空中飘移不定。此时此刻，那边树林里的蝉却又开始大声鼓噪，这头草露间的蛙也在肆意鸣叫，一“剧”一“矜”，将蝉和蛙二者喧闹的声音描摹至极，更衬托出雨后四野无人的寂静。蝉和蛙两厢一唱一和，不知道听在各自耳中作何想法，兴许这就是它们的酬答方式罢。“遭汝聒”表明诗人也被蝉蛙的叫声吵到，只是诗人心境恬淡自如，根本不为所动，所以任由你们去聒噪吧！末句与蝉蛙展开对话，亦天然有趣。全诗真切平淡而中有意趣，状蝉噪蛙鸣之声极富人性，不失为久居田间之乐。

春来

清 · 谢重辉（1644—1711）

春来何所事，依然耽琴书。
亲昵稀往来，人事欣无余。
我身既暇懒，我性日益疏。
时从池上酌，往往临清渠。
春山到眼前，好风遍庭除。
碧柳渐覆井，苍松郁不舒。
时鸟解人怜，相向各自如。
因之坐松下，日暮倾一壶。

| 辑 评 |

[清] 沈德潜《清诗别裁》："淡然无意，自足品流，此境最是难到。比部诗学陶公，未极自然而旨趣已高，摆脱尘坌，真朴处，殊近储太祝。"

赏读

谢重辉，字千仞，一字杏村，号方山，山东德州人。长于官宦名门，康熙初年，以父荫授中书舍人，官至刑部郎中，旋引疾挂冠而归。工诗，擅五古，自成一家，甚为王士禛所推许，与同里田雯齐名。晚岁专作闲适语。

这首诗写乡居恬淡的生活和闲逸自适的心情。春天到来，我能有什么事可做呢？无非是照旧弹弹琴，翻翻书。亲近的人往来亦少了，人际关系越发简单，无有过多的挂碍，这样就很开心了。开篇用一“耽”字写出诗人的特别爱好，“欣”字则点明心境，造语平易简淡，对息交绝游的描写隐有渊明之风。我本来就生性闲懒，日复一日更加疏散无拘。时不时在池上酌酒一二，常常走到清渠边休憩片刻，全是兴之所至。忽然春山就这样映入眼帘，和风轻拂过庭院的每一个角落。“春山”二句不事雕琢，语出天然，予人心旷神怡的感受。只见柳树渐染新碧，垂覆在井畔，松树依然苍郁挺拔，没太大变化。应时而鸣的鸟儿们格外懂得人意，不由心生怜爱，既然彼此间都相对自若，想来我也不会打扰到它们。顺势靠坐在松树底下，天色晚了便满倾一壶酒来喝，不知不觉这一天也结束了。结句诗人从空间的转移，到发觉时间悄然流逝，率性放达，人景俱堪入画。全诗语言洗练，诗境冲淡，追求浑融悠闲的意趣，于春光小事中可见诗人的旷然情怀。

村家四月词十首选一

清·查慎行（1650—1727）

大麦离披小麦黄，连朝次第欲登场。
开笼莫放新鹅鸭，怕损邻田二寸秧。

|辑评|

[清]朱庭珍《筱园诗话》：“（查慎行诗）以白描为主，气求条畅，词贵清新，工于比喻，善于形容，意婉而能曲达，笔超而空行，入深出浅，时见巧妙，卓然成一家言。”

[清]赵翼《瓯北诗话》：“惟查初白才气开展，工力纯熟，要其功力之深，则香山、放翁后一人而已……气足则调自振，意深则味有余，得心应手，几乎无一字不稳惬，其他摹写景物，脱口浑成，犹其余技也。”

赏读

查慎行，浙江海宁人。晚筑初白庵以居，学者称为初白先生。工诗文，尤长于诗。曾从黄宗羲、钱澄之学，为宋诗派著名代表，尤致力于效法苏轼、陆游，时有“北王（士禛）南查”之称。

清康熙五十三年（1714），诗人作《村家四月词》十首，记述下一路行经乡村的见闻与感受。这首诗是其中一首，主要写四月所见的农事景象。孟夏之月麦秋至，农历四月为麦子成熟的季节，因而四月也称麦月、麦序、麦候。此时大麦的穗子已成熟散开，小麦初黄，等待着依次收割、上场晾晒脱粒，一桩桩的农活马上就需要人们连日忙碌起来。但请在打开鹅鸭栏笼的时候定要留神，别放纵它们跑远，只怕啄损了邻家田地里才新育成的矮嫩秧苗。诗人运用一贯纯熟的白描手法，传神刻画了麦熟时节田间的热闹景象，末句的担心劝言细致生动，活脱脱如老农口吻，充满了乡土气息。将大麦、小麦、鹅鸭、新秧有序联系到一块儿，活泼泼你方唱罢我登场，实为归田一乐事。

田家杂兴

清·沈德潜（1673—1769）

村墟起暝色，牛羊各来归。
田家晚炊罢，犹自开柴扉。
邻里夜相过，团坐情依依。
共夸麦苗盛，共忧桑叶稀。
儿女齐长大，所需食于衣。
地远人俗淳，言语心无机。
只谈农家事，焉知谁是非。

| 辑 评 |

徐世昌《晚晴簃诗话》："袁子才曰：公诗专主唐音，以温柔为教，如弦匏笙簧，皆正声也。"

赏读

沈德潜，字确士，号归愚，江苏长洲人。科举多次失利，乾隆四年（1739）中进士，由编修历官至内阁学士兼礼部侍郎。晚年以能诗深得隆遇，获赐“诗坛耆硕”匾额，赠太子太师，谥文悫。

这首诗描绘了一幅温馨真淳的田家晚景图。整首诗从村落牛羊归家与农家饭罢闲话的场景描写开来，暮色冥冥，牛羊自远处归来，《诗经》中有“日之夕矣，羊牛下来”之句，此处亦显得古朴自然。田家人吃过晚饭，各家各户的柴门犹自敞开着。邻里间没事夜里就互相往来，围坐一团慢慢叙话。大家都夸那麦苗这一季生得茂盛，也一同忧虑桑叶长得稀稀落落。儿女们渐渐长大成人，日后所需要的无非是食物和衣服。农家生活的其乐融融与质朴温暖正体现在此，诗人用语相当平易，让人对农家生活有了更直观的感触。天地广阔，不同的群体有不同的生活状态。在诗人看来，田家人喜乐忧愁只在子女的将来和衣食生计，是人类最原始的生存问题，与外界纷繁复杂的人情世故相比，他们乐天达观与世无争的品格难能可贵。虽是轻描淡写，但田园生活的真切温暖，简单和乐的气氛跃然呈现。这其中不乏诗人的赞赏喜爱，以及隐约流露出的对田园生活的向往。

小园

清·黎简（1748—1799）

水影动深树，山光窥短墙。
秋村黄叶满，一半入斜阳。
幽竹如人静，寒花为我芳。
小园宜小立，新月似新霜。

辑 评

徐世昌《晚晴簃诗话》：“（黎简）生平足迹不踰岭，诗名满海内。岭南作者屈（大均）、陈（恭尹）之后，允为大家。”

赏读

黎简是清代著名文人，诗、书、画、印号称四绝。他性情耿介，不慕名利，遂自号“狂简”。终身未仕，以卖画、卖文、教馆为生计。这首《小园》是他的代表诗作之一，描绘了秋日居所幽美别致的风景。

首联写景颇为新颖。本来物动则影动，诗人却不写树而写树影，由水影观树动乃至树因影动。下一句亦用此法。“窥”字用来形容夕阳斜照墙头之状，用一“窥”字，赋予阳光以人的情态动作，夕阳本来欲将离开，“窥”则让它有进入之态。这种感官的倒置反而产生了一种特别的诗意。领联写秋日的村子里落满飘满了黄叶，一半的叶子被秋风卷起来在斜阳中飞舞，一个“满”字将深秋落叶缤纷之貌描摹出来。纷飞的黄叶与金色的夕阳构成了绚烂的图画，既富有动态美，又富有色彩美。颈联运用拟人的手法写景，幽竹像人一样安静地站立着，清寒的花朵也似乎为了诗人而散发出幽香。幽竹、寒花皆是小园景致，遂引出尾联。小园适宜短暂的停留，这时已经升上了天空，地上也凝结了清霜，那新月就像初生的秋霜一样，洁白清寒。尾联用两个“小”字、两个“新”字来相对，虽有巧构之意，其实也是随物取字，仍然合乎自然，且见别致。这首诗语言灵动，构思新颖，意境清幽，将小园内外的秋日美景描绘得淋漓尽致，同时也表现了诗人闲寂的心境。

城北一带田家

清·张问陶（1764—1814）

鹰鹜呼长云，鱼龙逼颓岸。
江流阅万里，波势来天半。
山根鬼工凿，千古石凌乱。
何代锄为田，扶梨满南涧。
衫皮小屋子，四壁垂萝蔓。
朝耕课妻子，夜饮逢亲串。
骨肉聚乡井，亦可忘贫贱。
生死南北坡，安知离别幻。

|辑 评|

[清] 洪亮吉《北江村诗话》:“（张问陶诗）如骐骥就道，顾视不凡。”
徐世昌《晚晴簃诗话》:“船山弱冠工诗，空灵沉郁，独辟奇境，有清二百余年，蜀中诗人无出其右者。”

赏读

张问陶，字仲冶，号船山，四川遂宁人。幼传家学，十岁能诗，书画亦俱胜。乾隆进士，官御史、吏部郎中。后辞官南游吴越，侨寓苏州虎丘，病逝于此。

这首诗写于乾隆四十七年（1782），诗人南下潇湘，乘舟赴洞庭湖途中所作。首两句便借飞鹰潜鱼铺开壮阔的场面，鹰鸟高飞长空，直触云端，鱼龙潜跃，逼近江岸。一“呼”一“逼”，状景奇伟生动，气势陡然立起。江流翻越万里河山，波涛滚滚竟像是从半空奔涌而来。山崖壁立如鬼斧神工雕琢而成，历经千万年，不少石头已经被冲蚀凌乱。不知道从哪一代起，城北这一带就被挖作农田，扶着犁头的种田人遍布南涧。荒山远处有杉树皮筑成的小小屋子，四壁空空，唯一的遮挡物是垂挂起的条条藤蔓。居住在此的农民，依然每天早晨耕种完毕就教妻儿读书，晚间休息饮酒偶有亲戚来串门，闲拉家常。只要像这样骨肉至亲一家团聚在家乡，完全可以忘却贫贱。生生死死理当顺应天命，人总有一天会葬在南山，又哪里知晓别离的虚幻呢？此诗前六句写得极具气势，不同于惯常所见田园诗的恬淡，七、八二句陡然一转，这雄奇景象忽地一变为水田，沧海桑田之感浮现其间。后八句写田园生活的居住环境、日常生活和人际往来，抒发对生离死别的感慨与安贫乐道的追求，山村农家生活虽然贫苦，但贵在团聚和睦，这才是生活的真谛。

村居

清·高鼎（？）

草长莺飞二月天，拂堤杨柳醉春烟。
儿童散学归来早，忙趁东风放纸鸢。

辑评

[清]《杭州府志》：“（高鼎）性孤介，安贫，喜读书。”

赏读

高鼎，字象一，又字拙吾，浙江仁和人。约生活在咸丰朝前后，生平不详，以《村居》一首为人所知。

这首七言绝句描绘了典型的早春乡村光景。二月天里草木繁生，莺燕来飞，杨柳长长的柔枝垂拂过岸堤，碧绿浓密如堆烟笼云，天地间一派欣欣向荣，让人不禁陶醉。南朝人丘迟《与陈伯之书》中有“暮春三月，江南草长，杂花生树，群莺乱飞”之句，首句意境似化用于此。“烟”字写出初春水泽草木间水汽迷蒙的状态，新芽渐绿的杨柳也似乎同样被笼罩上一层烟雾。而一个“醉”字，既把杨柳堆烟的意态刻画生动，也将诗人沉醉愉悦的心情活灵活现地展露出来。更有那自学堂奔回来的孩童，迫不及待地要赶趁着东风放纸鸢，天时风正好，看到这些景象，人自然也心情舒畅。“归来早”“忙趁”二词将散学儿童的急迫心情描写得非常细致。初春就像这些欢脱的儿童一般，还处在萌发生长的时期，虽然风光不盛美，却充满了勃勃的生机。孩童们放飞在高空中的风筝，容易牵人遐思，作为旁观者的诗人，思绪亦随之飘远，充满了对生活的希望。在诗人轻快的笔触下，属于孩童的自由率真清晰可见，融融春色里别有一番闲情真趣。高鼎为清代后期诗人中擅长描写自然景物者，其作品虽不多，这首清新的小诗却流传甚广。

山庄即事

清·吴兰修（1789—1839）

白云深处古田家，谷雨新晴课种麻。
我亦芒鞋闲不得，满山开遍碧桐花。

|辑 评|

徐世昌《晚晴簃诗汇》："石华（吴兰修）诗清新俊逸，尤长倚声。"

赏读

吴兰修，字石华，号荔村，广东嘉应人。嘉庆十三年中举,官信宜训导,曾为学海堂山长。家富藏书，专治经史，自号“经学博士”。

这首绝句写诗人一次途游山村所见的暮春风光。首句“白云深处”极富幽隐之意，同时也点明了山庄的位置，隐藏在那白云缭绕的深山之处，种田课桑的农户人家自古时以来就安居在此，颇有几分世外桃源的影子。正逢谷雨节气，天气新晴，农家开始了种植桑麻，安排各项农事活动。每年谷雨前后，降雨量明显增加，“雨生百谷”，有利于农作物的生长。谷雨是春天的最后一个节气，农谚有“谷雨断霜”，此后天气渐暖，提醒着庄稼人至为重要的农时，接踵而至的农事即将充盈他们的生活。诗人此番驻游此处，脚穿草鞋，同农家人忙碌于耘田耕地一般，应着季节的律动，也片刻闲不得，踏过开满了碧净桐花的山野。有本“碧桐花”作“碧桃花”,按诗中所云节令,当为桐花。位于白云深处的田庄，比平原地的物候实际上要稍晚一些，所以清明后始开花的桐树，这时候才开遍山野。此诗信笔写来，却自有一股子天然妙意。诗人笔下的即事之作有着典型的节候风物特征，物候写实之外，白云深处居山耕种的田家农事，充满了乡野朴拙的意趣，而诗人脚著芒鞋走过山路，桐花仿佛于一瞬间开放，令人完全沉溺在这景我两忘的意境之中。

图书在版编目（CIP）数据

小磨诗坊. 田园 / 王兆鹏丛书主编；陶明玉本册主编. -- 武汉：崇文书局, 2019.1（2021.8重印）
ISBN 978-7-5403-5104-5

Ⅰ. ①小… Ⅱ. ①王… ②陶… Ⅲ. ①古典诗歌－诗集－中国 Ⅳ. ①I222

中国版本图书馆CIP数据核字(2018)第161262号

小磨诗坊·田园

责任编辑	程可嘉
装帧设计	黄　彦　杨　艳
出版发行	长江出版传媒｜崇文书局
业务电话	027-87293001
印　　刷	湖北画中画印刷有限公司
版　　次	2019年1月第1版
印　　次	2021年8月第2次印刷
开　　本	787×1092　1/32
印　　张	7.25
定　　价	39.00元

本书如有印装质量问题，可向承印厂调换

小磨诗坊

本册主编　王文
丛书主编　王兆鹏

离别

长江出版传媒 | 崇文书局

阅尽天涯离别苦

序

王兆鹏

《小磨诗坊》特点在“小”。

小主题。常见诗歌分类选本，多以大主题分，如山水诗选、咏物诗选之类。本丛书是按小主题来梳理切分，一种景物分作一题，一种情感归为一类，聚集呈现。一册在手，可以窥知不同时代、不同作者、不同诗体对同一主题的表现。欣赏者可藉此比较领悟同一主题的不同风格韵致，创作者可揣摩学习同一景物情感的不同表现方式与写作路径。

小规模。每本 10 万字。可以燃香烹茶，正襟危坐地细细品读，也可以在茶余饭后的碎片化时间里快速浏览。一种主题的流衍变化和 N 种风情，很快就能了然于心。

小作者。丛书的作者基本都是刚入行的名校硕士、博士，属“才露尖尖角”的“小荷”。虽然算不上名家高手，却充溢着青春才子才女们的朝气、才气、灵气，文笔灵动，话语鲜活，有学理性而无学究气。

《小磨诗坊》特色是“精”。

选目精粹。每书所选诗篇词什，都是在广搜博览的基础上几经汰选而成。切合主题的名篇佳作方能入选。故所选作品，多为百里挑一的精品。

赏析精到。作品鉴赏，既不同于传统的一板正经，如教科书般条分缕析，学术性强而可读性弱；也区别于新潮的天马行空，文笔虽妙，却不着边际，有可读性而无学术性。本丛书坚守学术本位，充分发挥每位作者的灵心慧性，将个体的生活经验、艺术感悟与迁想妙得有机融合，入乎其内又出乎其外，诗心诗境诗法诗艺，拿捏得精准到位。

制作精良。作者团队精心结撰，编辑团队也是细心打磨。如同小作坊制作工艺品，字斟句酌，刮垢磨光，力图打造一部部精品。然能否成为精品，有待高明读者的评鉴印可。

前言

王　文

在交通不便、通讯亦不发达的古代，离别想必是古人最不忍面对之事，他们或释褐离家，与父母、妻儿、家乡作别，披星戴月、徒步兼程；或升迁贬谪，与同僚部属告别，一叶扁舟溯江而上；或酒酣宴散，与旧友新朋话别，跨马扬鞭、直驱塞外。留去双方多在南浦渡口、驿站短亭，饯宴折柳以志离情，或作诗吟句以抒感慨分别之后，音信难寄，再会更难。

“别虽一绪，事乃万族”，虽然都是书写别离，但因时间、地点、人物、环境、作者、心境千差万别，同一主题的离别诗词会有内容情感多样、风格迥异的呈现。离别诗多描写留去双方难舍难分的场景，表达惆怅悲伤的心情，如柳永《雨铃霖》“执手相看泪眼，竟无语凝噎”。但也有些送别诗词一反缠绵不舍，在临别之时不像小儿女般执手泪流，驻足流连，如王勃《送杜少府之任蜀州》“无为在歧路，儿女共沾巾”，充满年轻人的自信乐观；

孟浩然《送朱大入秦》“宝剑值千金，分手脱相赠”，表现游侠的慷慨豪爽；又如陆龟蒙《别离》“所思在功名，离别何足叹”，诗人志在功名，不以短暂的别离为念。这些都可以算作是离别诗词中的异调别音，带给人们耳目一新的感觉。

离别，不仅仅是生离，还有更沉痛无奈的死别。令人动容的是，有些诗人的绝笔诗并非书写畏惧死亡、留恋尘世等个人情感，而是心系国家，表现出强烈的爱国精神，如陆游临终前嘱托儿子的《示儿》“王师北定中原日，家祭无忘告乃翁”；张煌言《甲辰八月辞故里二首（其二）》“他日素车东浙路，怒涛岂必属鸱夷”；夏完淳《别云间》“毅魄归来日，灵旗空际看”等，都无一例外地表达了他们死不瞑目，肉体死亡，灵魂还要为收复失地而战斗的可歌可泣精神。其人其诗是当下爱国主义教育最真实最感人的历史题材。

本书围绕离别这一主题，选取上至远古《诗经》，下到晚清民国的诗词百余首，汇为一编，其实是想为大家介绍一种读诗学诗的方法。离别诗词汇编，俨然成为古人别离诗词小史。相比较而言，与其泛读各个类型的诗文，系统研读同一个主题的某一类诗词，更能让人在共性和特性中领会诗词的内容、情感和艺术特征，了解古人的写作手法和技巧。我们把众多主题相同的诗词聚集在一起，同时撰写赏析文字，期望能让读者们领略到诗词的古典韵律，感受古人面对离别时的真挚情感，培养对中国传统文化的浓厚兴趣。

本人学识和能力有限，书中难免有不足和乖误，还请各位读者批评指正。

目录

诗

词

诗

小磨诗坊·离别

诗经·邶风·燕燕

先秦·佚名

燕燕于飞，差池其羽。
之子于归，远送于野。
瞻望弗及，泣涕如雨。
燕燕于飞，颉之颃之。
之子于归，远于将之。
瞻望弗及，伫立以泣。
燕燕于飞，下上其音。
之子于归，远送于南。
瞻望弗及，实劳我心。
仲氏任只，其心塞渊。
终温且惠，淑慎其身。
先君之思，以勖寡人。

|辑评|

［宋］朱熹《朱子语类》："譬如画工一般，直是写得他精神出。"

［清］陈继揆：《读风臆补》："'燕燕'二语，深婉可诵，后人多许咏燕诗，无有能及者。"

［清］王士禛《带经堂诗话》："为万古送别之祖。"

赏读

本篇被称为“万古送别之祖”，是中国文学史上最早的送别诗。诗中送行之人和被送之人具体是何人，历来有很多争议。这里根据诗文内容，选取其中一个较合理、容易被读者接受的观点：送行者是卫国君主，被送者是其妹妹。此诗乃是卫君送其妹远嫁他国所作。

开篇以燕子起兴，勾画出燕子飞翔时的羽毛、轨迹、声音，形象生动，活灵活现，渲染出一种浓浓的离别情绪和情境。前三章采用重章叠句，一唱三叹，描绘了一幅感人至深的送别图。古代女子远嫁之后，回家十分不易。所以，与家人分离之时，便尤其难舍难分。亲爱的妹妹要出嫁了，兄长先是把她送到了都城的郊野，然而想到以后难以相见，不禁流下了不舍的眼泪，忍不住要再送她一程。就这样，送了一程又一程，直到不得不分离的时候，他才停了下来。兄长含着眼泪，站在山冈上，望着妹妹远去的方向，迟迟不肯离去。一直到什么都望不到的时候，才回过神来，知道妹妹是真的走远了。想到此地一别，再次相见不知在何时？一股难以抑制的悲伤涌上心头，泪水犹如断了线的珠子一般，潸然而落。

妹妹温婉、贤淑、和善、谨慎，现在远嫁他方，不知能不能照顾好自己？会不会受委屈？想到这些，兄长心中不禁增添了一丝担忧。只希望妹妹能够多想想故去的父亲，与自己共勉。

行行重行行

南朝·佚名

行行重行行，与君生别离。
相去万余里，各在天一涯。
道路阻且长，会面安可知？
胡马依北风，越鸟巢南枝。
相去日已远，衣带日已缓。
浮云蔽白日，游子不顾返。
思君令人老，岁月忽已晚。
弃捐勿复道，努力加餐饭。

| 辑 评 |

[宋] 陈绎《诗谱》:“情真、景真、事真、意真。”

[明] 吴淇《选诗定论》:“妙在‘已晚’上着一‘忽’字。比衣带之缓曰‘日已’，逐日抚髀，苦处在渐；岁月之晚曰‘忽已’，陡然惊心，苦处在顿。”

赏读

本篇出自《古诗十九首》。《古诗十九首》最早收录在南朝梁萧统编的《文选》中，萧统应该是从当时可见的古诗中选取十九首汇集在一起。这组诗的时代和作者有各种说法，历来众说纷纭。现在一般认为这些诗文并不是某一个人一时一地的作品，他们的创作时间大约在东汉末年。《古诗十九首》和《诗经》三百篇一道，被认为是中国早期“古朴”“自然”诗风的代表。刘勰《文心雕龙》称其为“五言之冠冕”，钟嵘《诗品》誉之为“一字千金”。

开篇“行行重行行”就不同凡响，“行行”二字叠用，加强语气。而一句之中四个“行”字连用，中间仅用一“重”字衔接的写法，古往今来独此一篇。此句写出了二人走走停停,步伐迟缓的状态。因为“行行”又“行行”，所以导致他们相隔万里，会面无期。诗文前半部分主要写“生别离”，《楚辞·九歌》有“悲莫悲兮生别离”，故而诗中的“生别离”其实还暗含“悲莫悲兮”的信息。“生”指活生生、硬生生地别离，写出二人被迫分开、相见永无期的那种撕心裂肺的悲痛。

诗文后半部分描绘相思之苦。“胡马”“越鸟”“浮云”“游子”等都已成为经典意象，李白诗歌中便时

常可见。“胡马”是北方的马，“越鸟”是南方的鸟，一南一北，与“各在天一涯”相照应。胡马来到南方仍然依恋北风，越鸟北飞后在向南的枝丫上筑巢，飞禽走兽尚且如此，人何以堪？“衣带日已缓”“思君令人老”是以别离和思念为主题的诗歌中常见的表达方式，如《诗经·伯兮》中的“愿言思伯，甘心首疾”“愿言思伯，使我心痗”，都体现了离别之人内心的伤痛。“岁月忽已晚”，时光如梭，她在等待中耗尽了岁月和青春，令人不禁发出美人迟暮的感慨。“会面安可知”，又加上“岁月忽已晚”，无可奈何的主人公只能聊且宽慰自己：不要再去想这些事情，努力加餐，保重身体。

诗中有几处句子语义重复，如“相去万余里”“道路阻且长”和“相去日已远”，“衣带日已缓”和“思君令人老”。这些复唱回环说明《古诗十九首》还带有乐府民歌孑遗的同时，也传达出情感的缠绵往复。

悲与亲友别

南朝·佚名

悲与亲友别，气结不能言。
赠子以自爱，道远会见难。
人生无几时，颠沛在其间。
念子弃我去，新心有所欢。
结志青云上，何时复来还。

赏读

本篇出自《玉台新咏》。《玉台新咏》是南朝陈徐陵所编，收集梁以前的歌辞总集。著名的《古诗为焦仲卿妻作》（又作《孔雀东南飞》）最早即由此书收录。《悲与亲友别》主要写一名女子送别她即将远行的爱人。

诗歌以女子口吻进行叙述，全诗用一“悲”字开篇，给整个离别场景设定了一种感伤忧愁的基调。诗人不从女子与爱人惜别起笔，而先写爱人与亲友告别。

亲友间的离别已是悲痛不已，日后爱人分隔两地又该是多么悲伤。因为难过之极，女主人公“气结”而“不能言”，声音哽咽说不出话来。古代交通、信息技术没有现代发达，加之路途中多有豺狼虎豹、强盗劫匪出没，每一次如今看来简单的远行，在当时很有可能是永别。“道远会见难”是当时情景的真实写照，并非夸饰之辞。所以尽管泣不成声，她还是挣扎着道出临别赠言：希望他自重自爱。

前四句写送别，后面则转向女子的内心活动。女子感叹人生：生命是如此短暂，人们还要来回颠沛奔波。眼前的爱人马上要离她而去，女子担心爱人弃她远去之后会另结新欢。一个“弃”字写尽了她的哀怨与凄惨。“念子弃我去，新心有所欢”这一句让这首诗在别离之外，又添加了一层爱情主题，使得本诗的内容和意境更加开阔。“结志青云上”交代了男子此行的目的是为了博取功名，实现他的青云之志。最后用“何时复来还”作结，不知道爱人何时能回来与“我”团聚，又回到了别离的主题上来，与诗首相照应，整首诗形成了一个循环往复的结构。

《玉台新咏》多选录“宫体诗”，即反映男女闺情的浓艳绮丽之诗，但这首《悲与亲友别》风格自然清晰、语言朴实无华，保留了古代民间歌辞的内容，具有较高的艺术价值。

留别妻

西汉 · 苏武（前 140—前 60）

结发为夫妻，恩爱两不疑。
欢娱在今夕，嬿婉及良时。
征夫怀远路，起视夜何其？
参辰皆已没，去去从此辞。
行役在战场，相见未有期。
握手一长叹，泪为别生滋。
努力爱春华，莫忘欢乐时。
生当复来归，死当长相思。

| 辑 评 |

[明] 陆时雍《诗镜总论》："苏李赠言，何温而戚也！多唏涕语，而无蹶蹙声，知古人之气厚矣。"

[明] 谢榛《四溟诗话》："句平意远，不尚难字，而自然过人。"

赏读

南朝梁萧统编的《文选》中共收录《苏子卿诗》四首，这是其中的第三首。后世学者一般认为这些署名为苏武的五言诗均是后人伪托。

“留别”是指做诗文赠予离别之人以作纪念，这首《留别妻》就是即将离家远征的丈夫作别妻子的诗。全诗先写夫妻二人新婚不久的幸福生活：他们恩爱无嫌隙，度过了一段美好时光。可是幸福总是短暂的，二人马上便要别离。于是诗歌次写离别之际的难舍难分。丈夫心中记挂着远征之事，不得不夜起查看天色。“夜何其”典出《诗经·小雅·庭燎》：“夜如何其？夜未央。”参、辰二星指代所有星宿，众星皆没，点明时间，说明天快亮了，离别就在眼前。“去去”二字叠用，加强语气。想到今后在凶险的战场杀敌，相见遥遥无期，不禁涕泪纵横，只能紧握对方的手而哀声长叹。最后进而转写临别勉励和嘱托：“我”会珍惜岁月，不会轻易忘掉彼此在一起的欢乐时光，并发下生死不弃的铮铮誓言。“生当复来归，死当长相思”一句，因其承载真挚强烈的情感，成为千古名句。

本诗虽然是一首典型的离别诗，但全诗没有丝毫幽怨愤懑之辞，也没有呼天抢地的哀号，有的只是真切的叮嘱和忠贞的誓言，全诗蕴含着一种温厚且又强烈的情感。

与苏武诗三首 其二

西汉·李陵（？—前74）

嘉会难再遇，三载为千秋。
临河濯长缨，念子怅悠悠。
远望悲风至，对酒不能酬。
行人怀往路，何以慰我愁。
独有盈觞酒，与子结绸缪。

| 辑 评 |

[清] 刘熙载《艺概》:“但叙别愁，无一语及于事实，而言外无穷，使人黯然不可为怀。”

[清] 范大士《历代诗发》:“三章之叙离别情景，婉恻婵媛，自有无穷之味，后人作意发挥，皆不能及。”

赏读

李陵《与苏武诗》三首和上文的《苏子卿诗》四首一道最早收录于南朝梁萧统编的《文选》，人们因此合称为“苏李诗”。李陵，字少卿，西汉陇西成纪（今甘肃秦安北）人，西汉李广之孙。我们一般认为这些署名为李陵和苏武的五言诗均是后人伪托。

《与苏武诗》三首都是送别诗，其中第一首主要写离别之苦，第三首主要写对将来会面的希望。这里只选录第二首，主要写旧情难忘。送别的人和远行的人相处三年，却如同千秋，“三载”和“千秋”对举，写出了二人的深厚情谊。开头两句表达了对过去生活的留恋，为下文的离别做了情感上的铺垫。

“临河濯长缨”点明了送别的地点是在河边。“缨”指仕子的冠带，唐李善注《文选》：“夫冠缨，仕子之所服，濯之以远游。”据此可知“濯长缨”三字已有离别远游之意。“悠悠”双关，既指眼前流水连绵不尽的样子，又指作者的忧思不可断绝。“何以慰我愁”“独有盈觞酒”，诗文在一问一答中收结，自然流畅。上文既然已经说“对酒不能酬”，最后却又说“独有盈觞酒”，看似前后矛盾，其实非常真实地反映出作者复杂的心情。“不能酬”，不忍敬酒，是不忍离别。“盈觞酒”，斟满酒杯，只有借这杯酒寄托“我”的不舍之情，唯有痛饮此杯才能浇灭“我”心头的离愁别绪。全诗情感缠绵往复，具有强烈的感染力。

于清河见挽船士新婚与妻别

东汉·徐干（170—217）

与君结新婚，宿昔当别离。
凉风动秋草，蟋蟀鸣相随。
冽冽寒蝉吟，蝉吟抱枯枝。
枯枝时飞扬，身体忽迁移。
不悲身迁移，但惜岁月驰。
岁月无穷极，会合安可知。
愿为双黄鹄，比翼戏清池。

赏读

本篇最早见于南朝陈徐陵所编《玉台新咏》，作者题作魏文帝（曹丕），但唐欧阳询《艺文类聚》却题作徐干。曹丕已有《清河作诗》和《见挽船士兄弟辞别诗》二首，所以我们一般认为此首诗的作者为徐干。徐干，字伟长，北海郡剧县（今山东省寿光市）人。东汉末年文学家、诗人，“建安七子”之一，以诗、辞赋、政论著称。

这是一首以新娘子口吻写新婚夫妇离别的诗，其中丈夫有着特别的身份——挽船士，即拉纤的士兵。“宿昔”即“夙夕”，指时间短暂。女子刚与丈夫成婚，燕尔新婚，可是旦夕之间就要分离，妻子内心的悲伤可想而知。可是诗文接下来并未直接诉说离别苦楚，而是借用自然界气候节令和动植物的反应，通过比喻的手法含蓄委婉地描写新娘的悲痛。“凉风”“蟋蟀”“寒蝉”“枯枝”等秋天特有的意象为全诗营造出一种凄凉萧瑟的氛围，而蟋蟀哀鸣、寒蝉苦吟又象征着夫妻二人告别时嘤嘤叮咛。寒蝉紧紧地抱着枯枝，可是枯枝时时被秋风折落，寒蝉便也和枯枝一同坠落风中。寒蝉的遭遇与自己何其相似：“我”与新婚丈夫相濡以沫，可是丈夫马上就要远行挽船，自己也只能随风迁移。情感和自然融于一体，浑然无际，令人寻味。

“身体忽迁移”只是距离上的分别，而时间上，青春易逝、红颜易老，加之会面无期，妻子的哀绝之情，透过字里行间蓬勃而出，让人为之掩面。最后用新娘的愿望做结，希冀他们夫妻二人像黄鹄一样，比翼双飞，形影相随。

从“冽冽寒蝉吟”到“岁月无穷极”，采用顶针蝉联的手法，句子环环紧扣而又富于变化，作者的情感直泻而下的同时，又层层递进，使得感情真切而深厚。

代东门行

南朝宋·鲍照（414—466）

伤禽恶弦惊，倦客恶离声。
离声断客情，宾御皆涕零。
涕零心断绝，将去复还诀。
一息不相知，何况异乡别。
遥遥征驾远，杳杳白日晚。
居人掩闺卧，行子夜中饭。
野风吹秋木，行子心断肠。
食梅常苦酸，衣葛常苦寒。
丝竹徒满坐，忧人不解颜。
长歌欲自慰，弥起长恨端。

|辑评|

［清］方东树《昭昧詹言》："起八句，将别之情。'一息'二句，顿住。'遥遥'六句，写既别后，情景兼至。'食梅'以下，总收。一唱三叹，情文笔势，回折顿挫。杜、韩尝拟之。此皆为行者之词。"

|赏读|

鲍照，字明远，东海（今山东省郯城）人，南朝宋文学家。曾做临海王子顼的前军参军，所以后世称鲍参军。鲍照一生沉沦下僚，诗文多抒发怀才不遇的愤懑。

诗文开头引用我们熟知的“惊弓之鸟”的典故，将“伤禽”与“倦客”进行类比：长期在外游荡的旅客听到离别远行，就如同刚被弓箭所伤的飞鸟害怕弓弦的声音一样。这种比兴既形象，又增加了感情色彩。离声已经令“我”悲痛不已，前来送行的宾客和侍者的涕零则让“我”肝肠寸断。“将去复还诀”，主人公下定决心启程，没走几步又折返回来，体现了他舍不得家乡和亲朋的心情。以上几句采用顶针的手法，环环相扣，结构紧凑。

诗人终于踏上征程，诗文的视角也随之转向描写旅途的艰辛。“我”不停地赶路，从清晨到白日杳杳。家中的亲人此刻大概已经闭门休息，漂泊在外的游子却寒风露宿，半夜做饭。用梅子果腹、葛衣御寒，一个“酸”字加一个“寒”字写尽了“我”一切的寒酸。哪怕是丝竹满座，轻歌曼舞，也不能让“我”释怀。想要长歌自慰，反而触动了“我”万端的愁绪。这种铺陈式的倾诉，百转千回，刻骨铭心地写出了诗人的思乡之情，读罢让人掩面。

长别离

南朝宋·吴迈远（？—474）

生离不可闻，况复长相思。
如何与君别，当我盛年时。
蕙华每摇荡，妾心空自持。
荣乏草木欢，瘁极霜露悲。
富贵身难老，贫贱颜易衰。
持此断君肠，君亦宜自疑。
淮阴有逸将，折翮谢翻飞。
楚亦扛鼎士，出门不得归。
正为隆准公，仗剑入紫微。
君才定何如？白日下争晖。

赏读

吴迈远，南朝刘宋至齐时人。曾被宋明帝召见，并评价：“此人连绝（连句和绝句）之外，无复所有。”钟嵘《诗品》称他“善于风人答赠”。本诗以妻子的口吻写对丈夫的思念，并用西汉历史人物的事例劝诫丈夫不要贪念功名，早日归来。

亲人间因别离产生的痛苦已经让人不忍听闻，何况又有长相思的煎熬呢？诗文开门见山毫不避讳地说出了女主人公内心的忧伤。诗中强调妻子与丈夫分别是在她盛年之时，一方面表明女子在自己容貌最美的时候却无人欣赏的悲凉，另一方面也暗含韶华易逝、容颜易老的悲哀。况且女子出身贫贱，长期缺乏营养使其更易衰老。“蕙华”，泛指香草繁花，比喻三心二意的人。诗人将本心与蕙华对比，体现出女子自我克制，忠贞不二的性情。“空”字写出了女主人公寂寞无依却又保持操守的可悲可敬的形象。“荣乏草木欢，瘁极霜露悲”，四季无常，春夏有草木欣欣向荣，秋冬有霜露凄怆。而这位妻子，春夏并未因草木而欣喜，秋冬却因霜露而更为忧愁。是与丈夫长久的别离和对丈夫无尽的思念才导致这位女子常年不见笑容。如果说“荣乏草木欢”两句是写她心如死灰，那么“富贵

身难老”二句则是写她形同枯槁。

本诗前半部分集中刻画了一个思妇形象，而后半部分却别出心裁，引经据典，劝诫丈夫以史为鉴，放弃功名，早日归来。淮阴侯韩信与萧何、张良并列为汉初三杰，与彭越、英布并称为汉初三大名将，最终被刘邦杀害。项羽力能扛鼎，曾号令诸侯，最终也在楚汉之争中败给刘邦，落得个乌江自刎的下场。韩信、项羽二人英雄盖世，是消灭秦王朝的主要力量，但他们的功劳恰恰帮刘邦扫除了障碍，让他登上皇帝宝座。所以妻子劝诫丈夫：你的才能远不及韩信、项羽，在外汲汲功名，无异于与白日争辉。诗人以妻子口吻，借用史实来劝勉丈夫早日归来，刻画出一位具有远见卓识的妻子形象。

别范安成

南朝梁·沈约（441—513）

生平少年日，分手易前期。
及尔同衰暮，非复别离时。
勿言一樽酒，明日难重持。
梦中不识路，何以慰相思。

| 辑 评 |

[清] 沈德潜《古诗源》：“一片真气流出，句句转，字字厚，去《十九首》不远。”

[清] 张玉谷《古诗赏析》：“诗只空写离怀，而两人交谊已溢言表。气清骨重，仿佛汉音。”

| 赏 读 |

沈约，字休文，吴兴武康（今浙江省武康）人，“竟陵八友”之一，是齐、梁文坛的领袖。本篇为沈约别友人范安成所作。范安成，即范岫(440—514)，字懋宾。曾任齐安成内史，故称范安成。

这是一首让人耳目一新、蕴含哲理意味的送别诗。诗文一反常规，开篇不以景和情渲染离别氛围，也不写离别的时间和地点，而是从少年时的离别写起。人在年轻时，富于青春，来日方长，所以分别之后是容易重逢的。可是等我们都垂垂老矣，再分别的时候，就不会像当初那样洒脱无所畏惧了。

后四句转写别离。诗人敬酒送别范岫，“一樽酒”虽然少，但千万不要小看这一杯酒，因为明日分别之后，很难再共饮。平白的叙述却饱含万分的不舍和沉重的忧伤。最后，诗人展开奇异的想象，引用典故来表达二人今后“会面安可知”。根据《韩非子》记载，战国时期，张敏和高惠二人情感深厚，他们分别后，张敏时时想念高惠但无法见面。于是张敏梦中多次去寻找高惠，可是他每次又因为中途迷路无功而返。沈约化用这个典故，自然无雕饰，非常恰当，表达了他和范岫的深厚友谊，也反映出作者对别离的无尽感伤。

古别离

南朝梁·江淹（444—505）

远与君别者，乃至雁门关。
黄云蔽千里，游子何时还。
送君如昨日，檐前露已团。
不惜蕙草晚，所悲道里寒。
君在天一涯，妾心久别离。
愿一见颜色，不异琼树枝。
菟丝及水萍，所寄终不移。

赏读

江淹，字文通，宋州（今河南省商丘）人，南朝著名政治家、文学家，历仕宋、齐、梁三代。江淹天赋异禀，六岁能诗，但中年以后少有佳作，成语“江郎才尽”说的就是他。

这首诗以一个妻子的口吻写她与丈夫的离别，以及离别后对丈夫的思念。“远与君别者”，直抒胸臆，先声夺人。雁门关位于今天山西省北边，关外就是塞北沙漠。在古人眼中雁门关是一个极为遥远的地方，且又是古来征战之地，异常凶险。“黄云蔽千里”，雁门关荒凉贫瘠，在万里黄沙的映衬下，云朵都变成了黄色。

“送君如昨日”让人恍然大悟：原来上文所写均是妻子的回忆。如今屋檐下露水成团，季节进入深秋，说明丈夫已经离开多时，而妻子对丈夫的想念从未停止。接下来的四句诗写当下妻子的悲痛心情。古诗《冉冉孤生竹》中说蕙兰花过时不采，“将随秋草萎”。妻子以蕙草自喻，但她不在乎自己年老色衰，只是担心丈夫路途冻馁。思夫之情到此更进一层。“君在天一涯，妾心久别离”用一种悲伤的笔调写出了夫妻二人的现状。由“久别离”，妻子不禁盼望能见君一面，诗歌也由现实转向对未来的期许。“琼树枝”，即仙树枝，据说可以治疗人的忧愁。菟丝是一种蔓生植物，需要依附在其他植物上才能生长。浮萍是一种水生植物，必须依水而生。妻子以此二物自况，宣告了她至死不渝的决心。

诗人将过去、现在和未来一次熔铸在诗中，从多角度描画妻子的思夫之情，委婉缠绵，令人动容。

送别

南朝梁 · 范云（451—503）

东风柳线长，送郎上河梁。
未尽樽前酒，妾泪已千行。
不愁书难寄，但恐鬓将霜。
空怀白首约，江上早归航。

| 辑 评 |

[南朝] 钟嵘《诗品》："清便宛转，如流风回雪。"

赏读

范云，字彦龙，南乡舞阴（今河南泌阳）人，历仕齐梁二朝。擅长山水诗，诗风自然清丽。

这首诗以一个妻子的口吻写送丈夫远行。在一个初春的清晨，女主人公送别她的情郎，一直到达河桥边。柳枝刚发芽，如线条般随着东风起舞。诗人选取了与送别有关的两种意象：柳线和河梁。折柳送别已经成为古代的文化符号，“柳”“留”谐音，暗含挽留与不舍之意。河梁，一般指分别之地。过了这座桥，便不再相送。“樽前酒”写饯行的场景，妻子酒未饮而泪已千行，说明整个饯行过程中，她都是以泪洗面的，表达了女主人公内心无尽的忧伤。

诗文后半部分抒情，写妻子的心理以及对丈夫的寄语。古代交通不发达，邮驿制度落后，往来信件不容易传达,故大多有“锦书难寄”“音信难托”的感慨。诗中妻子却“不愁书难寄”，只担心“鬓将霜”。两地分离，书信难达，她当然悲痛，但让她更为悲痛的是她在等待过程中耗尽了青春，苍老了容颜。这首诗的境界至此更进一层。“未”和“已”、“不愁”和“但恐”，两组正反句式，前后照应，也增强了妻子的感伤情绪。

“空怀白首约”，妻子希望情郎抱着白首同心的誓言，早日归来，表达了她忠贞的愿望。

整诗晓畅明了，清新质朴，毫无雕琢，受乐府诗歌的影响，颇具民歌遗风。

离夜诗

南朝齐·谢朓（464—499）

玉绳隐高树，斜汉映层台。
离堂华烛尽，别幌清琴哀。
翻潮尚知恨，客思眇难裁。
山川不可尽，况乃故人杯。

辑评

［清］方东树《昭昧詹言》："起四句写景，由远及近。'翻潮'二句，人情，横空逆折，文势、文情，俱曲宕、奇警。末二句，换收。此诗通身为行者自述之辞，短篇极则。"

赏读

齐永明九年（491），谢朓任随郡王萧子隆的文学，并跟随同萧子隆赴荆州。后来因王秀之诬陷，齐武帝命令谢朓返回京师金陵（今江苏南京）。好友沈约为他设宴饯行，谢朓便写下了这首离别诗。

开篇围绕诗题，集中写“夜”。“玉绳”是星辰名，“汉”指银河，玉绳星西移隐藏在高树后面，西斜的天河照映高台。星、河、树、台，四种意象营造出一种高冷、凄清的氛围。随后笔触由远及近，写堂上饯别的情景。“离堂”“别幌”，点出离别的主题。华烛已经燃尽，说明夜深人静，宴席已近尾声。此时又有人在座上抚琴，曲调肃清哀婉，仿佛在诉说着别离的忧伤。此情此景，想到明日只身回京请罪，前途未卜，内心难免痛苦。以上四句写景叙事，介绍夜宴的情况，后四句转为抒情，渲染作者的离愁别绪。“翻潮”指翻涌的江潮，江水激荡，恰似“我”内心汹涌着的痛苦情感。“客”是诗人自指。“裁”字别具匠心，将无形的愁思化为具体可裁剪的事物，形象生动。最后诗人将这种强烈、不能自已的情绪付之于酒。从荆州远赴金陵，路途遥远，无尽的山川阻隔，诗人只能借酒消愁，和故人畅饮到天明。

这首别离诗写景雄壮、叙事别致，尤其是抒发别离之情跌宕出奇，极富感染力，堪称佳作。

别王丞僧孺

南朝齐·王融（466—493）

首夏实清和，余春满郊甸。
花树杂为锦，月池皎如练。
如何当此时，别离言与宴。
留杂已郁纡，行舟亦遥衍。
非君不见思，所悲思不见。

赏读

本诗的作者有谢朓和王融之争。这首诗最早见于唐欧阳询所编《艺文类聚》，记为《齐谢朓别王僧孺诗》，但宋代章樵所编《古文苑》却题作《别王丞僧孺》，作者是王融。根据后人考证，一般认为作者是王融。根据《南史·王僧孺传》，南朝齐武帝永明十一年（493）正月，文惠太子赏识王僧孺并召他入东宫，想命他作太子属官。但太子病逝，王僧孺便外放任晋安郡丞。于是王融便写了这首《别王丞僧孺》作别友人。当时谢朓远在荆州，而本诗中有“留杂”，是指分别时互赠礼物以想留念，所以谢朓不可能写这首诗。王融（466—493），字元长，琅琊临沂（今山东临沂）人，南朝齐文学家，“竟陵八友”之一。

如果把这首诗的前半部分截出，完全可以是一首独立的写景诗：晚春初夏之时，天气清和，春天的景物仍然布满整个郊野。花树丛杂，色彩绚丽犹如纹锦一般；月光洒在水池中，水面洁白明净，宛若白绢。“锦”是彩色有花纹的丝织品，“练”是洁白的绢布，两处比喻，将花树丛生和月池皎洁生动准确地表达出来。“月池皎如练”让人联想起谢朓《晚登三山还望京邑》中的名句“澄江静如练”。

面对如此良辰美景，三五好友本应该携手出游，在池边畅饮赋诗，可是恰是此时要举行饯别的宴会送别王僧孺。这种突然的转折正说明众人不舍的心情，上文集中笔墨描绘的美景是为了反衬下文的离别，是典型的以美景衬哀情。

通过中间两句过渡，下文便用抒情的方式写离别。彼此交换礼物后心情郁结沉痛，“我”望着王僧孺的船只越行越远，直到消失在视线之中。最后两句饶有哲理：“我”不是因为以后见不到你而想念你，而是担心思念你时不能随时见到你。现实中的朋友就是这样，如果两个人在一个城市，哪怕多日不见，也不会引发相思之情。只有两人相距万里，想见面而不得时才会悲痛不已。

别李峤得胜字

唐·骆宾王（627？—684？）

芳尊徒自满，别恨转难胜。
客似游江岸，人疑上灞陵。
寒更承夜永，凉景向秋澄。
离心何以赠，自有玉壶冰。

赏读

骆宾王，字观光，婺州义乌人（今浙江省义乌）。七岁作《咏鹅》诗，被视为神童，后与王勃、杨炯、卢照邻合称“初唐四杰”。

此诗为送别友人李峤而作。李峤（645—714），字巨山，赵州赞皇（今河北省赞皇）人，曾任唐朝宰相。“得胜字”，是指众人限韵作诗唱和送别李峤，骆宾王抽到“胜”字韵。

本诗将焦点汇聚在饯别的宴会上，开篇写酒，却非高歌痛饮。虽然是“芳尊”满盈,但只是“徒自满”，说明与宴诸人无心饮酒。为什么无心饮酒，让酒杯徒自安放在桌上？诗人随后给出答案：“别恨转难胜。”

接下来的四句，先叙事后写景。客人（李峤）仿佛是在江岸上游玩，主人（骆宾王）疑似登上了灞陵。此时寒夜的更鼓声在漫漫长夜次第响起，澄净的秋色显出一片凄凉的景象。眼前寂静的夜景，唤起了人们心中的离愁哀伤。

骆宾王没有什么礼物相赠，只有一颗如玉壶般的冰心。玉壶是美玉制成的壶，玉壶冰多用来形容清廉高洁的品质。鲍照《白头吟》中有“直如朱丝绳，清如玉壶冰”，王昌龄《芙蓉楼送辛渐》中也有“洛阳亲友如相问，一片冰心在玉壶”。可见玉壶冰是最珍贵的礼物。全诗最后以离别作结，玉壶冰相赠，升华了诗人和李峤之间的友谊，也使得诗境得到进一步提升。

于易水送人

唐·骆宾王（627？—684？）

此地别燕丹，壮士发冲冠。
昔时人已没，今日水犹寒。

|辑评|

［明］叶羲昂《唐诗直解》："似无味，然未尝不佳。"

［明］唐汝询《唐诗解》："此因临易水而想古人亦尝送别于此。今其人虽没，其水犹寒，安知今人之不能为古也。侠气凛然，见于言外。"

［清］毛先舒《诗辩坻》："临海《易水送别》，借轲、丹事，用一'别'字映出题面，余作凭吊，而神理已足。二十字中游刃如此，何等高笔。"

赏读

这是骆宾王另外一首非常出名的送别诗，其最大的特色是借用史实来抒写己怀。本诗是一首五言绝句，只有短短二十言，但笔调苍劲，气象万千，且寓意深远。

全诗围绕燕太子丹在易水送别荆轲的史实展开。易水，也叫易河，位于河北省西部的易县境内，是燕国南边的国界，当时燕太子丹就在易水送别荆轲。临行时太子丹和高渐离等人身穿丧服，高渐离击筑（一种古代的乐器），荆轲应声歌唱道："风萧萧兮易水寒，壮士一去兮不复还。"周围的士人"皆瞋目，发尽上指冠"。骆宾王开篇以"别"字，用精练的语言高度概括了这一历史事件。后两句在史实的基础上抒情，怀古伤今。昔时的英雄已经作古，今天的易水还是那样寒冷。两句对仗工整，末尾的"寒"是传神之笔。"寒"既指具体的景——水寒，也指诗人的感情——心寒。既有对古代壮士的敬畏、惋惜，也有对即将分别友人的眷恋，还有对自身境遇的感慨。

此诗巧妙之处在于诗人充分利用易水这一地点，把古代燕丹送荆轲和诗人送友人联合起来，亦古亦今，又寓古于今。同时诗人还借古抒怀，寄语友人和自己。骆宾王长期怀才不遇，生平抱负得不到施展，所以他歌颂荆轲，是希望自己能和他一样，为国建功立业，哪怕最后粉身碎骨。

西使兼送孟学士南游

唐·卢照邻（634？—686？）

地道巴陵北，天山弱水东。
相看万余里，共倚一征蓬。
零雨悲王粲，清尊别孔融。
徘徊闻夜鹤，怅望待秋鸿。
骨肉胡秦外，风尘关塞中。
唯余剑锋在，耿耿气成虹。

| 辑 评 |

［明］唐汝询《唐诗解》："遍读卢集，温雅俊整，此诗为冠。"

［清］沈德潜《唐诗别裁》："前人但赏其起语雄浑，须看一气承接，不平实，不板滞。后太白每有此种格法。"

赏读

卢照邻，字升之，自号幽忧子，幽州范阳（今河北省涿州）人，与王勃、杨炯、骆宾王并称为“初唐四杰”。卢照邻一生坎坷，晚年患有风疾，手脚残废。后不堪忍受政治上失意和病痛折磨，投颍水而死。

卢照邻和友人孟学士一个西行，一个南游，在临别之际，写下了这首送别诗。诗人起笔便苍劲有力、气势恢宏，将两个地名熔于诗句中。“巴陵”在今天的湖南省岳阳一带，是友人孟学士将要南游之地。天山指祁连山，弱水指今甘肃省张掖河，是作者将要西使之所。“相看万余里”承接首二句，把相隔万里巴陵、弱水用一“看”字连接。二人分别之后，都像乱飞的蓬草，漂泊无依、行迹不定，离别之痛，逐渐显露。

王粲和孔融都属于“建安七子”。诗人将自己比作王粲，是为了表达内心的悲痛；将孟学士比作孔融，是为了称扬他的文章才学和热情大方。接下来作者预想分别后的情景：诗人会在半夜听到凄凉的鹤声，起身徘徊，难以成眠，望眼欲穿守望着友人寄来书信，其中真情表露无遗。

“骨肉胡秦外，风尘关塞中”，诗人独自一人在关塞之中，漂泊无依，暗含消极落寞的情绪。最后两句宕开一笔，一洗上文的离别感伤和自我哀悼，豪气冲天。诗人自视如宝剑一般，定会气贯长虹，令人为之振奋，表现出锐意进取的积极风貌。

送杜少府之任蜀州

唐·王勃（649—676）

城阙辅三秦，风烟望五津。
与君离别意，同是宦游人。
海内存知己，天涯若比邻。
无为在歧路，儿女共沾巾。

|辑 评|

［明］胡应麟《诗薮》：“唐初五言律惟王勃‘送送多穷路’‘城阙辅三秦’等作，终篇不著景物而兴象宛然，气骨苍然，实首启盛中妙境。”

［明］陆时雍《唐诗镜》：“此是高调，读之不觉其高，以气厚故。”

赏 读

王勃，字子安，绛州龙门（今山西省河津）人，与杨炯、卢照邻、骆宾王并称“初唐四杰”。

首二句是极其工整的地名对。三秦指长安城附近的关中地区，因项羽破秦，把关中分为三部分，分封给三个秦国的降将，所以称为“三秦”。城阙，即城楼，指代唐的都城长安。五津，具体指岷江的五个大渡口白华津、万里津、江首津、涉头津、江南津，泛指蜀川。看似毫无联系的上下两句，其实指送别之地和友人即将远行之所，中间用一“望”字衔接。秦蜀两地，山川阻隔，相距千里，虽然没有一字写离别，但言语之间已暗含感伤情绪。接下来再用散对抒情。作者和朋友都是外出做官的羁旅之人，王勃是从山西来到长安，杜少府是从长安远赴川蜀，二人同病相怜。诗人慰藉友人，又不免在留恋友人同时悲悼自己的境遇。

五六两句，诗境由细小转为恢宏，格调亦由凄婉进入豪迈。“海内存知己，天涯若比邻”，诗人一扫沉郁之气，高声对朋友说:“只要在四海之内，同气相知，哪怕各在天涯海角也犹如近邻一样。一蜀一秦无法阻断我们的情谊。”最后两句紧承上文，回到主题，写送行。全诗没有矫情之态，他劝诫朋友，不要在分手处的路口，像小儿女般涕泪横流。

全诗顿挫纵横，气象万千而又情真意切，不愧为送别诗中的上乘之作。

古别离

唐·沈佺期（656？—714？）

白水东悠悠，中有西行舟。
舟行有返棹，水去无还流。
奈何生别者，戚戚怀远游。
远游谁当惜，所悲会难收。
自君间芳屣，青阳四五遒。
皓月掩兰室，光风虚蕙楼。
相思无明晦，长叹累春秋。
离居久迟暮，高驾何淹留。

赏读

沈佺期，字云卿，相州内黄（今河南省内黄）人，初唐著名诗人，与宋之问合称“沈宋”。

开篇以悠悠的白水和水上的行舟起兴。白水东流，而河中的木舟却溯水西行，诗文起笔便带出消沉的基调。诗人马上又宽慰自己：虽然流水东逝永远不会回返，但木舟却有返航之时。古来文人面对不尽的江水，大多发出无可奈何的哀伤感慨，如孔子“逝者如斯夫”，但沈佺期一反常人桎梏，消沉中隐约又见到积极的心态，可谓标新出奇。虽然舟有返棹之时，但眼前却是生生别离，你将要远游他乡，旋即又落入悲伤。别离让人悲痛，可是送行的人却说，“我”并不因你远游而痛惜，真正令人痛心的是远游之后难以重逢，会面不可期。诗人将送行人复杂内心刻画得细致入微，把离别的悲痛加深一层，真切感人。

接下来写离别之后，送行人对爱人的思念：自从你走后，已经过了四五年，一句简单平常的话，作者诗情画意地写成“自君间芳屣，青阳四五道”，诗歌的含蓄、华美尽在此间。四五年间，“我”是什么样的生活状态呢？皓月映照着高雅芳香的兰室，如此怡人的景色，“我”却整日门窗闭掩，虚度光阴。因为思念爱人，所以“我”黯然神伤，美好的时光都在孤独的等待中流走。“我”思念终日，不分昼夜，心中的哀叹长年累月，连绵不绝。独自一人，离群索居，已近迟暮之年，青春逝去，容颜不再。简单几笔，刻画出一个在家多年等候夫君归来的怨妇形象，饱满真实，悱恻动人。怨妇发出最后诉求，希望丈夫不要再淹留他乡，早日归来。

全诗深得古乐府民歌的精髓，语调低沉哀婉，情感悱恻缠绵，是一首出色的拟古离别诗。

春夜别友人二首其一

唐·陈子昂（659—700）

银烛吐青烟，金樽对绮筵。
离堂思琴瑟，别路绕山川。
明月隐高树，长河没晓天。
悠悠洛阳道，此会在何年。

|辑 评|

[清] 王闿运《唐诗选》:“蒋一葵云：五、六语佳，第‘明月’‘长河’似秋夜，不见春景。”

[清] 屈复《唐诗成法》:“五六是秋夜，非春夜，断不可学。若易‘明月’‘长河’作‘柳月’‘华星’，庶可耳。六句句法皆同，此亦初唐陈、隋余习，盛唐不然。”

赏读

陈子昂，字伯玉，梓州射洪（今四川省射洪）人。上书论政，深得武则天赏识，授予右拾遗一职，所以后世又称他为陈拾遗。年轻时的陈子昂离开家乡四川射洪，远赴东都洛阳博取功名，友人设宴相送，于是陈子昂写了两首诗作别，这是其中的第一首。

诗人先从饯别的宴会起笔。“吐”字衬托出安静的场面和友人间相对无言的氛围。“对”字写出了美酒摆在眼前，大家却无心畅饮的沉痛心情。诗人坐在离堂之上，想起了“琴瑟”之乐，表达出对友人的不舍之情。由此想到前路茫茫，山川萦绕，不禁升起了离别的感伤情绪。

“明月隐高树，长河没晓天”，月亮西移到大树后面，银河也随着天明逐渐隐退。宴会从前一天夜晚进行到第二天天亮。“隐”“没”二字似乎在催促诗人动身启程。本诗是春夜别友人，但诗中的“明月”“高树”“长河”“晓天”更像是秋景，所以有人批评陈子昂此句虽然是佳句，但不见春景。诗文最后又折回到离别的主题，此去洛阳，悠悠千里，不知相会在何年。诗人的恋恋不舍与愁苦情绪渗透在字里行间。

送客

唐·陈子昂（659—700）

故人洞庭去，杨柳春风生。
相送河洲晚，苍茫别思盈。
白苹已堪把，绿芷复含荣。
江南多桂树，归客赠生平。

| 辑 评 |

[明] 桂天祥《批点唐诗正声》："第二句风致，'生'字尤佳。全首可诵。"

[明] 钟惺、谭元春《唐诗归》："钟云：语直自然多情，尤妙在无着落。谭云：此三字（赠生平）有分两。"

[清] 顾安《唐律消夏录》："题曰送客，志不忘也。此因秋日怀思，追想春日送别。妙在平分两半，并不另用跌落之法，止以'已'字、'复'字暗暗转接下来，章法古奥，旨趣隽永，俱从《骚》《雅》中得来也。《诗》曰：'昔我往矣，杨柳依依。今我来思，雨雪霏霏。'的是此诗章法，但换用耳。"

赏读

本篇起句即指明友人远行的目的地。“杨柳春风生”句在交代时令的同时，又让全诗笼罩在一片惆怅的离别情绪之中。“生”字含义丰富，既写春风吹生了杨柳，又暗指诗人心生不舍之情。“河洲”指出相送地点，“晚”字则说明相送过程很长，二人辗转徘徊，流连忘返直至傍晚。“苍茫”再加一“盈”字，仿佛整个宇宙都弥漫着别离气息，诗人内心的悲伤达到高潮。

接下来二句写景，诗文最后一句用“归客”指称友人，说明他此去洞庭是返回家乡。诗人通过自己丰富的想象，虚写江南特有的植物。白苹生长茂盛已经能够用手把握，绿芷也在此开花，欣欣向荣。诗人描绘江南勃勃生机的春景，诗歌的格调也由缠绵沉郁转为清丽明快。

古人多用鲜花芳草来比喻君子高洁的品行，如《楚辞·远游》中有“嘉南州之炎德兮，丽桂树之冬荣”，这里用江南冬天仍不凋零的桂树比喻友人，勉励他始终保持高尚的节操。

本诗以景物描写为主，风格清新明丽。中间穿插叙事和抒情，融情于景，联想丰富。清人王夫之称它“大概与吴均、柳恽相为出入，唐人五言佳境，力尽此矣”，不为过誉。

送别

唐·王之涣（688—742）

杨柳东风树，青青夹御河。
近来攀折苦，应为别离多。

| 辑 评 |

［明］唐汝询《唐诗解》：“离别之多，柳尚不胜攀折，岂人情所能堪。”

［清］吴瑞荣《唐诗笺要》：“以折柳送人为家常事，妙！妙！用笔最辣，寄情倍深。”

［清］邹弢《精选评注五朝诗学津梁》：“从杨柳着想，‘别’字意思一新。”

［清］马沅《唐绝诗钞注略》：“妙在只借柳说。”

赏读

《送别》，顾名思义是一首送别诗，虽然不及王之涣其他的边塞诗出名，但因作者紧紧围绕送别的符号“柳”展开，且构思巧妙，不失为一篇佳作。诗文短小精悍，王之涣没有像一般的诗人写送别那样，在诗句中点明送别的对象、送别的目的地等等信息，而只是集中写河边的杨柳。仿佛诗人不是来送别友人，只是出城游览时偶然看到长安城外河两边的柳树，便写下的一首咏物诗。

“东风”，有的版本写作“东门”，两者诗意皆同。“御河”，指京城长安的护城河。护城河两边青青的杨柳在春风的吹拂下轻轻摆动。本是良辰好景，可是接下来诗人突然翻转，写杨柳“攀折苦”。古人离别，有折柳枝相送的习俗。眼前的杨柳枝条已经被折得七七八八，不胜攀折之苦，诗人猜想应该是近来离别太多的缘故。诗人不写自己是否攀折柳条，也不写自己送别友人的感伤心情，却通过借他人的别离来抒发个人的情怀，翻新出奇，让人拍案叫绝。其实他折柳与否，心中的不舍与痛苦都无法排遣。杨柳尚且不堪攀折，人的离愁别恨则更加难以忍受了。

诗人由个人的离别，写到人世多别，由一时一地一人的情感上升到普罗大众的层面，寄情深远、寓意深刻。

送朱大入秦

唐·孟浩然（689—740）

游人五陵去，宝剑值千金。
分手脱相赠，平生一片心。

|辑 评|

［明］桂天祥《批点唐诗正声》：“气侠情真，不愧儿女之志。”

［清］黄叔灿《唐诗笺注》：“不过任侠意，写得有神。”

［清］王士祯《唐人万首绝句选评》：“从‘入秦’生出首句，字字有关会，一语不泛说。落句五字，斩绝中有深味。”

赏读

孟浩然，襄州襄阳（今湖北省襄阳）人，所以后世又称孟襄阳。他曾隐居襄阳城东南的鹿门山，终生没有入仕做官，又被称为孟山人。

孟浩然以诗风清淡，善写山水田园诗著称，而这首《送朱大入秦》，虽然是送别主题，但饱含任侠之气，诗格豪爽激昂，有别于一般的孟诗。朱大，孟浩然的朋友，姓朱，在家中排行老大，生平事迹不详。

首句“游人五陵去”，直接叙述别离。秦，指长安。五陵，指长安和咸阳间的长陵、安陵、阳陵、茂陵和平陵五个汉代王陵。陵邑都是富家大户迁居于此，豪侠之风盛行。“朱大”“秦”“游人”“五陵”勾勒出一个快意恩仇的游侠形象。后面三句，一口气和盘托出，不容有丝毫停顿，上下连贯，节奏紧凑。“宝剑值千金”，完全借用了曹植《名都篇》中的诗句“宝剑值千金”。《名都篇》是写东京洛阳贵族纨绔子弟游戏与饮宴，而孟浩然的借用则赋予了宝剑新的内涵。诗人在与朱大分手的时候，把自己平时佩戴的价值千金的宝剑赠予友人。“脱”形象地写出了诗人的慷慨豪爽，表现了他对二人友谊的珍视，同时反映出作者对友人的勉励和期许。赠物之后应当有赠言，可是作者只说了一句“平生一片心”，宝剑赠英雄，只是为了表达“我”平生的一片真心。语言模糊闪烁，言而不尽，令人回味无穷。

送杜十四之江南

唐·孟浩然（689—740）

荆吴相接水为乡，君去春江正渺茫。
日暮征帆泊何处，天涯一望断人肠。

|辑 评|

[明] 桂天祥《批点唐诗正声》："近歌行体，无一点尘秽。"

[明] 叶羲昂《唐诗直解》："明净无一点尘氛，不胜歧路之泣。"

[清] 吴煊《唐贤三昧集笺注》："一气呵成，有情有色。"

赏读

本篇诗题有的版本写作“送杜十四之江南”，有的版本写作“送杜晃进士之东吴”。杜十四，即杜晃，生平事迹不详。

荆，是古代楚国的别称，范围在今天的湖北、湖南一带。吴，也是古国名，范围在今天江苏、安徽、浙江一带。荆、吴相互毗邻，且两地河流湖泊众多，荆是他们的分别地点，吴是杜晃远行的终点，诗人用“荆吴相接水为乡”把两地连接起来，反映了江南地区的环境特征。诗句中暗指离别，同时隐含一丝宽慰的味道。杜晃离别之时，正值春季江水上涨，江上的雾气迷蒙。第二句表面上是只写景色，其实离景中还寓含离情。江上烟波浩渺，恰是诗人内心怅然若失的写照，他的惆怅与依依之情洋溢在字句之间。

虽然友人刚刚起航，但诗人却发出了“日暮征帆泊何处”的疑问。日落西山之后，你的船只将在哪里停泊呢？日暮孤帆，无处停泊，既写出了杜晃旅程孤寂艰辛，也表达了诗人对他的担心和关怀。友人走后，诗人伫立在岸边，抬头远望他离开的方向，人影已逝，想到彼此之间天涯相隔，不禁愁肠寸断。本诗前三句在写景叙事中逐步积累情绪，到最后一句集中爆发，喷薄而出，表达了作者强烈的不舍之情。

芙蓉楼送辛渐二首 其一

唐 · 王昌龄（698—756）

寒雨连江夜入吴，平明送客楚山孤。
洛阳亲友如相问，一片冰心在玉壶。

| 辑 评 |

[明] 陆时雍《唐诗镜》：“炼格最高。‘孤’字自作一语，后二句别有深情。”

[清] 黄叔灿《唐诗笺注》：“上二句送时情景，下二句托寄之言，自述心地莹洁，无尘可滓。本传言少伯‘不护细行’，或有所为而云。”

[清] 俞陛云《诗境浅说续编》：“借送友以自写胸臆，其词自萧洒可爱。”

赏读

“芙蓉楼”，原名西北楼，位于今天江苏省镇江市。辛渐，生平不详。这组诗有两首，今只录其中的第一首。

诗人起笔写景：寒秋的一个夜晚，吴地的江天被烟雨笼罩，雨水直落江面，水天相接，满眼朦胧。“连”和“入”写出了江雨滚滚而来的动态，意境壮阔，描绘出一幅吴江夜雨图。“寒”字，不仅是天寒，雨寒，更是作者心寒，给全诗定下了一个惆怅的感情基调，暗指送别。平明，指天刚刚亮，与出句“夜”相对，说明饯别从昨晚直至今晨。王昌龄和辛渐二人夜间在芙蓉楼，伴着江雨之声，诉说着离愁别绪，直到天亮。楚山，是吴江北面楚地的山脉，诗人站在高楼之上，隔江远眺，可以看见友人即将北上的路。想到友人即将远行，诗人内心的孤寂愈发不可按捺。辛渐回到洛阳，马上就能和亲友团聚，而“我”依旧孤单。于是我在临别之际嘱咐辛渐：如果洛阳的亲友问起我的近况，你就回答说，“我”依然像玉壶一样冰清玉洁。玉壶是美玉制成的壶，多用来形容清廉高洁的品质。鲍照《白头吟》中有“直如朱丝绳，清如玉壶冰”的诗句，骆宾王《别李峤得胜字》也有“离心何以赠，自有玉壶冰”之句。王昌龄在这首送别诗中，借用惜别辛渐来强调自己如玉壶般，始终坚守道德、保持高洁的心性，构思巧妙，顺理成章而又不露痕迹。

山中送别

唐·王维（701—761）

山中相送罢，日暮掩柴扉。
春草明年绿，王孙归不归？

|辑评|

[宋]刘辰翁《王孟诗评》："古今断肠，理不在多。"

[明]唐汝询《唐诗解》："扉掩于暮，居人之离思方深；草绿有时，行子之归期难必。"

[清]吴煊《唐贤三昧集笺注》："此种断以不说尽为妙，结得有多少妙味。"

赏读

王维，字摩诘，号摩诘居士，河东蒲州（今山西省运城）人，擅长五言，多写山水田园诗，与孟浩然合称“王孟”。他还参禅悟理，有“诗佛”的美誉。

《山中送别》，是王维在山中送别友人的诗篇。但是他一反常例，不描写二人依依送别的场景，也不注重点染难舍难分的悲痛氛围，起笔就从“相送罢”入手，令人耳目一新。诗人在山中辞别友人，回到家中已经傍晚，于是他阖上柴门进屋休息。王维出仕后，还在长安东南蓝田县修建了一所别墅，过着半官半隐的生活，后来又辞官归隐终南山。“日暮掩柴扉”，勾勒出诗人闲适、自在、清贫的隐居生活。在这静谧的文字下，他有若参透别离生死的世外高人，丝毫没有表露出与友人分别之后的依恋不舍，以及感伤情绪。

然而，读到后两句，我们才发现事实并非如此。诗人用“春草明年绿”来问友人明年是否归来重逢，这就说明诗人心中还是十分怀念友人，盼他早日归来。作者不直接吐露胸中的情感，而是借用“春草”发问，含蓄委婉地娓娓道来，构思巧妙，达到了“言有尽而意无穷”的效果。

“春草明年绿，王孙归不归”化用《楚辞·招隐士》中的“王孙游兮不归，春草生兮萋萋”两句，但王维删繁为简，改为朴素的语言，自然贴切而不露雕琢的痕迹，符合山水田园的清新明丽诗风。

送元二使安西

唐·王维（701—761）

渭城朝雨浥轻尘，客舍青青柳色新。
劝君更尽一杯酒，西出阳关无故人。

|辑评|

[元] 释圆至《笺注唐贤绝句三体诗法》：“首句藏行尘，次句藏折柳，两面皆画出，妙不露骨。”

[明] 李东阳《麓堂诗话》：“王摩诘‘阳关无故人’之句，盛唐以前所未道。此辞一出，一时传诵不足，至为三叠歌之。后之咏别者，千言万语，殆不能出其意之外。”

[明] 唐汝询《唐诗解》：“唐人饯别之诗以亿计，独《阳关》擅名，非为其真切。”

赏 读

《送元二使安西》,又题作《渭城曲》,或《阳关曲》,或《阳关三叠》。渭城,在长安附近,唐代从京城西行,人们大多在渭城送别。安西,指唐代的安西都护府。元二,人名,姓元,家中排行老二,生平事迹不详。

这首诗的结构和众多送别诗相同,均先写别景,再写别情。别景部分,交代了送别的地点和时间。渭城的道路,车马奔驰,尘土飞扬。而清晨的细雨下的时间不长,大小合适,正好打湿尘土,所以有“渭城朝雨浥轻尘”。“浥”,指湿润,用得恰到好处。春日杨柳新绿,映照出客舍呈现出青色,一片欣欣向荣的景象。可是这美景之中暗含愁绪。客舍是羁旅之人临时的住所,杨柳寓意别离,作者特意选取这两个意象,契合他送别元二的主题。前两句的景物描写,笔触轻快明丽,犹如一幅客舍晨景图。苏轼称王维“诗中有画,画中有诗”,深得其旨。

后两句写别情。酒过多巡,在送行宴会的尾声,诗人劝友人元二再多进一杯酒,因为一旦启程,西出阳关之后,就再也没有亲友故人同你共饮了。诗的劝慰表达了他对友人的深切关心。一句“西出阳关无故人”,写尽了远行之人的孤独、寂寞与艰辛。

此诗自然明快,感情真挚深厚,为离筵别席上传唱最多、最长久之作。

赠汪伦

唐·李白（701—762）

李白乘舟将欲行，忽闻岸上踏歌声。
桃花潭水深千尺，不及汪伦送我情。

|辑 评|

[明] 唐汝询《唐诗解》："太白于景切情真处，信手拈来，所以调绝千古。后人效之，如'欲问江深浅，应如远别情'，语非不佳，终是杯卷杞柳。"

[明] 周珽《唐诗选脉会通评林》："周敬曰：不雕不琢，天然成响，语从至情发出，故妙。周珽曰：上则百尺无枝，下则清浑无影，此诗之谓与？"

[清] 黄生《唐诗摘钞》："直将主客姓名入诗，老甚，亦见古人尚质，得以坦怀直笔为诗。若今左顾右忌，畏首畏尾，其诗安能进步古人耶？"

| 赏 读 |

李白，字太白，号青莲居士。李白和杜甫是唐代诗歌两座耸立的高峰，代表着唐诗最高成就。李白崇尚自由、蔑视权贵，诗歌多描绘祖国的河山等自然景物。诗风雄奇豪放，洒脱自然，想象奇特，语言流转潇洒，有“诗仙”之美称。

开元天宝年间，好友汪伦时任泾县（今安徽省泾县）县令，李白前去拜会，受到汪伦的热情款待。临走时，汪伦又专程赶来相送，李白有感而发，写下了这首诗相赠。

这场送别，没有事先的布置安排，诗人本来已经上船准备启程。突然听到岸边传来“踏歌声”。踏歌是唐朝民间人们手拉着手，用脚踩地为节拍的歌舞。未见其人，先闻其声，原来是汪伦领着村民来为我送行。“忽闻”说明李白丝毫没有心理准备，大出其意料之外。前两句叙事，平白如话，直白坦率而又真切。后二句抒情作结，桃花潭的水纵有深千尺，也没有汪伦对“我”的情谊深。诗人想象奇特，将无形的友情，具象成看得见、摸得着的潭水。而且比喻之中还有反衬，桃花潭再深，也不及汪伦对“我”的情深。作者毫无掩饰，大胆直白地宣扬他和汪伦的深厚情谊，洒脱亲切，表现出李白的真性情。

古诗中一般忌讳直露，但天才诗人李白从不被规矩束缚，他甚至开篇伊始就直呼自己的大名，诗尾又用友人的姓名作结，信手拈来，显得至情至真。

黄鹤楼送孟浩然之广陵

唐·李白（701—762）

故人西辞黄鹤楼，烟花三月下扬州。
孤帆远影碧空尽，唯见长江天际流。

|辑 评|

[明] 敖英《唐诗绝句类选》："末二句写别时怅望之景，而情在其中。"

[明] 唐汝询《唐诗解》："'黄鹤'分别之地，'扬州'所往之乡，'烟花'叙别之景，'三月'纪别之时。帆影尽，则目力已极；江水长，则离思无涯。怅望之情，俱在言外。"

[清] 黄生《唐诗摘钞》："不见帆影，惟见长江，怅别之情，尽在言外。"

[清] 清高宗敕编《唐宋诗醇》："语近情遥，有'手挥五弦，目送飞鸿'之妙。"

赏读

李白寓居安陆（今湖北省安陆）期间，结识了长他十二岁的孟浩然。当李白得知孟浩然下扬州的消息，便写信约他在江夏（今湖北武汉）相会。相聚几日后，孟浩然乘舟东行，李白在江边为他送行，然后写下了这首脍炙人口的诗篇。黄鹤楼，故址在今天的湖北武汉市，相传三国时期的费祎在这里羽化登仙乘黄鹤而逝。广陵，即扬州。

故人孟浩然即将向西辞别黄鹤楼，在繁花似锦柳絮如烟的阳春三月东下扬州。与一般的离别诗宾主双方欲语泪先流不同，他们带着盛唐的气象游历唱和，好像送别是庆祝友人奔赴佳地一样。事实也确实如此，长江那一端有富饶的扬州在等待孟浩然，恰在这烟花三月之时，怎能不令人向往和欣喜。

虽然李白为友人东去扬州感到高兴，可是目送他离去，仍然不免生出难舍之情。诗人站在岸边，直到载有友人的船只顺水而下，看着船帆慢慢变小，逐渐消失在碧空中。诗人伫立在原地，久久不忍离去，只看见滚滚长江，流到天的尽头。李白没有一字写愁，但他的愁却犹如滔滔江水般，延绵不绝，没有尽头。

全诗意境开阔，色彩明快。诗人寓情于景，将他那种怅然若失，黯然神伤的心情表达得淋漓尽致。

渡荆门送别

唐·李白（701—762）

渡远荆门外，来从楚国游。
山随平野尽，江入大荒流。
月下飞天境，云生结海楼。
仍怜故乡水，万里送行舟。

|辑 评|

[明] 胡应麟《诗薮》：“‘山随平野阔，江入大荒流’，太白壮语也；杜‘星垂平野阔，月涌大江流’，骨力过之。”

[明] 唐汝询《唐诗解》：“此自蜀入楚，渡荆门而赋，其形胜如此。”

高步瀛《唐宋诗举要》：“语言倜傥，太白本色。”

| 赏读 |

本篇是李白年轻时候离开巴蜀行至荆门的送别之作，从诗歌内容看，作者并不是赠别某一位友人，而是告别自己的家乡。

唐代士人热衷于游历祖国河川，他们称之为“壮游”，“渡远荆门外，来从楚国游”，就是李白泛舟出蜀，来到今天湖北省宜都一带荆门山的壮游经历。“山随平野尽，江入大荒流”，船行至荆门，巫山两岸的崇山峻岭逐渐变成平原。高山本来是静止的，但诗人将它们纳入自己移动的视野中，由于相对运动，仿佛群山也在移动。随着地势慢慢平缓，湍急的江水也流进广袤的平原。这两句视野开阔，气势雄浑，从中可以看出李白激动喜悦的心情。

五六两句继续写景，“月下飞天境”是近景，月亮倒影在平静的江面，如同从天上飞来的镜子。“云生结海楼”是远景，云彩升起形成了海市蜃楼一样的奇特景观。水中镜侧面写出了水的静和净，海楼则写出了天空的辽阔。诗人想象力丰富，其比喻让人拍案叫绝，极具浪漫主义色彩。望着连绵不绝的江水，从巴蜀一直流到这里，好像是在为“我”送行，于是诗人又升起了一股思乡之情，末尾点题，回归到送别的主题。

全诗以写景为主，叙事为辅，作者的情感经历了一个先高涨后感伤的发展过程，前后呼应，形成一个整体，是一篇脍炙人口的诗作。

别董大二首 其一

唐·高适（704—765）

千里黄云白日曛，北风吹雁雪纷纷。
莫愁前路无知己，天下谁人不识君。

|辑 评|

[明] 叶羲昂《唐诗直解》：慷慨悲壮。落句太直。

[明] 唐汝询《唐诗解》："云有将雪之色，雁起离群之思，于此分别，殆难为情，故以莫愁慰之。言君才易知，所如必有合者。"

[明] 周珽《唐诗选脉会通评林》："周珽曰：上联具景物凄惨，分别难以为情。下联见美才易知，所如必多契合；至知满天下，何必依依尔我分手。就董君身上想出赠别至情，妙，妙。"

[清] 徐增《而庵说唐诗》："此诗妙在粗豪。"

赏读

高适是盛唐著名边塞诗人，与岑参并称“高岑”，与岑参、王昌龄、王之涣合称“边塞四诗人”。董大，姓董，在家中排名老大，生平事迹不详，可能是唐玄宗时代著名的音乐家。诗人与董大久别重逢后再次分别，于是写下两首送别诗，这里选录其中第一首。

前二句写北方冬天日暮的景色，连亘千里的白云遮天蔽日，夕阳映照在云朵上，使之成为暗黄色，黄云挡住阳光，天空阴沉。在肆虐的北风中大雪纷纷飘落，远处的天空还有一只没有归巢的大雁在寒风中艰难飞行。北方黄昏的苍茫壮阔、阴冷凄寒烘托出一种悲凉的氛围，同时又不失奔放雄健之气。孤雁奋飞，恰似有家不能归的游子。

诗人将自己和朋友比作大雁，伤感离别之情慢慢延伸。但是高适没有完全沉浸在这种离愁别恨当中，他没有因友人的离去而失声痛哭，而是整顿心情安慰董大：此次远去不要担心没有知己，你才华横溢，天下哪有人不知道你呢。诗人的慰藉中饱含力量与信心，正是盛唐时期奋发进取、积极向上精神的体现。

据本组诗的第二首可知，当时的高适是贫贱丈夫，甚至连饯别的酒钱都没有，他的落魄不得志可想而知。所以作者送别友人的同时也在感伤自身，在鼓励董大的同时也是在激励自己。全诗写景壮丽，抒情发自肺腑，慷慨激昂，不同于一般婉转悱恻的送别诗作。

新婚别

唐·杜甫（712—770）

兔丝附蓬麻，引蔓故不长。
嫁女与征夫，不如弃路旁。
结发为君妻，席不暖君床。
暮婚晨告别，无乃太匆忙。
君行虽不远，守边赴河阳。
妾身未分明，何以拜姑嫜？
父母养我时，日夜令我藏。
生女有所归，鸡狗亦得将。
君今往死地，沉痛迫中肠。
誓欲随君去，形势反苍黄。
勿为新婚念，努力事戎行。
妇人在军中，兵气恐不扬。
自嗟贫家女，久致罗襦裳。
罗襦不复施，对君洗红妆。
仰视百鸟飞，大小必双翔。
人事多错迕，与君永相望。

辑评

[宋] 罗大经《鹤林玉露》:“《国风》:‘岂无膏沐，谁适为容。’杜诗:‘罗襦不复施，对行洗红妆’，尤为悲矣。《国风》之后，唯杜陵为不可及者，此类是也。”

[明] 高棅《唐诗品汇》:“刘云:曲折详至，缕缕凡七转，微显条达。”

[清] 沈德潜《唐诗别裁》:“与《东山》‘零雨’之诗并读，时之盛衰可知矣。‘君今往死地’以下，层层转换，发乎情，止乎礼义，得《国风》之旨矣。”

赏读

杜甫，字子美，出生于河南巩县（今河南省巩义），祖籍京兆杜陵（今陕西省西安），他在杜陵东南的少陵附近居住过，所以自称“杜陵野客”“杜陵布衣”或“少陵野老”。杜甫曾任左拾遗、检校工部员外郎等职，故后人又称他作“杜拾遗”或“杜工部”。杜甫和李白是唐代诗歌两座耸立的高峰，代表着唐诗最高成就。杜甫被后人尊为“诗圣”，他生活的唐玄宗、唐肃宗和唐代宗三朝是唐朝由盛转衰动乱频繁之时，诗歌是他毕生经历和内心情感的真实反映，因此后世亦誉之为“诗史”。

唐肃宗乾元元年（758），郭子仪、李光弼、王思礼等九节度使包围邺城安庆绪叛军，由于唐肃宗不信任郭、李诸人，政府军没有统帅，粮草不足，加之史思明增援，政府军溃败。杜甫当时任华州司功参军，从洛阳回华州，沿途看到军队大败造成兵荒马乱的景象以及官吏到处征兵给人民带来的灾难，于是写下了名垂千古的“三吏”和“三别”。

“三别”主要描写被征戍士兵与爱人、亲人、家园分别时的场面和痛苦的心情。本诗就是“三别”中的第一首，作者以一个新婚妻子的口吻，写她向即将奔赴战场的丈夫哭诉自己悲惨的命运，同时勉励他在军中奋勇杀敌建功立业，最后表达对夫君矢志不渝的心志。

起句采用比兴的手法，将自己比喻为兔丝，依附蓬麻才能生存，所以枝蔓不长，就像“我”嫁给一个征夫，所以发出“不如弃路旁”的感慨。刚与他结发为夫妻，席不暇暖就要分别。古人成婚礼节复杂，如今尚未进宗庙献礼，都不好去拜见公婆，妻子的苦楚令人同情。压抑的情感层层逼近，使人喘不过气来。

“暮婚晨告别”一句是对全诗内容的概括，承上启下。夫君此去戍守河阳，虽然不是遥远之地，但却是九死一生的“死地”，这就是“我”“沉痛迫中肠”的缘由。想要“随君去”，但又担心妇人在军中，气势不高扬。无奈的她只剩下临别的劝勉：夫君你切记不要以新婚为念，应多为国家出力。新妇悲痛欲绝，可她还是强忍泪水，鼓励丈夫，足见她的深明大义。妻子是贫苦出身，千辛万苦置办一套罗襦裳却没有机会穿戴，只有对着夫君洗尽红妆。读到这里真是让人肝肠寸断。最后四句，诗人又运用比兴，将夫妻二人比作双翔的鸟儿，妻子发出与君永相望的铮铮誓言。

全诗一气呵成，妻子的情感层层深入，起伏而又委婉，揭示出战争带给人民的沉重灾难。

垂老别

唐·杜甫（712—770）

四郊未宁静，垂老不得安。
子孙阵亡尽，焉用身独完！
投杖出门去，同行为辛酸。
幸有牙齿存，所悲骨髓干。
男儿既介胄，长揖别上官。
老妻卧路啼，岁暮衣裳单。
孰知是死别，且复伤其寒。
此去必不归，还闻劝加餐。
土门壁甚坚，杏园度亦难。
势异邺城下，纵死时犹宽。
人生有离合，岂择衰盛端！
忆昔少壮日，迟回竟长叹。
万国尽征戍，烽火被冈峦。
积尸草木腥，流血川原丹。
何乡为乐土？安敢尚盘桓！
弃绝蓬室居，塌然摧肺肝。

|辑 评|

[明] 周珽《唐诗选脉会通评林》：“吴山民曰：首四句，痛极，怨极。单复曰：写其老而即戎之心，慷慨不畏缩，而夫妇之情叙，亦浓至可伤。周凯曰：‘孰知’四语，哀恋极情，痛心酸鼻。陆时雍曰：语多决别，痛有余情。‘男儿既介胄，长揖别上官’，此语犹有少年意气。”

[明] 王嗣奭《杜臆》：“‘男儿既介胄，长揖别上官’，极苦痛中，又入壮语，才有生色。‘老妻卧路啼’，如优人登场，当远行时，必有妻子牵衣哭别，才有情致。”

[明] 唐汝询《唐诗归》：“钟云：老人强作壮语，悲甚（‘男儿’二句下）。钟云：此二语好！合上二句看，反觉气缓了些，不若单承上二句警策（‘此去’二句下）。钟云：可住（‘何乡’二句下）。”

[清] 杨伦《杜诗镜铨》：“邵云：互相怜痛，声情宛然（‘老妻’六句下），蒋弱六云：通首心事，千回百折，似竟去又似难去。至‘土门’以下，一一想到，允肖老人口吻。”

赏读

《垂老别》是“三别”中的第二首，写一个老翁暮年被征招入伍时，与老伴路边告别的悲惨场面。

“四郊未宁静，垂老不得安”写当时的时代形势，提领全诗，下八句便是对“垂老不得安”的展开。老翁的子孙皆已阵亡，他也不再爱惜自己衰老身躯，投杖出门，连同行人都为他感到辛酸。“投杖从戎”比知识分子“投笔从戎”更具有感染力。而老翁为自己的牙齿尚存感到庆幸，为自己的骨髓都快枯干而感到悲伤，可我们从诗句中读出的只有悲伤，没有庆幸。他穿上盔甲，与长官辞别，一派凄楚之情中亦有激昂。

“老妻卧路啼”以下六句写夫妻二人临别的场面。老妇卧倒在道路旁边啼哭，寒冷的冬天可怜身上尚单衣。老翁深知此次是死别，看到妻子在寒风中瑟瑟发抖，担心她受到冻馁。风中依稀传来妻子努力加餐饭的叮嘱。老夫老妻在临别之际相互关心的画面，放在“此去必不归”的背景下，显得格外动人心魄，直教人肝肠寸断。

接下来的六句，老翁宽慰妇人道：土门的壁垒坚固异常，不容易被攻破；杏园河水湍急，敌军很难渡过，当下的战争形势已与邺城溃败迥然不同，即便是战死也还有很长时间。这明显是老翁强言劝慰老伴不要过于担心。“人生有离合”以下四句写离情，老翁回忆起自己的年轻时期度过的太平幸福的生活，不禁徘徊叹息:“人生都是悲欢离合，哪里由得你选择呢？”表现出他的无奈与无助。诗文的情感经过一段沉郁低回后，马上又振起奔放，用简单的几笔点出当时的局势:全天下都处在烽火战乱之中，尸横遍野，血流漂橹。面对国家破碎，老翁不敢再盘桓片刻，他“弃绝蓬室居”，最终与老伴诀别，纵使“塌然摧肺肝”。

除了离别的悲痛外，这首诗还夹杂着老者老当益壮、视死如归的无畏与爱国精神，这就使得本诗超越一般的送别诗，它在离别的框架下，反映了深刻的社会现实，同时塑造了一个顽强、爱国的老兵形象。

无家别

唐·杜甫（712—770）

寂寞天宝后，园庐但蒿藜。
我里百余家，世乱各东西。
存者无消息，死者为尘泥。
贱子因阵败，归来寻旧蹊。
久行见空巷，日瘦气惨凄。
但对狐与狸，竖毛怒我啼。
四邻何所有，一二老寡妻。
宿鸟恋本枝，安辞且穷栖。
方春独荷锄，日暮还灌畦。
县吏知我至，召令习鼓鞞。
虽从本州役，内顾无所携。
近行止一身，远去终转迷。
家乡既荡尽，远近理亦齐。
永痛长病母，五年委沟溪。
生我不得力，终身两酸嘶。
人生无家别，何以为蒸黎。

| 辑 评 |

[宋]刘克庄《后村诗话》:"《新安吏》《潼关吏》《石壕吏》《新婚别》《垂老别》《无家别》诸篇，其述男女怨旷、室家离别、父子夫妇不相保之意，与《东山》《采薇》《出车》《杕杜》数诗相为表里。唐自中叶以徭役调发为常，至于亡国；肃、代而后，非复贞观、开元之唐矣。新旧唐史不载者，略见杜诗。"

[明]陆时雍《唐诗镜》:"'日瘦气惨凄'一语备景略尽。故言不必多，惟其至者。'家乡既荡尽，远近理亦齐'，老杜诗必穷工极苦，使无余境乃止。"

[清]浦起龙《读杜心解》:"通首只是一片。起八句，追叙无家之由，'久行'六句，合里无家之景。'宿鸟'以下，始入自己，反踢'别'字……'近行'八句，木身无家之情。其前四极曲，言远去固艰于近行，然总是无家，亦不论远近矣。翻进一层作意。《三别》体相类，其法又各别：一比起，一直起，一追叙起；一比体结，一别意结，一点题结。又《新婚》，妇语夫;《垂老》，夫语妇；《无家》，似自语，亦似语客。"

赏读

《无家别》是“三别”中的第三首，诗人采用第一人称，描写战败还乡士兵无家可归，重新又被县吏抓去服役，以及他在家乡所见荒芜凄凉的景象。

开篇采用倒叙的手法，追忆天宝年间的安史之乱发生后，农村寂寞荒凉，园庐里只剩下蒿草蒺藜。家乡一百多户人家在乱世中各奔东西，逃亡的逃亡，战死的战死。因邺城兵败，“我”回来寻找家乡的旧路。“我”走了很久才看到一条空巷，日光淡薄，空中弥漫着惨凄的气息。接着诗人自问自答：四周的邻居还剩些什么人呢？只有一两个老寡妇了，和前文的“百余家”形成鲜明对比。

“宿鸟恋本枝”以下四句，先以宿鸟留恋本枝起兴，引出“我”也一样不能离开家乡，暂且安歇下来。行文至此，气氛缓和下来。时值早春，他开始了一个人的辛勤劳作，扛着锄头去除草，天快黑了还在灌溉，宁静安定的小民生活开始了。然而好景不长，矛盾又起，县吏知道他回来，再次征召他去敲鼓。新的希望再度破灭，他又重蹈覆辙。但是此次服役不同于上次出征，上次家室完整，还有亲人相送，而这一回是“无家别”，内顾家中，无一人可与告别。这次服役地点就在自己的州县，也有可能最终转移至遥远的前线，但是对于一个家乡残破殆尽，没有一个亲人的“我”而言，就连久病在床的老母也已在五年前去世，远近还有什么区别呢？士兵内心的悲哀与绝望通过他的叙述传达出来，力透纸背。最后他喟然长叹：“我在世上竟无家可别，这老百姓可怎么当？我还怎么活下去？”他声嘶力竭的叩问，是对战争，也是对统治者的深深控诉。

诗人将写景、叙事、抒情有机结合，情节波动起伏，细致真切地写出了士兵的所见、所遇和所感，刻画出一个有血有肉的立体形象，表达了诗人对普通百姓遭遇的同情以及对执政者的批判。

白雪歌送武判官归京

唐·岑参（715—770）

北风卷地白草折，胡天八月即飞雪。
忽如一夜春风来，千树万树梨花开。
散入珠帘湿罗幕，狐裘不暖锦衾薄。
将军角弓不得控，都护铁衣冷难着。
瀚海阑干百丈冰，愁云惨淡万里凝。
中军置酒饮归客，胡琴琵琶与羌笛。
纷纷暮雪下辕门，风掣红旗冻不翻。
轮台东门送君去，去时雪满天山路。
山回路转不见君，雪上空留马行处。

|辑 评|

[明] 邢昉《唐风定》："细秀袅娜，绝不一味纵笔，乃见烟波。"

[清] 范大士《历代诗发》："洒笔酣歌，才锋驰突。'雪'字四见，一一精神。"

赏 读

岑参，江陵（今湖北省江陵）人。天宝三载（744）进士，天宝八载（749）任安西节度使高仙芝幕府掌书记，后来随封常清到北庭任安西北庭节度判官，后任右补阙、任嘉州刺史等职。岑参是唐代著名诗人，擅长七言歌行，多写边塞和军旅生活，风格与高适相似，后人合称“高岑”。

《白雪歌送武判官归京》是岑参的代表作，写于天宝十四载（755）他第二次出塞时期。此时岑参任安西北庭节度判官，判官是节度使、观察使一类的僚属，协助他们判处公事。武判官，名字和生平事迹不详。

开篇从雪景起笔，描画北国边塞的独特风光。北庭都护府北风肆虐，把干枯的牧草都吹折了，正值仲秋八月就已经开始下雪。暴雪在一夜之间就铺满了整个大地。洁白大雪积落在树枝上，仿佛中原成千上万株梨花盛开。诗人把塞外的雪景比喻为春天的梨花，这等诗情画意，令人拍案叫绝。伴随着雪而来的是寒冷的天气，雪花通过珠帘飘进幕帐，浸湿了罗幕。此时的狐裘和锦衾都显得如此单薄不暖和，弓箭因天太冷而冻得拉不开，铠甲更是冰冷得难以穿上。诗人没有直接写严寒，而是通过狐裘锦衾、角弓、铁衣三个

方面来衬托，反映了塞外恶劣的生活环境。

中间两句写饯别宴会的场面：在主帅的营帐饮酒，胡琴、琵琶、羌笛等乐器齐上阵。诗人只用两句笔墨就把送别热闹隆重的盛况表达出来。

最后六句写送武判官踏上归途。辕门外大雪纷飞，红旗被冻住，风都吹不动了。天山被大雪覆盖，友人的身影逐渐消失在曲折的山路中，雪地上只留马蹄踩过的痕迹。诗人隐隐的离思借这些马蹄印透露出来。

岑参以其细致敏锐的观察力和奔放豪壮的笔调刻画了北地一天的雪景，同时记录了送武判官回京的场景，中间还穿插着对边疆战士艰苦生活的描写。整诗内容丰富，感情真实，尤其是景色描写别开生面。

重送裴郎中贬吉州

唐·刘长卿（718？—790？）

猿啼客散暮江头，人自伤心水自流。
同作逐臣君更远，青山万里一孤舟。

辑评

［清］刘邦彦《唐诗归折衷》："唐云：又从'远'字中生出。吴敬夫云：最是佳境，点入愁中，却又凄绝。"

［清］乔亿《大历诗略》："只如说话，始见真情。"

［清］宋宗元《网师园唐诗笺》："同病相怜，情词恺切。"

|赏读|

刘长卿，字文房，祖籍宣城（今安徽省宣城），家居洛阳（今河南省洛阳）。他擅长描绘自然景物，尤其长于五言，有“五言长城”之誉。

裴郎中，生平事迹不详。作者与裴郎中同时被贬，于是写下了两首送别诗相赠。第一首是《送裴郎中贬吉州》，此处选第二首，所以题作“重送”。

首句写日暮江头送别的场景，猿猴的嗷嗷叫声高昂急切，像是在哭号，让人听了之后伤心不已，为整首诗营造出苍凉悲痛的氛围。天色渐晚，江边送客的人早已散去，原本熙熙攘攘的场面，现在只剩下诗人和裴郎中两个人，显得尤其落寞凄冷。看到江水滚滚，好像“我”心中不尽的忧伤。但是流水幸自东流，哪里能体会人内心的悲痛，诗人以水的无情反衬人的多情。

两个人同时被贬，都是被朝廷遗弃的逐臣，已经是人生的大不幸了，而你裴郎中的贬谪之地远在吉州（今江西省吉安），比“我”还要偏远。“更”写出了同病相怜的诗人对友人的担心和忧虑。裴郎中启程了，载他的船只越行越远，进入万里青山之中直到消失在诗人眼中。诗人在河边伫立良久，不忍离去，表达了他对友人的依依不舍。万里青山和一叶孤舟放在一句诗中对举，产生强烈的矛盾对比，反映了裴郎中路途的艰辛和作者的孤寂。

刘长卿以水为线索把四句诗串联起来，写景、叙事和抒情有机结合清新自然，写出了诗人对友人的深厚友情。

饯别王十一南游

唐·刘长卿（718？—790？）

望君烟水阔，挥手泪沾巾。
飞鸟没何处，青山空向人。
长江一帆远，落日五湖春。
谁见汀洲上，相思愁白蘋。

赏 读

王十一，名字和生平事迹不详。本篇描写诗人目送友人王十一离开的场景。

诗人望着友人登上小船，驶向辽阔的烟水之中。两人频频挥手，泪水打湿了衣服的佩巾。眼前的烟波浩渺与内心的惆怅不舍融为一体，而“挥手泪沾巾”则直白地写出了诗人的不舍之情。鸟儿飞向高空，消失在视野之中，不知道它栖息在何处，只剩下沉默不语的青山枉自与“我”相对。“飞鸟”指代友人王十一，“没何处”暗指他此行没有定处，一切都难以预料。颔联出句写远行的人，对句写送行的人，反映了作者的担心，以及友人走后的空虚寂寞。刘长卿用飞鸟和青山来寄情，含蓄委婉。用拟人的手法把青山写出了感情，妙趣横生。

友人的帆船越行越远，消失在长江之上，最终抵达目的地——五湖（指太湖）。诗人畅想王十一于日落时分到达终点，在夕阳的映照下欣赏太湖美丽的春景。颈联虚实相间的写法，表明了他的心会一直伴随友人，一路前行。友人走后，诗人还伫立在岸边不忍离去，望着汀洲上的白蘋发呆，内心充满无尽的愁思。

尾联化用了梁朝柳恽《江南曲》“汀洲采白蘋，落日江南春”句，但刘长卿推陈出新，把自己的离情完全融入景物当中，跌宕往复，感人至深。

送灵澈上人

唐·刘长卿（718？—790？）

苍苍竹林寺，杳杳钟声晚。
荷笠戴夕阳，青山独归远。

|辑 评|

[明] 周珽《唐诗选脉会通评林》：“唐汝询曰：悠在言外。”

俞陛云《诗境浅说续编》：“四句纯是写景，而山寺僧归，饶有潇洒出尘之致。高僧神态，涌现毫端，真诗中有画也。”

赏读

灵澈上人是中唐时期的著名僧人，本姓杨，字源澄，会稽（今浙江省绍兴）人，后来在会稽云门寺出家为僧。《送灵澈上人》是诗人在傍晚送灵澈去竹林寺（位于今天的江苏省镇江市）时所作。

竹林寺掩映在苍翠的丛林之中看不见形迹，人们只能从日暮黄昏杳杳传来的钟鸣声中猜测寺庙的位置。苍苍的竹林寺和杳杳的钟声都是诗人的想象，其中交代了灵澈上人旅程的目的地和离别的时间。苍翠的竹林、杳杳的钟声，为我们描画出一个清幽缥缈的世外之景，宛若一幅山水画卷。

灵澈上人戴着斗笠，在夕阳的余晖中独自向着青山的方向行去，渐行渐远。诗人目送友人，伫立良久不忍归去。“夕阳”与“晚”照应，“青山”与“竹林寺”呼应，前后勾连。刘长卿笔意凝练轻快，多写景而几乎没有流露情感，诗中没有直接表达对友人的不舍与留恋，但从最后一句“青山独归远”仍然能够感受到二人的深厚情谊。

诗人刻意选取了和僧人相关的意象，如竹林寺、钟声、斗笠，再加上“苍苍”“杳杳”等词的渲染，让整首诗呈现出一种闲适淡雅、超然物外的意境。

初发扬子寄元大校书

唐·韦应物（737—793？）

凄凄去亲爱，泛泛入烟雾。
归棹洛阳人，残钟广陵树。
今朝此为别，何处还相遇。
世事波上舟，沿洄安得住。

| 辑 评 |

[宋] 刘辰翁《韦孟全集》："刘云：至浓至淡，便是苏州笔意。"

[明] 唐汝询《汇编唐诗十集》："唐云：浅浅说出，自然超凡。"

[清] 吴瑞荣《唐诗笺要》："数字内无数逗露，无数包含，了却情人多少公案。元明间才人为一'情'字作传奇千百出，不敌这首。"

赏 读

韦应物，京兆长安（今陕西省西安）人。韦应物擅长山水田园诗创作，与王维、孟浩然、柳宗元并称“王孟韦柳”。广德元年（763），韦应物乘船离开广陵，赴任洛阳丞，因为要与友人元大分别，所以写了这首诗寄给他。元大，名字和生平事迹不详。扬子，即扬子津，是扬子江上的渡口，位于今天的江苏省扬州市。

诗人将要离开友人，从“亲爱”二字可以看出他们之间的友谊深厚，“悽悽”直接写出了作者内心的悲伤。载着自己的孤舟慢慢向雨雾笼罩的水面驶去，烟波浩渺与作者惆怅迷茫的心情融合在一起。“归棹洛阳人，残钟广陵树”，用一种悲情的语调指明了离别的地点和远行的终点。日暮时分，恰在“我”乘船北归洛阳之际，广陵寺庙的钟声响起，隐约从树林中传来，仿佛是在为“我”送行。“烟雾”和“残钟”为诗歌营造出一种离别感伤的氛围。

经过前面四句的渲染，诗人便直抒胸臆：此时在扬州惜别，不知道我们日后会在哪里再相遇。人世无常，前途未卜，二人今日一别，以后重逢的机会真的很少。但是诗人没有让他的悲痛情绪放任自流，他在最后及时收住感情，并宽慰自己和友人。人间世事如同这波浪中的扁舟，要么顺境，要么逆流，难以主宰自己的命运。至此，一首以送别为主题的诗歌，升华到人生哲理的高度，意境更加阔达。

喜见外弟又言别

唐·李益（748—829）

十年离乱后，长大一相逢。
问姓惊初见，称名忆旧容。
别来沧海事，语罢暮天钟。
明日巴陵道，秋山又几重。

辑评

［清］贺裳《载酒园诗话又编》："司空文明每作得一联好语，辄为人压占。如'乍见翻疑梦，相悲各问年'，可谓情至之语；李益曰：'问姓惊初见，称名忆旧容'，则情尤深，语尤怆，读之几于泪不能收。"

［清］沈德潜《唐诗别裁》："一气旋折，中唐诗中仅见者。"

赏读

李益，字君虞。凉州姑臧（今甘肃省武威）人。李益出生西北，凉州被吐蕃攻陷后远走他乡，多年任职幕府，在边塞和战乱中度过了自己的青壮年时期，所以他擅长写边塞诗，视野开阔，富有生活气息。《喜见外弟又言别》真实记录了李益十年后偶遇表弟的惊喜以及马上又要分别的悲伤。

分别十年之后，李益才与表弟再次重逢。“十年”不仅写分别之久，还写社会战乱之久，“一相逢”写兄弟二人相逢的偶然性。他们俩幼时便分别，十年之后，各自的音容笑貌都发生了很大的变化以致二人对面而立竟不能相认。“问姓惊初见，称名忆旧容”两句互文,互问姓名之后方才明白过来。“惊初见”和“忆旧容”真实再现了兄弟二人相认时的生动画面。

十年分离，世事沧桑，相互感慨一番后，他们肯定有说不完的话。所以等到二人聊完天，不知不觉寺庙已经传来日暮的钟声。李益巧妙地选取叙旧时间长来表现二人重逢的激动和喜悦，平淡的笔触下其实是激情澎湃。可是相聚是短暂的，明天表弟又要远赴巴陵（湖南省岳阳），两人之间不知又要隔几座山川了。诗人的惆怅与不舍洋溢在字里行间。

本诗前六句写相逢的喜，最后两句写别离的悲，诗人用简练的语言刻画出生动的细节，把兄弟间的亲情表现得淋漓尽致，感人至深。

古离别二首 其一

唐·孟郊（751—814）

松山云缭绕，萍路水分离。
云去有归日，水分无合时。
春芳役双眼，春色柔四支。
杨柳织别愁，千条万条丝。

|辑 评|

[明] 凌濛初刻本《孟东野诗集》卷一引宋人国材："役、柔、织炼字妙。"

赏读

孟郊，字东野，湖州武康（今浙江省德清）人，祖籍平昌（今山东临邑东北），先世居洛阳（今属河南）。因他的诗大多描写世态炎凉，民间苦难，所以又有“诗囚”之称。孟郊与贾岛齐名，人称“郊寒岛瘦”。

孟郊这首《古离别》以大量景物描写营造离别的感伤氛围，同时借助景物间接传达离情。离别诗俨然成了一首写景状物诗。

诗文的前四句集中围绕“云”和“水”两个意象展开。云彩是在长满松树的高山上，呈现出缭绕缠绵之势。水中的浮萍聚散不定，随着河水漂荡。云彩早晨逝去，傍晚还会归来；但是浮萍被水流冲散后便再也无法相聚。“水分无合时”指代送行和远行双方很难再重逢，暗含离别的伤感。“水”和“云”的反向对比，表达了人们对相逢的渴望和对后会无期的绝望。

后四句进一步写春景，春天万物复苏，一片生机勃勃。鲜花芳草布满人的眼球，惠风和畅，在盎然春色中，人的肢体柔和舒适。可是就在这良辰美景中，成千上万的杨柳在微风中飘动交错，仿佛为即将分别的人们编织离愁别恨。美景反衬哀情，倍增离思。杨柳早就成为离别的代称，古典诗词中数见不鲜，可是诗人把千万条丝想象成编织的别愁，化无形为有形，使得情和景融为一体，真是独具匠心，令人击节称赏。

送友人

唐·薛涛（770—832）

水国蒹葭夜有霜，月寒山色共苍苍。
谁言千里自今夕，离梦杳如关塞长。

|辑 评|

［明］钟惺《名媛诗归》："月寒乎？山寒乎？非'共苍苍'三字不能摹写。浅浅语，幻入深意，此不独意态淡宕也。"

［明］周珽《唐诗选脉会通评林》："周珽曰：征途万里，莫如关塞梦魂无阻，今夕似之。非深于离愁者孰能道焉？徐用吾曰：情景亦自浓艳，却绝无脂粉气。虽不能律以初、盛门径，然亦妓中翘楚也。"

赏读

薛涛，字洪度，唐代有名的女诗人。原籍长安（今陕西省西安），幼时便跟随父亲宦游成都。十六岁时韦皋任剑南西川节度使，召她赋诗并入乐籍（乐户的名籍，古时官妓属乐部，所以称为“乐籍”）。后来隐居成都西郊浣花溪，武元衡镇守西川时任校书郎，时人号为“女校书”。薛涛在浣花溪边时命匠人制作深红色的小彩笺，用来写小诗，常为后人仿制，称“薛涛笺”。

“水国蒹葭夜有霜，月寒山色共苍苍”化用《诗经·蒹葭》“蒹葭苍苍，白露为霜”，秋霜结在蒹葭上面，寒冷的月光映照在深青的高山上，都呈现出一片苍白的颜色。诗人交代送别的时间、地点，同时把“所谓伊人，在水一方”中的“伊人”隐藏在写景之中，又点染出一种凄寒的离别氛围。

李益《写情》诗有“千里佳期一夕休”，从今晚开始我们就要分别，相隔千里。可是薛涛却说“谁言千里自今夕”？是谁说过了今夕我们就要千里相望？你走到哪里，我的梦就会紧紧追随着你。你去往关塞的西行之路再远，我的梦境也会到达。李白《长相思》有“天长地远魂飞苦，梦魂不到关山难”，李白说梦魂难度关山，可薛涛偏说离梦杳杳，会和关塞一样长。这种反向立意，表达了自己会一直思念友人的不渝情感。古人称赞薛涛“工绝句，无雌声”，所言不虚。

江上送客

唐·白居易（772—846）

江花已萎绝，江草已消歇。
远客何处归，孤舟今日发。
杜鹃声似哭，湘竹班如血。
共是多感人，仍为此中别。

赏读

白居易，字乐天，晚年自号香山居士。白居易倡导“新乐府运动”，主张“文章合为时而著，歌诗合为事而作”，写下大量感叹时世、反映人民疾苦的诗篇。白居易与元稹并称“元白”，又与刘禹锡并称“刘白”，是唐代著名诗人。

诗题是《江上送客》，饯别的地点自然在江边上，于是诗人先从江边的景物入手。江边的花朵已经凋零，芳草业已枯萎，满眼都是暮春三月的衰败景致。花草的凋敝，点明了离别的时间，同时渲染出一种悲凉凄惨的氛围。载客的孤舟今天就要起航出发了，客居在此的友人不知要远行到何处。诗人当然知道友人此行的终点，但他仍然发出“远客何处归”的疑问，说明友人这次远行也不是最终理想的归宿，只不过换了一个客居之所。“何处归”和“孤舟”，又给人增添一层悲伤落寞。

五六两句借用典故传达离情别绪。杜鹃鸟，又叫布谷鸟、子规鸟。商朝的蜀王杜宇称帝，号望帝，治水有功，死后化为杜鹃鸟，啼声凄切。湘竹，即湘妃竹，相传舜帝南巡时死于苍梧（今湖南省宁远县九嶷山），他的两个妃子娥皇和女英赶到湘水边痛哭，她们的泪水洒在竹子形成斑点(“班”同“斑”)。“杜鹃声”和“湘妃竹”是古典诗词中常见的意象，诗中杜鹃的啼哭像人的哭声，湘妃竹上的斑点像由鲜血染成，都表达了诗人对友人的依依不舍。最后诗人重申离别，他和友人都是多愁善感之人，此次离别让二人柔肠寸断。

赋得古原草送别

唐·白居易（772—846）

离离原上草，一岁一枯荣。
野火烧不尽，春风吹又生。
远芳侵古道，晴翠接荒城。
又送王孙去，萋萋满别情。

|辑 评|

［唐］张固《幽闲鼓吹》："白尚书应举初至京，以诗谒顾著作况。顾睹姓名，熟视白公，曰：'米价方贵，居亦弗易。'乃披卷。首篇曰：'咸阳原上草，一岁一枯荣。野火烧不尽，春风吹又生。'即嗟赏曰：'道得个语，居即易矣。'因为延誉，声名大振。"

赏读

“赋得”指借用古人诗句命题作诗，按唐代科举考试规定，凡是指定的诗题，必须加上“赋得”二字。这首诗便是十六岁的白居易为参加科考的练习之作，通过描写古原上的野草来抒发送别友人的不舍之情。

起句紧承诗题“古原草”，“离离”写青草茂盛的样子，野草是一种一年生植物，遵照万物法则“一岁一枯荣”。可即便是熊熊野火烧尽它的枝叶，只要还有根埋在土里，来年春风吹来，野草又会生机勃发。诗人用朴素平白的语言写出了古原上野草顽强坚韧的生命力。

五六两句继续用更加形象生动的语言描写野草的蔓延之势，同时落脚到“古原”。“远芳”和“晴翠”是野草诗意化的表述，“古道”和“荒城”是古原上的特有景象。古原上的古道废弃，城池荒芜，野草丛生，在此送别友人，自有一番苍凉沉郁的氛围，所以诗人说道“萋萋满别情”。但是在离别的感伤中，白居易除了看到眼前的凋敝颓废，他还看到了野草旺盛的生命力。感伤落寞之外，还有一种奋发向上的激情和斗志。

应试之作讲求起承转合，对仗工整，立意明确，规矩众多限制诗人发挥，所以鲜有佳篇，而此诗将“古原”“草”“送别”紧密连在一起，意境高远，是“赋得体”中的上乘之作。

南浦别

唐·白居易（772—846）

南浦凄凄别，西风嫋嫋秋。
一看肠一断，好去莫回头。

辑评

俞陛云《诗境浅说》:“首句凄凄南浦，为江淹恨别之乡。次句袅袅西风，乃宋玉悲秋之际。寄语征人，不若掉头竟去，强制离情，差胜于留恋长亭，赢得相看肠断也。皇甫曾《送友》诗云‘相望知不见，终是屡回头’。一言行者好去莫回头，一言送行者屡回头，皆情至之语。”

赏读

南浦，本来指南面的水边，因古人常在水边送别，所以成为离别的代称。屈原《九歌·河伯》有“与子交手兮东行，送美人兮南浦”，江淹《别赋》有“春草碧色，春水绿波，送君南浦，伤如之何”。白居易这首《南浦别》短小精悍，语言质朴如话，但是表达出了深厚的情谊。

“南浦别”中间加“凄凄”二字，直接叙说离别时的凄凉，下句转入写离景，通过环境来进一步渲染离别的凄凉。分别之时正值晚秋，西风袅袅(“嫋嫋”同“袅袅”)，草木凋零，倍增二人的愁绪。离别的心情是“凄凄”，而不是撕心裂肺，离别的环境是“袅袅西风”，而不是狂啸肆虐，寂寥中带有含蓄缠绵的意韵。

后两句写离情。在最后的离别时刻，抬头看对方一眼，柔肠就断一次。于是诗人劝友人道：“你还是径直走吧，千万不要再回头。”“一看肠一断”中的两个“一”字传神地写出了二人临别之际的难舍难分。“好去莫回头”，不是把内心悲痛释放出来，而是要强忍哀伤、抑制情感，这要比频频回头更难做到。从中我们可以感受到送行者和远行者的真挚情感。

这首小诗清淡自然，写景抒情温婉含蓄，特别是捕捉到二人分手时依依惜别的画面，让人有身临其境的感觉。

重别梦得

唐 · 柳宗元（773—819）

二十年来万事同，今朝岐路忽西东。
皇恩若许归田去，晚岁当为邻舍翁。

| 辑 评 |

[清] 汪森《韩柳诗选》：“‘二十年’‘今朝’‘晚岁’，笔法相生之妙。”

赏读

柳宗元，字子厚，祖籍河东解（今山西省永济），所以世称“柳河东”，出生在京城长安（今陕西省西安）。刘禹锡（772—842），字梦得，洛阳（今河南省洛阳）人。柳宗元又与刘禹锡并称“刘柳”，二人官宦、生活有诸多交集。柳宗元和刘禹锡同为贞元九年（793）进士，贞元二十一年（805）一同加入主张改革的王叔文集团，改革失败后，柳宗元被贬为永州（今湖南零陵）司马。刘禹锡被贬为连州（广东省连县）刺史，赴任途中改贬为朗州（今湖南省常德）司马。十年后，柳宗元、刘禹锡等人被召回京城，旋即柳宗元又被贬为柳州（今广西柳州）刺史，而刘禹锡则被贬为博州（今贵州省遵义）刺史。柳宗元想到刘禹锡母亲年老，不便前往博州，便上书请求与刘禹锡调换。后来因裴度的请求，唐宪宗改任刘禹锡为连州刺史。柳、刘结伴南行至衡阳方分道扬镳，柳宗元写了三首诗赠别刘禹锡，本篇是其中的第二首，所以命名《重别梦得》。另外两首是《衡阳与梦得分路赠别》和《三赠刘员外》，可以一同参看。

“二十年来万事同”概括二人从考取进士到如今二十三载休戚与共的官宦生活。他们同年及第，又一

起参与政治革新，一起被贬，同时召回又再次被贬，宦海沉浮沧海桑田，尽在这七个字中。“今朝岐路忽西东”是当下离别的情势，同是被贬之人，站在衡阳的岔路口，“我”将扬鞭去广西柳州，你且勒马向广东连州，都是尚未开化的偏远荒芜之地。“忽”写出了其中的不舍之情。政治上的不得志、远赴死地，再加上分别在即，柳宗元内心五味杂陈，伤痛不已。

在离别之际，诗人与朋友约定：“如果皇上开恩允许我们回家躬耕，晚年我们就做邻居，朝夕相处。”柳宗元深知此行凶多吉少，皇帝也很难将他召回。但他还是强打起精神安慰刘禹锡。后来事实果然如此，刘禹锡一路辗转，直到宝历二年（826）才调回洛阳，而柳宗元四年之后病死柳州。带着这一史实再来读这两句诗，会倍加伤感。

诗人用“二十年”“今朝”“晚岁”将此事跨越过去、现在和未来三个时间维度，叙事与抒情结合，表达了他和刘禹锡的深厚情谊。

赠别二首 其二

唐·杜牧（803—853）

多情却似总无情，唯觉樽前笑不成。
蜡烛有心还惜别，替人垂泪到天明。

|辑 评|

[宋]张戒《岁寒堂诗话》："杜牧之云：'多情却似总无情，唯觉樽前笑不成。'意非不佳，然而词意浅露，略无余蕴。元、白、张籍，其病正在此，只知道得人心中事，而不知道尽则又浅露也。"

[清]黄叔灿《唐诗笺注》："曰'却似'，曰'唯觉'，形容妙矣。下却借蜡烛托寄，曰'有心'，曰'替人'，更妙。宋人评牧之诗：豪而艳，宕而丽，其绝句于晚唐中尤为出色。"

赏读

杜牧，字牧之，京兆万年（今陕西省西安）人，是唐代宰相杜佑的孙子。杜牧是晚唐著名诗人，尤以七言绝句著称，与李商隐合称“小李杜”。其诗多批评时政，也有清丽生动的写景抒情小诗。《赠别》组诗共两首，第一首写一位年轻美丽的歌妓；第二首则写与这位歌妓的离别。

本是多情，却从无情起笔。大爱无言，情到深处自然是难以言说的，尤其是在离别的宴席上。二人面面相对，无心言说，所以只能是“多情却似总无情”。诗人将“多情”和“无情”的矛盾对立而又统一起来，形成巨大的张力，真实再现二人的复杂心理。临别在即满心伤感，哪怕是美酒也不能让人露出一丝笑意。杜牧把离别的气氛烘托到极点。

三四句写离情，但是诗人并没有写自己和那位歌妓缠绵悱恻、难舍难分的场景，而是巧妙地借用蜡烛，委婉含蓄地表达离愁别绪。蜡烛是有烛芯的，为什么有芯的蜡烛有惜别之心呢？因为蜡烛燃烧时流下的蜡液就像人的泪水一般。“垂泪到天明”说明饯别的宴会通宵达旦，从侧面写二人难舍难分的真切情意。作者比喻形象贴切，将他和友人不忍诉说的情感巧妙地通过蜡烛表达出来，无情原来是多情和长情，具有很高的艺术价值。

谢亭送别

唐·许浑（？）

劳歌一曲解行舟，红叶青山水急流。
日暮酒醒人已远，满天风雨下西楼。

|辑 评|

[明] 高棅《唐诗品汇》：“谢云：醉中送别，见红叶青山，景象可爱，必不瞻望涕泣矣。日暮酒醒，行人已远，不能无惜别之怀，兼之满天风雨，离思又尚何如耶。”

[明] 敖英《唐诗绝句类选》：“后二句可与《阳关》竞美。盖‘西出阳关’写行者不堪之情，‘酒醒人远’写送者不堪之情，大抵送别诗妙在写情。”

[清] 范大士《历代诗法》：“中晚唐人送别截句最多，无不尽态极妍；而不事尖巧，浑成一气，应推此为巨擘。”

赏 读

许浑，生卒年不详，字用晦（又作仲晦），祖籍安陆（今湖北省安陆），后来迁居京口（今江苏省镇江）丁卯涧，所以后世称许丁卯。他的诗中多用“水”字，人称“许浑千首湿”。这首诗的送别对象不详，地点是在谢亭。谢亭又叫谢公亭，在宣城（今安徽省宣城）北面，是南齐诗人谢朓任宣城太守时所建，谢朓曾经在此送别范云，后来谢亭就成为宣城著名的送别之地。

劳歌，原本是指在劳劳亭送客时唱的歌，后来成为送别歌的代称。李白《劳劳亭》诗有“天下伤心处，劳劳送客亭”。一曲劳歌唱罢，朋友解开缆绳，登舟远行。河流两岸青山红叶，河中水流湍急。深秋时节，枫叶红遍青山，这艳丽的色彩、美丽的景致反衬出作者的哀情。送别友人必然有饯行的酒宴，诗人喝得微醺，朋友走后他竟然在河边睡着了。等他酒醒过来，太阳已经落山，朋友的船只已然走远。带着感伤无奈的心情，诗人在漫天风雨之中，独自走下谢公亭。与前面用美景反衬哀情不同，最后诗人用“满天风雨”来渲染哀情。

全诗由两个不同的时间场景组成，一个是作者酒醉之前友人未走之时见到的红叶青山；一个是作者酒醒之后友人已走远去见到的满天风雨。诗人善于通过景物描写烘托情感，采用不同的笔法表达出来，可以与盛唐诗媲美。

别离

唐·陆龟蒙（？—881？）

丈夫非无泪，不洒离别间。
杖剑对樽酒，耻为游子颜。
蝮蛇一螫手，壮士即解腕。
所思在功名，离别何足叹。

| 辑 评 |

［明］胡震亨《唐音癸签》："陆鲁望江湖自放，诗性宜饶，而墨彩反复黯钝者，当繇多学为累，若欲以赋料入诗耳。"

［清］沈德潜《说诗晬语》："直疑高山坠石，不知其来，令人惊绝。"

赏读

陆龟蒙，字鲁望，自号江湖散人、甫里先生，又号天随子，姑苏（今江苏省省苏州）人。这首《别离》不写离景，通篇采用议论的笔法，反对临别之际流泪嗟叹，认为如果分别是为了建功立业，就应该有壮士断腕的气概，不作小儿女之态。在离别诗中独树一帜，令人耳目一新。

古人云“男儿有泪不轻弹，只是未到伤心处”，在诗人眼中，分别时也不应该涕泪横流，并且他还以满脸愁容的游子般模样为耻。作者认为在饯别的宴会上，对酒高歌，挥舞长剑方是英雄本色。

后四句是他上述观点的支撑：壮士一旦被毒蛇咬伤手指后，他会立即斩断自己的手腕以求活命，决不犹豫。既然壮士为了自己的事业和理想能奋不顾身地敢于牺牲，那我们为了建功立业，又何须在离别的时候长吁短叹呢?

王勃《送杜少府之任蜀州》诗中的“海内存知己，天涯若比邻。无为在歧路，儿女共沾巾”，是诗人以自信的心态慰藉友人，而陆龟蒙在此更进一层，直接书写自己不惧艰险的大无畏气魄。全诗笔力雄健，气势如虹，一反送别诗缠绵温婉的诗风。

淮上与友人别

唐·郑谷（851？—910？）

扬子江头杨柳春，杨花愁杀渡江人。
数声风笛离亭晚，君向潇湘我向秦。

|辑评|

[明] 桂天祥《批点唐诗正声》:“调逸。郑谷亦有此作，不多见。”

[明] 王鏊《震泽长语》:“‘君向潇湘我向秦’，不言怅别，而怅别之意溢于言外。”

[明] 高棅《增订评注唐诗正声》:“周云：茫茫别意，只在两‘向’字写出。”

[清] 黄叔灿《唐诗笺注》:“不用雕镂，自然意厚。此盛唐风格也，酷似龙标、左丞笔墨。”

赏读

郑谷，字守愚，晚唐著名诗人，多写景咏物之作，表现士大夫的闲情逸致。因《鹧鸪诗》广为流传，人称郑鹧鸪。诗僧齐己写了一首《早梅》诗来问郑谷，郑谷将“前村深雪里，昨夜数枝开”中的“数枝”改为“一枝”，齐己赞赏不已，于是称他为“一字师”。

《淮上与友人别》是郑谷在扬州和友人分道扬镳各奔前程时所作，一反晚唐空于议论的风气，写景抒情别具一格。

扬子江头的杨柳青青，春意盎然惹人心绪，漫天柳絮像雪花飞舞，撩拨离别之人的愁情。首两句即景抒情，宛若一幅清新俊丽的山水画，极富意蕴。在点明时间、地点的同时，又借用杨柳抒发离情。“扬子江”“杨柳”“杨花”，字音多次重复，回环缠绵，读起来有一种音节和韵律的美感。

三四句由描写江景转为写离别宴会。在日暮的离亭中，微风轻拂，数声哀怨的笛声响起，更加增添了他们的感伤。李白《春夜洛城闻笛》诗中就有“此夜曲中闻折柳，何人不起故园情”，也许此时的笛声正是《折柳曲》，仿佛在诉说郑谷和友人的心肠。最后，诗人与友人告别，你南下潇湘“我”远赴西秦，“向”字重复使用，洒脱自然。末句不直言分别，而悱恻惆怅的情绪又隐含其间，真乃言有尽而意无穷。

别三子

宋·陈师道（1053—1102）

夫妇死同穴，父子贫贱离。
天下宁有此？昔闻今见之！
母前三子后，熟视不得追。
嗟乎胡不仁，使我至于斯！
有女初束发，已知生离悲。
枕我不肯起，畏我从此辞。
大儿学语言，拜揖未胜衣。
唤爷我欲去，此语那可思！
小儿襁褓间，抱负有母慈。
汝哭犹在耳，我怀人得知！

赏读

陈师道乃“苏门六君子”之一，与黄庭坚、陈与义一起被尊为江西诗派“三宗”。他一生安贫乐道，闭门苦吟，有“闭门觅句陈无己”之称。

宋神宗元丰七年（1084），陈师道的岳父郭概调往四川做官，陈师道因生活困顿，无力赡养家室，不得已便让妻子与三个儿女跟随郭概前往四川生活，自己则留下来侍奉老母亲。在与亲人离别之际，他怀着悲痛的心情写下了这首诗。

从前听说，有些夫妻活着不能住在一起，只有死后才能“同穴”，父子因为贫贱而被迫分离。“我”一直不相信天下会有这样悲惨的事情，谁知道今天非但亲眼看见，而且亲身经历。像“我”这样贫穷的人，将妻儿寄养在岳父家，相会无期，岂不正是“夫妇死同穴，父子贫贱离”吗？看着三个儿子跟在母亲后面要走，真想把他们追回来啊！可是追回来又拿什么养他们呢？这种想追又不能追的矛盾让诗人感到十分痛苦，不禁嗟叹哀怨，质问上天为何要如此不仁慈。

女儿的年纪大一点，已经懂得了离别的伤痛，因而枕在父亲身上不肯起来，害怕今后再也见不到父亲的面。大儿子才学会说话，身体稚弱，还不能穿起衣

服像大人一样行礼。却对着我连声呼喊："爸爸，我要去！我要去！"小儿子还在襁褓之间，在母亲怀里哭个不停。这样的场面真是让人心碎啊。然而，纵有千般不舍，分别的时刻最终还是到来了。"我"依依不舍地送别了妻儿，一个人失魂落魄地走在路上，孩子们啼哭的声音仿佛还在耳边，有谁能了解"我"此刻悲痛的心情呢？

整首诗语言真诚质朴，字字发自肺腑，十分具有感染力。三个不同年龄的幼儿在分别时的不同表现和他们随着母亲远去的情态，以及作者仰呼苍天、痛彻心扉的情状，都跃然纸上，感人至深。

示儿

宋·陆游（1125—1210）

死去元知万事空，但悲不见九州同。
王师北定中原日，家祭无忘告乃翁。

|辑 评|

[明] 徐伯龄《蟫精集》:“较之宗泽三呼渡河之心。何以异哉！”

[明] 胡应麟《诗薮》:“忠愤之气，落落二十八字间。……每读此未尝不为滴泪也。”

[清] 贺贻孙《诗笺》:“率意直书，悲壮沉痛，孤忠至性，可泣鬼神。”

[清] 赵翼《瓯北诗话》:“临殁犹有‘王师北定中原日，家祭无忘告乃翁’之句，则放翁之素志可见矣。”

赏读

陆游，字务观，号放翁，越州山阴（今浙江省绍兴）人。曾历任镇江、隆兴、夔州通判，宝章阁待制等职。陆游诗、词、文众体皆工，与尤袤、杨万里、范成大并称南宋四大家。他的诗歌流传下来的有九千多首，大多清新圆润，格力恢宏，具有强烈的爱国主义精神。

《示儿》是诗人陆游的绝笔之作，宋宁宗嘉定二年（1210），陆游一病不起，在临终前，给儿子们写下了这首诗。

“我”原本就知道死后尘世间的万事万物都烟消云散了，与自己再无牵连。但“我”死不瞑目的是无法亲眼看到朝廷收复北方，完成全国统一。人之将死其言也善，而陆游死前唯一放心不下的是祖国尚未统一，诗人的爱国情操再也不需要更多的诠释。他毕生致力于与金政权斗争，渴望收复中原，即便屡屡受挫，却从未改变初衷。作者虽然为不见九州同抱有遗憾，但他内心又坚信王师定会有挥戈北进收复中原的那一天。所以他对儿子们说：当我们军队收复失地之日，你们在家祭时，千万别忘了把这好消息告诉“我”。陆游的赤子之心鼓舞我们每一个人，千百年后再读这首诗，也不禁为之感动得潸然泪下。

陆游在死别之际，没有嗟叹生命短暂，也没有抱怨仕途艰辛，而是关心国家，这是他真挚情感的自然宣泄，可谓豪情万丈。

送张天师归龙虎山

元·揭傒斯（1274—1344）

闭户京城昼懒开，初闻北觐却南回。
冯夷击鼓乘龙出，王子吹笙跨鹤来。
袖里天书明日月，匣中神剑閟风雷。
回瞻魏阙红尘里，应在山中看早梅。

赏读

揭傒斯，字曼硕，号贞文，龙兴富州（今江西省丰城）江右人。与虞集、杨载、范梈合称“元诗四大家”，又与虞集、柳贯、黄溍并称“儒林四杰”。

龙虎山位于今天的江西省贵溪市，是著名的道教圣地。诗题中的张天师张嗣成是第三十九代天师，他来到京师却谢绝宾客，整日闭门不出，给人一种超然物外，道行高深的感觉。“北觐”指出张天师此次从龙虎山北上京师的目的，张天师面见完皇帝后马上南归，于是作者写诗相送。

冯夷，传说是黄河的河神；王子，即王子乔，传说中的仙人名，喜欢吹笙像凤凰一样鸣叫。河神冯夷乘龙击鼓、仙人王子乔跨鹤吹笙来迎接张天师。这两句诗用典贴切、对仗工整，通过描写神仙欢迎他的场面，从侧面表达了张天师法术超群，极具浪漫主义色彩。接下来的两句正面描写张天师的法术：他袖里所藏的天书能够掌管日月的明暗变化，匣中的神剑可以呼风唤雨、掌控雷电，富有神秘玄妙特点。“魏阙红尘”和“山中早梅”代表的是两种截然不同的生活，前者俗事缠身，后者清静无为、羽化登仙，暗示了张天师对自己理想生活的选择。

这首送别诗的主人公是信奉道教的天师，所以揭傒斯选取了众多与道教相关的意象，两处用典也毫不晦涩，把道教的奇异方术、神仙玄妙、逍遥养生都反映出来，刻画出一个法力无边、清心寡欲、向往超脱的天师形象。

代父送人之新安

明·陆娟（？）

津亭杨柳碧毵毵，人立东风酒半酣。
万点落花舟一叶，载将春色过江南。

|赏读|

《代父送人之新安》是女诗人陆娟代父亲陆德蕴作的一首送别友人去新安（今安徽省歙县）的离别诗。陆娟，生卒年不详，大约生活在明弘治（1488—1505）时期，云间（今上海市松江区）人，嫁与马龙为妻。

津亭是渡口的驿亭，人们都在此地送行告别。诗人抓住离别常见的意象——杨柳，写她们“碧毵毵”，“碧”是颜色,“毵毵”是形态,指枝条细长下垂的样子。渡口的驿亭边上，一行行杨柳在微风中飘动，柳叶像碧玉般净绿，隐隐烘托出一股离别的氛围。景美如此，人在何处呢？“人立东风酒半酣”一句极富画面感：父亲和他的朋友还在饯别的宴会上作最后的道别，他们酒饮半醉，站在岸边，迎着东风相互诉说离肠。

暮春时节，落英缤纷，花瓣万点，再加上东风拂来，群花飞舞呈现出漫天春色，惹人迷恋。水面上飘荡着一叶小舟，“万点落花”和“一叶舟”形成鲜明对比，造成无穷的张力，俨然一片春意盎然的活泼场景。最后诗人展开丰富的想象：友人用船只装载这满目春光，一路送到江南。本来朋友是要下江南远赴新安，但作者没有直接叙述，而是借用舟载春色过江南来巧妙传达，把眼前的美景无限延伸，意蕴更加悠长，同时传达出送行者淡淡的惜别之情。

这首暮春送别诗一反往常的低沉忧伤，通过描写色彩斑斓的景色来反映春日的活力。陆娟代父作诗应该在她待字闺中之际，此时她尚不过十七八岁，表现出惊人的才华。本诗虽写送别，本该沉痛的离愁别绪却似有若无，这与一个青春少女的心态是完全一致的。

塞上曲四首送元美 其四

明·李攀龙（1514—1570）

白羽如霜出塞寒，胡烽不断接长安。
城头一片西山月，多少征人马上看。

辑评

［清］沈德潜《明诗别裁》：“送元美、寄元美诸诗，可使乐人歌之。”

赏读

李攀龙，字于鳞，历城（今山东省济南）人，因家靠近东海，所以自号沧溟，人称沧溟先生。王世贞（1526—1590），字元美，是继李攀龙之后领导文坛的文学大家。二人关系密切，往来唱和诗文众多。《塞上曲四首送元美》是李攀龙于王世贞离开京师远赴边塞时所写的一组送别诗，本篇是其中的第四首。

信使拿着插着白羽的军事文书，从寒冷的塞外飞驰进京。“白羽”道出边塞战事之紧急。“霜”形容羽毛的白，既预示了塞北的严寒，还有一种战事严峻的味道。烽火台上的狼烟陆续燃起，向京城传来敌人入侵的消息。明代中期，周边战火多次升起，北边的鞑靼频繁入侵，有时甚至威胁到首都北京。王世贞正是在这样的背景下出使塞北，于是作者写诗相送。

第三句转写月亮，诗文的节奏由急促转为舒缓，内容也从战事转为抒情。明月是边塞诗中常见的意象。中原塞外共一轮明月，征人们坐在马背上遥望明月，既勾起戍边战士的思家情绪，又激发了他们保家卫国和建功立业的志向，意境雄壮又悲凉。

本诗虽然是一首送别诗，但作者几乎没有涉及离别，主要写边塞的战争。战争也没有正面描画，仅用“白羽如霜”“胡烽不断”几个镜头进行特写。征人马上看月，取材也富有特色。这首诗气势雄浑，感情真挚，即使放到唐代的边塞诗中，也毫不逊色。

别云间

明·夏完淳（1631—1647）

三年羁旅客，今日又南冠。
无限山河泪，谁言天地宽？
已知泉路近，欲别故乡难。
毅魄归来日，灵旗空际看。

赏读

夏完淳，号存古，又号小隐、灵首，松江华亭（今上海市松江区）人。顺治二年（1645），十五岁的夏完淳跟从父亲夏允彝、老师陈子龙在松江起兵抵抗清朝。这首《别云间》是他被清朝逮捕后，在押送南京前临别松江时所写，是诀别故乡的悲痛之作。

夏完淳从顺治二年追随父亲、老师起兵抗清，直到顺治四年（1647）被捕，三年期间他奔走出入于太湖。“三年羁旅客”是对他三年斗争生活的高度概括。“南冠”的典故出自《左传》，战国时期楚国人钟仪被俘，晋侯看他戴着楚国的帽子，问身边的人：“这个带着南冠被捆绑的人是谁？”后来便用南冠指代被俘。首二句看似平淡，但是掩藏在波澜不惊的文字之下的是诗人多年辗转奔波的艰苦和被捕后的无奈。自己抗击清朝的事业尚未完成，面对明朝疆土支离破碎、百姓水深火热，忍不住落泪。谁还敢说天地宽阔，率土之滨莫非王土呢？

这次别离不仅仅是告别故乡，还极有可能是身赴黄泉，永远不会回返。“别难”中最沉重的难不是自己被捕，也不是和故乡告别，而是收复河山的爱国愿望再也无法实现。灵旗是古代招引亡魂的旗子，诗中指继承夏完淳未竟之志的同仁义士。虽然活着的时候没有收复故土，但“我”希望自己魂魄归来的那一天，能够看到抗清的义旗在空中飘扬。夏完淳十五岁就起兵抗清，被俘后誓死不屈，表现出强烈的爱国精神，这首诗也是他赤子之心的写照。

送别

清·宋乐（1708—1736）

别路风光早，江南芳草天。
人心似春色，千里逐君船。

赏读

宋乐，字玉才，号大宋江南常熟（今江苏省常熟）人。宋乐年轻时就显露才华，尤其擅长七言绝句，可惜他的诗文大多散佚。《送别》是一首写离别的小诗，清新优美，风格别致，让人回味无穷。

送别的道路两旁，万物复苏，春日风光早早到来。江南大地芳草碧绿，直接天际。虽然作者的诗文中没有交代送别的对象和送别的目的地，但在早春江南佳丽地，芳草碧连天之时，应该是送别自己的友人。面对良辰美景，二人本应该驻足赏玩，但却要执手道别，怎能不让人伤感。以美景衬哀情，更增一倍他们的离愁别绪。

“我”的真心像这无边的春色，追逐着你远行的船只直到千里之外。诗人把无穷无尽的离思化为可见可感的春色，这与唐代诗人王维《送沈子福归江东》中的“唯有相思似春色，江南江北送君归”有异曲同工之妙。作者的心一直陪伴友人前行，体现了他对友人的深情厚谊。

这首小诗围绕春色展开，近处别路上的风光、远处江南的芳草，还有诗人内心的春色，宛若一幅江南早春图。特别是把内心比作无边春色，新颖独特，形象鲜明，值得玩味。

折杨柳

清·钱琦（1709—1790）

折杨柳，挽郎手。
问郎几时归，不言但回首。
折杨柳，怨杨柳。
如何短长条，只系妾心头，不系郎马首？

赏读

钱琦，字相人，一字湘纯，号屿沙、述堂，晚号耕石老人。

折杨柳，也叫杨柳枝，是古乐府歌辞，钱琦这首《折杨柳》便是拟古之作。古人折柳送别是常见的风俗，诗人送别诗中用杨柳寄寓离别也数见不鲜。本诗以一名女子的口吻，通过折杨柳写她送别情郎，充满闺怨色彩。诗歌的语言自然平实，长短句交叉使用，就像是杨柳“短长条”，宛若口出，毫无雕饰，深得古乐府民歌精髓。

全诗分两章进行复沓，情感层层深入。起句直写送别的场景，妾挽住情郎的手不忍松开，内心多么渴望自己的爱人不要离去。深知无法挽留，她便询问情郎返家的日期。简单几笔便刻画出一个大胆奔放、重情重义的痴情女子形象。可是爱人只是回了回头，沉默不语，并没有许诺妻子何时归来。女子不禁伤心懊恼，将她的一往情深变为满腔愁怨。她折杨柳，并开始抱怨杨柳。为何无故埋怨不懂人情的杨柳枝呢？因为这短长的枝条只系在“我”的心头，却未曾拴在情郎的马头上。女子怨恨杨柳不公平，其实是在指责她的爱人，在临别之际，没有承诺，狠心离开，留下她独自一人黯然神伤。诗文中没有写明女子的爱人远行的原因，也没有交代他归期未定的苦衷，留给读者想象的空间，从而让狭小的诗篇包含更丰富的内容和情韵。也许是他身不由己,也许是他薄情寡义、始乱终弃。但不管是何种理由，女子的怨气都无法排解。

全诗抓住女主人公“折”“挽”“问”“怨”等一连串的动作来描写她内心情感的微妙变化，生动具体，细致入微，可以与古乐府媲美。

别老母

清·黄景仁（1749—1783）

搴帷拜母河梁去，白发愁看泪眼枯。
惨惨柴门风雪夜，此时有子不如无。

赏读

黄景仁，字汉镛，一字仲则，江苏武进（今江苏省常州）人。少年即有诗名，因家庭贫困，经常客游四方。乾隆三十年（1765）中秀才，曾在安徽学政朱筠幕下。乾隆四十一年（1776），高宗巡视东方举行考试，黄景仁名列第二等，授予武英殿书签官。《别老母》是乾隆三十六年（1771）一个风雪交加的夜晚，黄景仁离家去安徽时辞别老母所作。

“河梁”本指河上的桥梁，后来指代送别地。首句即点明送别的主题和离别的对象。下一句将视角转向母亲：她白发苍苍，身体老迈，用一双愁苦的眼神看着她的儿子，眼睛不断地流泪，把泪水都快哭干了。母子间离别的场景通过双方的动作、神情表达出来，真实亲切，我们能从中感受到儿子的不舍和愧疚，以及母亲的凄苦和担心。

“惨惨柴门风雪夜”，具有极强的画面感：风雪交加之夜，在柴门外是诗人独自远行的渺小背影，柴门内是佝偻的老母凝视儿子离家的瘦弱身躯，情景交融的画面营造出强烈的离别氛围。最后诗人感叹道：此时有儿子还不如没有。有儿子却不能在膝下赡养，反而增加离别之痛，让人担心，岂不是“有子不如无”吗？这是诗人内心深深的自责，也是他感情层层累积后的爆发。

这首诗看似平常无奇，却又那么刻骨铭心，把作者与老母分别时的无奈、痛苦、愧疚表达得真实而贴切，让人不忍卒读。

送外

清·田玉娥（？）

钱塘相送远，过此是杭州。
月杵舂乡梦，霜砧捣客愁。
渡头千树老，江上一帆秋。
无限临歧意，东西水自流。

赏读

据《清稗类钞》记载，田玉娥的表哥童筠是山阴（今属浙江省绍兴）人，曾在清代大学者毛奇龄门下求学，擅长诗文。田玉娥和童筠年幼时便定下婚约，他们还未成婚，童筠便因事离家北上，于是女诗人田玉娥写下了这首送别诗。可是表哥竟然没有归来，田玉娥思念成疾，最后夭亡。所以这首诗的背后其实还暗含一个凄惨的爱情悲剧，带着这种信息再来品读此诗，会有不一样的感受，送别诗变成了永别诗。

首二句开门见山直接写送别。家乡山阴在钱塘江南边，田玉娥送别表哥直到钱塘，杭州城在山阴北边，所以是“钱塘相送远，过此是杭州”。两句自然朴实，就像诗人随口道出，但流露出她的不舍之情。“杵”是捶衣的木棒，“砧”是砧板，“霜砧”指寒风中的捣衣声。古代妇女把织好的布放在砧板上，用木棒敲打让布柔软以便裁制衣服，称为“捣衣”，大多在秋夜进行。诗人站在爱人的角度想象他离家之后，月夜的捣衣声会惊扰他思乡的梦境、激起他羁旅的客愁。“霜砧”“捣衣”是古典诗词中常用的意象，烘托出萧瑟凄凉的氛围时还传达出绵绵相思之情。然后诗人又将思绪拉回眼前，写离别的场景。钱塘江口的渡头边上，一排排树木的叶子凋零，岸边江上呈现一片肃杀的秋色，爱人乘坐的孤帆点缀其间，完全是一幅秋日江边送人画卷。“千树老”“一帆秋”一反女性诗人的柔弱纤细，写出了开阔壮丽的意境。在分别的路口，诗人思绪万千，心中有无限感慨，但她无可奈何，只能任它们化作流水，东西流淌。在诗文的末尾，作者不是毫无节制地宣泄情感，而是收敛悲伤，含蓄委婉地借用流水表达出来，起到了言有尽而意无穷的艺术化效果。

湖上留别二首其一

清·周亮工（1612—1672）

欲去梅花着意看，严风烈烈岁将残。
游人莫厌西湖水，经燠经寒不肯干。

赏读

周亮工，字元亮，号陶庵、减斋、缄斋、适园、栎园等，世人称他为栎园先生、栎下先生。周亮工博览群书，爱好绘画篆刻。《湖上留别》是周亮工游览完杭州西湖后所作的一组留别诗，这里选取其中的第一首。

虽然诗人已经看遍西湖美景，但是在将要离开西湖的时候，他还是舍不得西湖的梅花，想要再精心仔细地欣赏一番。西湖的梅花在冬季绽放，高洁娇艳，宋代诗人林逋隐居杭州孤山时就曾种植梅花，饲养白鹤，清高自适，后人赞为“梅妻鹤子”，成为一段千古佳话。诗人“着意看”的主要不是梅花冷艳，而是她们在岁暮寒风刁刁中肆意绽放，不畏严寒。梅花与“松”“竹”合称岁寒三友，凌寒独自开，展现出顽强的生命力。周亮工在明朝为官，入清后宦海沉浮，曾两次入狱，被弹劾几乎致死，后来才被赦免。他一生坎坷，晚景凄凉，看到这梅花在岁残傲然开放，振奋不已。

诗文的后半部分写西湖的水，作者劝游人不要厌恶西湖的水，因为这湖水历经燠寒，都未曾干涸。这两句诗把“湖水依旧”与“人事变迁”相对比，是周亮工经历了人生起伏之后发出的感慨，富有人生哲理。“游人莫厌西湖水，经燠经寒不肯干”让人联想起唐贺知章《回乡偶书》中的名句“惟有门前镜湖水，春风不改旧时波”，贺知章年少离家，年老方回，两鬓都已斑白，而家门口的镜湖水依旧如故。周、贺二诗传达的人生哲理如出一辙。

本诗留别西湖的水，其实是借景抒情，书写诗人晚年的人生感悟，寄意深远，非有如诗人般的经历，是不会有这么深的体悟的。

小磨诗坊·离别

词

更漏子

唐·温庭筠（812？—866）

玉炉香，红蜡泪，偏照画堂秋思。眉翠薄，鬓云残，夜长衾枕寒。

梧桐树，三更雨，不道离情正苦。一叶叶，一声声，空阶滴到明。

| 辑 评 |

［宋］胡仔《苕溪渔隐丛话》：“庭筠工于造语，极为绮靡，《花间集》可见矣。《更漏子》一词尤佳，其词云：‘玉炉香，红蜡泪。’”

［清］陈廷焯《云韶集》：“遣词凄艳，是飞卿本色。结三句开北宋先声。”

［清］李冰若《栩庄漫记》：“飞卿此词，自是集中之冠。寻常情事，写来凄婉动人，全由秋思离情为其骨干。宋人‘枕前泪共窗前雨，隔个窗儿滴到明’，本此而转成淡薄。温词如此凄丽有情致不为设色所累者，寥寥可数也。温、韦并称，赖有此耳。”

赏读

温庭筠，唐代后期文学家。本名岐，字飞卿。他精通音律，能诗善词，诗与李商隐齐名，号曰“温李”。其词精妙绝人，流丽婉转，位居《花间集》之首。

这首《更漏子》将女子内心抽象的离愁形象外现出来，使人觉得红色的蜡烛、院里的梧桐、三更天下的雨都带有沉重的愁思。

词的上片通过对女子与闺房的描写，点出离愁对女子的影响。玉炉香烟缭绕，红烛默默燃烧，本是一个温馨甜蜜的场景，但一“泪”、一“薄”、一“残”三字，却将主人公的伤心的情绪表现出来。如此良辰美景独自消受，怎能不妆发凌乱，难以安寝。在这样孤寂的清秋时节，内心的寂寞本已难释，谁料红烛“偏照画堂秋思”，一个“偏”字表现了女子内心的愁怨。

下片“梧桐雨”的意象使离愁更加具体可感，“梧桐雨”本是一个愁苦的意象，又恰在凄冷的秋季，与秋天的萧瑟感叠加，给人的心理造成更加凄苦的冲击感。此时的景与人的心情息息相通，这离别的痛楚就像三更天的梧桐夜雨，雨滴散落在树叶上、再从树叶上掉到地上，一点一滴诉说着女子内心的离愁。宋人聂胜琼《鹧鸪天·别情》：“枕前泪共阶前雨，隔个窗儿滴到明。”李清照《声声慢》：“梧桐更兼细雨，到黄昏点点滴滴，这次第，怎一个愁字了得”深受温飞卿此词影响。

清平乐

唐·温庭筠（812？—866）

洛阳愁绝，杨柳花飘雪。终日行人恣攀折，桥下水流呜咽。

上马争劝离觞，南浦莺声断肠。愁杀平原年少，回首挥泪千行。

|辑评|

［清］陈廷焯《云韶集》：“上半阕最见风骨，下半阕微逊。上三句说杨柳，下忽接‘桥下水流呜咽’六字，正以衬出折柳之悲，水亦为此呜咽。如此着墨，有一片神光，自离自合。”

俞陛云《唐五代两宋词选释》：“结句尤佳。临歧忍泪，恐益其悲，更难为别。至别后回头，料无人见，始痛洒千行之泪，洵情至语也。”

赏读

温庭筠此首《清平乐》虽为离别之词，却在离情苦楚中充满了阳刚之气。从内容看，这首词是暮春时节离别洛阳时所作。

上片侧面描写桥上送别，渲染全词悲伤的气氛。春天是百花盛开的时节，同时也是放飞希望的季节。此时的洛阳，满城的杨柳枝头都绽放白色的花絮，柳絮、杨絮随风飞舞，那种飞扬的姿态增添了春天的活力，同时也让人想到人生的漂泊，不禁给春意盎然的春天笼罩着一层淡淡的忧愁和凄冷。此时的洛阳桥头，天天都有人折柳送别，这种离别的情绪不仅感染了杨絮、柳絮，连桥下的流水变得哽咽凝重了。

下片写离别的场景与离别的心情。送君千里终须一别，不得不上马离开了，此时朋友又争相劝酒送别，千言万语难道分别的牵挂和思念。忽然听见莺声婉转，好似劝人留下，更让人黯然销魂。终于强忍泪水上马远行了，但回首相望仍忍不住“挥泪千行”。“回首挥泪千行”将难舍难分的情绪跃然纸上，顿感无限愁苦，却也感受到了男儿的担当和深情。

菩萨蛮五首 其一

唐·韦庄（836？—910？）

红楼别夜堪惆怅，香灯半卷流苏帐。残月出门时，美人和泪辞。

琵琶金翠羽，弦上黄莺语。劝我早归家，绿窗人似花。

| 辑 评 |

[清] 许昂霄《词综偶评》：“语意自然，无刻画之痕。”

[清] 陈廷焯《词则·大雅集》：“深情苦调，意婉词直，屈子《九章》之遗。词至端己，语渐疏，情意却深厚，虽不及飞卿之沉郁，亦古今绝构也。”

[清] 王国维《人间词话》：“‘弦上黄莺语’，端己语也，其品亦似之。”

赏 读

韦庄，字端己，京兆（今陕西西安）杜陵人，韦应物四世孙。少时孤贫好学，才敏过人。参加举人考试时，正值黄巢攻陷长安，作长诗《秦妇吟》，人称“秦妇吟秀才”。后浪迹河南、吴越、江西、荆湖等地。工诗，词名尤著。

首句一个“别”字便点明了词的主题。“红楼”之上，词人与心上人共度离别前的最后一晚，昏黄的灯光下，流苏半卷罗帐，二人因为即将到来的离别而倍感惆怅。这两句虽未直写两人难舍难分的情状，但读者可以想见。天色渐晓，词人不得不离开了，一轮残月下，“美人”终于抑制不住自己内心的悲伤，留下了不舍的眼泪。这两句，词人不说自己辞别“美人”，而说“美人和泪辞”，突出了女子泪眼婆娑、楚楚动人的形象。

临别前，“美人”弹起了镶着金翠羽的琵琶，美妙的乐声犹如黄莺私语般温柔悦耳，似乎在劝词人早日回家，不要忘了“绿窗”下有个如花般美丽的身影始终在等着他，盼着他。尚未分别，女子就已经在盼望着重逢，可见其深情。寥寥数语，便刻画了一个多才多艺、温柔美丽、一片痴情的女子形象。

整首词语言自然清丽、情感真挚感人，是一首佳作。俞平伯《读词偶得》评此词曰：“闲闲说出，正合开篇光景，其中淡处皆妙境也。”

女冠子二首 其一

唐·韦庄（836？—910？）

四月十七，正是去年今日。别君时，忍泪佯低面，含羞半敛眉。

不知魂已断，空有梦相随。除却天边月，没人知。

| 辑 评 |

[明] 沈际飞《草堂诗余别集》:“月知不知都妙。”

[清] 陈廷焯《云韶集》:“起得洒落。‘忍泪’十字，真写得出。又《词则·闲情集》：一往情深，不着力而自胜。”

[清] 王闿运《湘绮楼词选》:“不知得妙，梦随乃知耳。若先知。那得有梦？惟有月知，则常语耳。”

赏读

这首词写别情，上片追忆别时情景，下片抒发别后相思。

“四月十七，正是去年今日。”这两句语言明白朴素，不加修饰，颇有民歌风格。词中的主人公将离别日子记得如此清楚，足见此日的刻骨铭心以及两人之间情感的深厚。“别君时，忍泪佯低面，含羞半敛眉。”细写分别时的情景。离别时，女子因为不想让恋人看见自己落泪而愈加伤心，所以假装低头，强忍着眼泪。她想对恋人说些知心的话，但因为害羞又说不出口。“半敛眉”表现出女子内心的惆怅与矛盾。时隔一年，主人公还能将分别时女子的动作表情记得如此清楚，可见其深情。

下片转入抒情。“不知魂已断，空有梦相随”极言离别的伤痛。一年来，离别让人黯然销魂，佳人不在身边，陪伴自己的只有每日的梦而已。“空有”二字表现出内心沉痛的悲伤。然而，这样刻骨的相思却无人诉说，恐怕只有天边的月亮才知晓吧。结尾两句，可谓凄婉之至。

清人况周颐《历代词人考略》称赞韦庄词：“能运密入疏，寓浓于淡。”此词朴素雅致，语淡情浓，寥寥数字，将离别的煎熬写得凄清含蓄。

生查子

唐·牛希济（872？—？）

春山烟欲收，天淡星稀小。残月脸边明，别泪临清晓。

语已多，情未了，回首犹重道：记得绿罗裙，处处怜芳草。

辑评

[清]陈廷焯《云韶集》：“‘春山’十字，别后神理。‘晓风残月’，不是过也。结笔尤佳。”李冰若《栩庄漫记》：“‘记得绿罗裙，处处怜芳草’，词旨温厚，而造语近乎自然。岂飞卿（温庭筠）辈所可企及？‘语已多，情未了，回首犹重道’，将人人共有之情，和盘托出，是为善于言情。”

赏读

牛希济是唐末五代时期著名词人，为“花间派”词人之一。

这首词写恋人分别时的缠绵之情。拂晓时分，在远处连绵起伏的春山之上，白茫茫的雾气开始消散，天色渐明，寥落的几颗星星也慢慢黯淡下去。一对恋人正在依依惜别，半牙残月的柔光照亮了女子的面庞，映出一道道晶莹的泪痕，分外凄楚动人。

“语已多，情未了。”纵然已经说了千言万语，还是道不尽心中的绵绵情意。时间消逝得那么快，分别的时刻就要来临。女子泪眼婆娑，依依不舍。终于，她强忍泪水转身欲别，临走时还不忘回头叮嘱：“记得绿罗裙，处处怜芳草。”这两句构思巧妙，深得比兴之旨。绿罗裙与青青芳草相似，若男子不忘二人之间的情谊，自当处处怜惜芳草。结尾两句将比喻、联想等多种艺术手法糅合在一起，将自然景色与心中情感巧妙地结合起来，既塑造了凄美的离别图景，又将缠绵悱恻的离别之情融入其中，手法高妙。

整首词清丽自然，构思别具一格，情感深挚，是离别词中的名篇。

相见欢

南唐·李煜（937—978）

无言独上西楼，月如钩。寂寞梧桐深院锁清秋。

剪不断，理还乱，是离愁。别是一般滋味在心头。

辑评

[宋] 黄昇《花庵词选》："此词最悽惋，所谓亡国之音哀以思。"

[明] 沈际飞《草堂诗余续集》："七情所至，浅尝者说破，深尝者说不破，破之浅，不破之深。'别是'句妙。"

[清] 陈廷焯《词则·大雅集》："哀感顽艳，只说不出。又《云韶集》：凄凉况味，欲言难言，滴滴是泪。"

赏读

这首词当作于李煜国破家亡，被宋太祖赵匡胤囚禁在汴京之时，沉郁哀婉，充满凄清愁苦之韵。

上片通过词人的“无言独上西楼”将受众带到了一个凄冷寂寥的场景氛围中来。“无言”体现了词人内心的愁苦与无奈，“独上”写出了词人的孤寂，夜晚独上高楼，眺望什么呢？故国不在，所有的回忆只能徒增伤感，心中即使满怀懊悔，但早已于事无补。词人仰望星空，残月如钩，又使词人回忆起那悲欢离合的往事，月光的清寒加之清秋的萧瑟，顿使词人的愁思愈加凄婉。俯视庭院，只有几棵梧桐树寂寞地伫立在院子里，眼中所见一片萧索。这般冷清孤寂，仿佛整个庭院和外面的世界隔绝了起来。而被锁在深院中的除了凄冷的清秋之外，还有作者本人。

上片极言孤独寂寞之感，离愁已暗生。下片抒写词人对离愁的体验与感受。这位昔日的南唐国主，所离开的不仅是自己的亲朋好友，臣子家人，还有自己的故国，这种经历不是常人所有的，他心中的“离愁”自然也非常人所能体会。“剪不断，理还乱，是离愁”，心中的离愁，恰似一团乱麻，理不清，剪不断。最后，这道不清、说不明的愁情只能“别是一般滋味”地萦绕在心头。难以言说的苦恼更加增添了词人无言的哀伤与凄凉。这首词将不可捉摸的离愁抒写得生动形象，令人耳目一新。

相思令

宋·林逋（967—1028）

吴山青，越山青，两岸青山相送迎，争忍有离情？

君泪盈，妾泪盈，罗带同心结未成，江边潮已平。

|辑 评|

[明] 杨慎《词品》：“林君复惜别《长相思》词（略），甚有情致。”

[清] 彭孙遹《金粟词话》：“林处士‘梅妻鹤子’，可称千古高风矣。乃其惜别词，如‘吴山青，越山青’一阕，何等风致，《闲情》一赋，讵必玉瑕珠颣耶。”

[清] 陈廷焯《闲情集》：“‘此情此水共天涯’，可为此词接笔。”

赏读

林逋，字君复，谥和靖，钱塘（今浙江杭州）人，隐居于西湖孤山。终生不仕不娶，以种梅养鹤自娱，世人戏称“梅妻鹤子”。

这首词以女子的口吻写恋人之间的别离，情韵深长，忧伤动人。开篇不写人之间的分别，而以山起兴，写山之间的迎来送往，别具一格。离人坐船远行，青青的吴山和越山仿佛在送别和迎接着他，但它们终究是没有情感的，怎么会理解人心中的离愁别绪呢？此处运用拟人的手法，以山的无情衬托人的有情，更见情深。“吴山”“越山”，既交代了离别的地点，同时也表明别后二人之间相隔甚远，再见不易，透露出女子内心的无限惆怅。

下片紧接“离情”，写二人依依惜别的情状。女子和行人情意绵绵，难舍难分，二人泪眼盈盈，哽咽无语。“罗带同心结”，古时女子常将罗带打成心形的形状，送给自己的心上人以示永不分离之愿。然而两人虽情投意合，奈何男子却不得不离开女子，远行他乡，所以说“罗带同心结未成”。“江边潮已平”暗示着潮水已经涨满，开船在即，女子和心上人不得不从此分别。末尾以景作结，余味隽永。

这首词构思巧妙，别致新颖。叠句、比兴手法的运用，使得整首词颇具民歌风韵。

雨霖铃

宋·柳永（984？—1053？）

寒蝉凄切，对长亭晚，骤雨初歇。都门帐饮无绪，留恋处，兰舟催发。执手相看泪眼，竟无语凝噎。念去去、千里烟波，暮霭沉沉楚天阔。

多情自古伤离别，更那堪、冷落清秋节。今宵酒醒何处，杨柳岸、晓风残月。此去经年，应是良辰好景虚设。便纵有千种风情，更与何人说。

|辑评|

[宋]俞文豹《吹剑续录》:"东坡在玉堂,有幕士善讴,因问:'我词比柳词何如?'对曰:柳郎中词,只好十七八女郎,执红牙拍板,唱'杨柳岸、晓风残月'。学士词,须关西大汉,执铁板唱'大江东去'。"

[明]李攀龙《草堂诗余隽》:"'千里烟波',惜别之情已骋。'千种风情',相期之愿已赊。真所谓善传神者。"

[清]王又华《古今词论》:"'晓风残月','大江东去',体制虽殊,读之皆若身历其境,惝怳迷离,不能自主,文之至也。"

[清]刘熙载《艺概》:"词有点有染。柳耆卿《雨霖铃》云:'多情自古伤离别,更那堪冷落清秋节。今宵酒醒何处?杨柳岸晓风残月。'上二句点出离别。'冷落''今宵'二句乃就上二句染之。点染之间,不得有他语相隔,隔则警句亦成死灰矣。"

赏读

柳永，原名三变，字景庄，后改名柳永，字耆卿，因排行第七，又称柳七。柳永一生仕途坎坷，年轻时多次参加科举考试，屡试不中。这首词是他第四次科举失意，愤而离开京师（汴京，今河南开封）之时，与心上人分别所作。整首词以凄清冷落的秋景为背景，抒发与情人难舍难分的情感。仕途的失意和与情人的分离，使得词人更觉前途灰暗渺茫。

清冷的秋日黄昏，一场“骤雨”刚刚停歇，寒蝉凄鸣，词人即将离开京城。前几句通过对环境的描写，寓情于景，烘托气氛，为全词定下了悲伤凄凉的情调。都门即国都之门。情人为他在城外设帐饯行，然而离别在即，两人都没有饮酒作乐的心情。虽然还想和心上人多相守一会儿，但“兰舟催发”，时间已经很紧迫了。二人“执手相看泪眼”，却“无语凝噎”，千言万语哽在心头，一时间竟然什么话都说不出。“念”字表明以下都是设想，至于设想的主人公，可能包括送者和行者二人。“去去”可见行程之远。“千里烟波，暮霭沉沉楚天阔”表面写景，实则含情。浩渺的烟波、沉沉的暮霭与广阔的天空，象征着作者前路茫茫，不可捉摸，与情人的重逢之日自然也遥遥无期。

自古以来，多情者都会因离别而伤心。而在这清冷萧瑟的秋天，离别的痛苦让人更加难以承受。接下来，词人设想别后的凄凉：待到酒醒，恐怕已是拂晓。自己所能见到的，只有岸边的杨柳，凄冷的秋风和天边的残月了吧。“此去经年”两句是设想别后长久的寂寞，二人在一起时，良辰好景、春花秋月总是让人感到欢乐，然而分别之后，即使有良辰好景，也没有心情欣赏，只能徒添惆怅而已。结尾两句感叹相会无期，纵有千种情意也无人可诉说。下片从时间和思绪上环环相扣，层层推进，至结尾达到离别的高潮，然余味无穷。

整首词情感真挚坦率，景中含情，层次分明，手法高妙，不愧为脍炙人口的名篇。

采莲令

宋·柳永（984？—1053？）

月华收、云淡霜天曙。西征客、此时情苦。翠娥执手送临岐，轧轧开朱户。千娇面、盈盈伫立，无言有泪，断肠争忍回顾。

一叶兰舟，便恁急桨凌波去。贪行色、岂知离绪。万般方寸，但饮恨、脉脉同谁语。更回首、重城不见，寒江天外，隐隐两三烟树。

辑评

[清]周济《介存斋论词杂著》："耆卿为世訾警久矣！然其铺叙委婉，言近意远，森秀幽淡之趣在骨。"

| 赏读 |

这首词文笔细腻而清新，刻画了一对恋人的离别情景，作者柳永很擅于此类题材的描写。

在斜月西沉、霜天破晓时分，一位女子满怀不舍地送别自己即将西行的情郎，内心此时痛苦万分。轧轧的开门声，让女子不由自主地把情郎的手拉得更紧，然而“送君千里，终须一别”，最后还是不得不在临别的路口依依惜别。“千娇面、盈盈伫立，无言有泪”，十一字便将一位梨花带雨、无语凝噎的深情女子的形象展现得淋漓尽致，惹人怜爱。面对此情此景，男主人公却也只能“一看肠一断，好去莫回头”（白居易《南浦别》）。

男子登上小船后，便“急桨凌波”而去。先前只顾匆匆赶路，忽略了离愁别绪，待到船行驶了一段时间后，男子被压抑的离绪终于得以迸发。然而，一路上万般酸楚、百番愁恨，却无人可以诉说，只能独自咀嚼。待到回头，才发现离别时的重城，连同那送别之人早已消失在视线之外了，举目所望，水天相接处，只剩隐隐约约的两三烟树。

王国维说过：“一切景语皆情语。”全词以景起头，以景结尾，寓情于景，情景相生，将别时眷恋与别后相思通过层层铺叙，延展开来，送者与行者交替描写，曲折婉转，余韵无穷，颇具柳词特色。

忆帝京

宋·柳永（984？—1053？）

薄衾小枕凉天气，乍觉别离滋味。展转数寒更，起了还重睡。毕竟不成眠，一夜长如岁。

也拟待、却回征辔；又争奈、已成行计。万种思量，多方开解，只恁寂寞厌厌地。系我一生心，负你千行泪。

|辑评|

夏敬观《手评乐章集》：“耆卿词当分雅、俚二类。雅词用六朝小品文赋作法，层层铺叙，情景兼融，一笔到底，始终不懈。俚词袭五代淫诐之风气，开金元曲子之先声，比于里巷歌谣，亦复自成一格。”

赏读

这首词采用口语化的白描手法来表现男女双方的离别相思，流畅自然，委婉曲折，新颖别致。

起句由天气入手，点明初秋时节，“薄衾”说明天气虽凉却不至于冷，而“小枕”则说明主人公此时正拥衾独卧。“展转数寒更，起了还重睡”，迢迢永夜，辗转反侧，却又无法入睡，只能一遍一遍默默地数着更漏，无奈始终睡意全无，只好起床坐着，看着窗外天色仍未亮起，不得不又躺下去，如此反复折腾。“毕竟不成眠”，用夸张的手法来表达自己在漫漫长夜的煎熬。“一夜长如岁”，则是在凝练含蓄的字面之下，暗藏着炽烈浓挚的情感。

下片笔锋一转，着力描写游子思归而不得归的情感挣扎，以及徘徊在理智与感情边缘的内心冲突。“也拟待、却回征辔”，男子离开所爱之人并无多久，便有意调马回头了。“又争奈、已成行计”，表明男子终究还是理智战胜了情感，既已踏上征程，又岂有原路返回的道理？对于心上人的“万种思量”，却也只能自己想尽多种方法加以开解，最后任随“寂寞厌厌地”，“厌厌”即“恹恹”，精神萎靡不振的样子，说明主人公情绪的百无聊赖。“系我一生心，负你千行泪”二句对仗工稳，互为照应：我纵然把你一生一世都系在心上，却也不得不辜负你那长流不尽的泪水。收束饱含深情，真挚感人！

江南柳

宋·张先（990—1078）

隋堤远，波急路尘轻。今古柳桥多送别，见人分袂亦愁生。何况自关情。

斜照后，新月上西城。城上楼高重倚望，愿身能似月亭亭，千里伴君行。

|辑 评|

[宋] 李清照《词论》：“虽时有妙语，而破碎何足名家。”

[清] 陈廷焯《白雨斋词话》：“张子野词，古今一大转移也。前此则为晏、欧，为温、韦，体段虽具，声色未开。后此则为秦、柳，为苏、辛，为美成、白石，发扬蹈厉，气局一新，而古意渐失。子野适其中，兼有含蓄与发越之长，而去其过或不及。”

赏读

这首词以女子的口吻写别情。《江南柳》，即双调《忆江南》，古来杨柳多与离别相关，词人根据词意将词牌自拟为《江南柳》。

隋堤，隋炀帝开导汴水，名通济渠，沿渠筑堤，称为隋堤。迢迢隋堤，通向远方。堤下是波涛滚滚的河水，堤上，来来往往的车马扬起阵阵轻尘。这两句描绘了一个典型的送别的场景，暗含别意。这里是水路要道，也是人们通常告别分离的地方。古往今来，那桥边的杨柳不知见过了多少离别的场景。平日里看到别人分别尚且愁绪满怀，更何况，这一次是发生在自己身上呢？心中的离愁别恨也就不言而喻了。

接下来，词人并没有写二人分别时依依不舍的情景，而是跳过送别的具体情景，着重写送者别后相望的情景。时间慢慢流淌，行人也渐行渐远。夕阳逐渐隐没身影，一弯新月升上城头。女子站在城楼之上再次眺望远方，然而行人早已了无踪迹。一个“重”字可见她已不是第一次望向远方了。这时，女子看向空中的明月，萌发了一个美好的愿望：希望自己能像这月亮一般，在空中亭亭而立，伴随着心上人悠悠远行，不再分离。

这首词用清新明快的语言将女子的离愁表现得真挚深婉，摄人心神，是送别词中的一篇佳作。

浣溪沙

宋·晏殊（991—1055）

一向年光有限身。等闲离别易销魂。酒筵歌席莫辞频。

满目山河空念远，落花风雨更伤春。不如怜取眼前人。

| 辑 评 |

赵尊岳《〈珠玉词〉选评》：“此词感慨特深，堂庑更大，忽尔拓之使远，又复收之使近，诚有拗铁为枝之幻。亦惟如此，始益见其沉郁。”

赏读

晏殊，字同叔，临川（今江西抚州）人。少有才名，七岁能文章。十四岁时以神童召试，赐同进士出身，少年得志，仕途畅通。喜爱奖掖后进，范仲淹、韩琦、富弼、欧阳修等名臣皆出其门下或受其提携。

这首词为伤别之作，是晏殊的代表词作之一。

词人在开篇便感叹人生年华有限，稍纵即逝。而在这短暂的一生中，偏偏“离别”又十分寻常。“等闲”即寻常，平常之意。然而，即便是寻常的分别，也不免让人黯然神伤。既然如此，词人只好自我宽慰：“酒筵歌席莫辞频”。人生苦短，离别实多，就不要再推辞“酒筵歌席”了吧，不如对酒当歌，纵情歌舞，聊以慰藉这有限的生命吧。

“满目山河空念远，落花风雨更伤春。”二句意境阔大，“念远”句从空间角度抒发了对离人远去的惆怅。一朝分别，各自天涯，日后纵然极目远眺，所见也只是无边无际的山川河流，再也难见那心心挂念的远行之人。“落花”句则从时间角度表达了对年光易逝的忧愁，花儿随着风雨飘落，又是一年春归去，时光飞逝，让人如何不感伤呢？结尾化用了唐代元稹《莺莺传》中的诗句“还将旧时意，怜取眼前人”。忽作转语，既然人生苦短，又聚少离多，与其别后徒然相忆，不如珍惜此刻的欢聚，怜惜眼前之人。这是词人在人生痛苦无法解脱之下的无奈之选，强自慰藉，故作旷达。

蝶恋花

宋·晏殊（991—1055）

槛菊愁烟兰泣露，罗幕轻寒，燕子双飞去。明月不谙离恨苦，斜光到晓穿朱户。

昨夜西风凋碧树，独上高楼，望尽天涯路。欲寄彩笺兼尺素，山长水阔知何处！

| 辑 评 |

［清］陈廷焯《词则·大雅集》：“缠绵悱恻，雅近正中。”

［清］王国维《人间词话》：“《诗·蒹葭》一篇，最得风人深致。‘昨夜西风凋碧树，独上高楼，望尽天涯路’，意颇近之，但一洒落，一悲壮尔。”

赏读

这首词写相思离恨，是晏殊的名作。特别是“昨夜西风凋碧树，独上高楼，望尽天涯路”一句因王国维在《人间词话》中将其喻为“古今之成大事业、大学问者，必经过三种之境界”的第一境界而广为人知。

该词起笔写秋日晨景。栏中的菊花笼着一层薄薄的晨雾，犹如愁烟堆积；兰花上点点露珠，犹如它洒落的泪滴。秋菊幽兰本无情感，更不会有愁与泪，实际上是通过将菊、兰拟人化来表现人物的心情。女主人公内心愁苦，故所见景物皆笼罩着一层悲伤的色彩。接下来，词人将笔触由室外转向室内。秋天的清晨，空气中还弥漫着一丝寒气，梁上的燕子穿过帘幕，双双飞去，只留下女主人公孤单一人。燕子“双飞”反衬出人的孤独。清晨的残月还剩一缕清辉，让女主人公不禁想到昨夜这月光竟然透过窗户照着房间整整一夜，让人无法入睡。它之所以这样,不正是因为不懂得离愁别恨吗？明月“斜光到晓穿朱户”本是自然现象，但因女主人公饱受相思离恨之苦，难以入眠，故对明月充满怨气。这种无理的埋怨，正反映出其内心的烦闷愁苦。

下片笔触则从室内转向室外。一夜未眠之后，女主人公在清晨走出卧室，来到院中，独登高楼，极目

远眺。放眼望去，茫茫大地一片空阔，原来昨夜西风凛冽，树叶纷纷落下，所以没有了阻挡视线之物。只是望尽远在天边之路，也依然不见所思之人的身影，女子心中的失望可想而知。既不见归人，便“欲寄彩笺兼尺素”，想通过书信与心上人互诉衷肠。然而“山长水阔知何处”，心上人早已音讯杳然，不知此时身处何地，女子内心的伤感便更添一层。

这首词虽写传统的相思离恨，但境界阔大高远。词中所表现的情感层层递进，至结尾将“离恨”所带来的愁苦推向顶峰。

踏莎行

宋·晏殊（991—1055）

祖席离歌，长亭别宴。香尘已隔犹回面。居人匹马映林嘶，行人去棹依波转。

画阁魂消，高楼目断。斜阳只送平波远。无穷无尽是离愁，天涯地角寻思遍。

|辑评|

［明］王世贞《艺苑卮言》：“（斜阳只送平波远）淡语之有致者也。”

赏读

本篇描绘了送别全程，从宴席饯别，到依依不舍，再到别后相思，风格流畅，情景逼真。

词作开篇便开门见山，点明“离别”的主题。古人出行时祭祀路神叫“祖”，因此将饯别的宴席称为“祖席”，也叫祖饯。长亭饯别，离歌悲戚，分别的时刻就要来临。香尘，芳香之尘，多指女子之步履而起者。香尘已隔，二人已然分离，但仍然缱绻万千，回首相望，不忍离去。词人虽然没有点明“回面”之人是居人还是行人，但可以想见二者都依依不舍。送君千里，终须一别。行人踏上船只，“居人”骑着马久久地站在岸边，目送对方，马儿似乎也感受到了“居人”的离愁，背映丛林，仰首长嘶。终于，载着行人的船只随着曲折的江流渐渐远去，不见了踪影。这两句分别从“居人”“行人”两方面写离情，两相对照，独具匠心。

下片写居者返回后的思念。画阁中的居人无法忍受离愁的痛苦，只好登上高楼，纵目远望。然而极目所见的只有那斜阳的光辉映照着平静的水波静静流向远方。“只送”二字看似平淡，却表现出了居人心中的无奈与幽怨。“无穷无尽是离愁，天涯地角寻思遍”两句再次点明主题，将情感深化。无穷无尽、无法消解的正是心中的离愁，只有让自己的思绪追随着远行之人前往天涯海角而去，聊以慰藉相思之苦了。

整首词构思别致，情味隽永。

踏莎行

宋·欧阳修（1007—1072）

候馆梅残，溪桥柳细。草薰风暖摇征辔。离愁渐远渐无穷，迢迢不断如春水。

寸寸柔肠，盈盈粉泪。楼高莫近危阑倚。平芜尽处是春山，行人更在春山外。

|辑 评|

[明] 李攀龙《草堂诗馀隽》:“春水写愁，春山骋望，极切极婉。”

[明] 王世贞《艺苑卮言》:“‘平芜尽处是春山。行人更在春山外。’此淡语之有情者也。”

[清] 金圣叹《评注才子古文》:“‘摇’字不知是草，不知是风，不知是征辔，却便觉有离愁在内。”

[清] 茅暎《词的》:“结语韵致更远。”

赏读

这首词抒写离愁别绪。唐宋诗词中，写离别怀人者，或从送别者着笔，或从远行者着笔。这首词则另辟蹊径，两者兼顾。上片写行人的离愁，下片写闺人的相思。

寒冬已过，驿馆中的梅花大多已经凋谢了，只剩下几朵残花挂在枝头。溪桥边的柳树刚刚发出嫩绿的芽，细细的柳枝随风摇曳。温暖的春风送来阵阵青草的芳香，远行的游子手握缰绳缓缓前行。“草熏风暖”化用江淹《别赋》中的“闺中风暖，陌上草薰。”暗含别情。随着游子渐行渐远，那弥漫在心中的离愁就像无穷无尽的春水一般，无法斩断。

接下来，词人将笔墨从远行之人转移到闺中思妇的身上。心爱之人远去，女子不禁泪眼盈盈，伤心得柔肠寸断。她想倚栏遥望，又怕触景伤情。“楼高莫近危阑倚”既是女子无奈的自解之语，也是行人对思妇的关切与劝慰。因为登楼所见的，只有那草木丛生的平原，而平原的尽头，是那遥远的青山，心爱之人却在比那青山更加遥远的地方，渺不可寻。如此一来，女子心中的愁绪恐怕要更添一层了。结尾两句情韵悠长，颇受好评。

整首词由景及情，章法井然，意境悠远。

玉楼春

宋·欧阳修（1007—1072）

　　尊前拟把归期说，欲语春容先惨咽。
人生自是有情痴，此恨不关风与月。
　　离歌且莫翻新阕，一曲能教肠寸结。
直须看尽洛城花，始共春风容易别。

辑评

［明］沈际飞《草堂诗余续集》："'风月'，特寄情，而非即情，语超然。"

［清］王国维《人间词话》："永叔'人间自是有情痴，此恨不关风与月'，'直须看尽洛城花，始与东风容易别'，于豪放之中有沉着之致。所以尤高。"

薛砺若《宋词通论》："此词可谓道尽人间一段幽恨闲愁。结语更于豪放中寓沉痛之意。"

赏读

这是一首惜别词。景祐元年（1034）三月，欧阳修西京（今洛阳）留守推官任满，离别洛阳时写了多首《玉楼春》，这首词便是其中的一首。

词作开篇便点明“离别”的主题。“尊”(同“樽”)，原指酒杯，此处代指宴席。词人即将离开洛阳，在离别的酒宴上，他本打算将归期告诉对方，想借重逢的欢乐冲淡离别的悲伤，宽慰对方。可是还没等他开口，佳人已经因为即将到来的离别而愁容满面，声音哽咽了。“人生自是有情痴，此恨不关风与月”词人风月本无情，此时的离恨与风月本身无关，而是由人与生俱来的情感所决定的。正如况周颐在《蕙风词话》中所说：“吾观风雨，吾览江山，常觉风雨江山之外，别有动吾心者在。”人生自有“情痴”，不关风月景色。

接下来，词人又将笔触指向眼前的离别。千万不要再翻唱离别的新曲了，因为一曲“离歌”就已经让人肝肠寸结，伤心不已了。结尾两句突然扬起，词人突破离别的伤悲，说“直须看尽洛城花，始共春风容易别”，表现出一种豪迈的逸兴。词人不仅要看洛阳城里的花，而且是“看尽洛城花”，情感不可谓不豪宕。然而“洛城花”终有尽时，“春风”也不得不“别”，所以在豪迈之中又隐含着悲伤之情。

整首词没有过多的具象描写，重在抒发内心的情感，继承了唐五代传统的词风。

卜算子·送鲍浩然之浙东

宋·王观（1035—1100）

水是眼波横，山是眉峰聚。欲问行人去那边？眉眼盈盈处。

才始送春归，又送君归去。若到江南赶上春，千万和春住。

| 辑 评 |

[宋] 胡仔《苕溪渔隐丛话后集》：“山谷词云：‘春归何处，寂寞无行路。若有人知春去处，唤取归来同住。’王逐客云：‘若到江南赶上春，千万和春住。’体山谷语也。”

[明] 沈际飞《草堂诗余》：“水眼山眉，人出口即是；下二句运用不同，遂胜。”

赏读

王观，字通叟，号逐客，如皋（今属江苏）人。这首词是王观最有名的作品，根据题意可知是他送别好友鲍浩然时所作。

古人常用水波的清澈来形容女子的眼睛，用黛绿的山色来比喻女子的眉色。据说，唐五代时期，女子画眉还有“小山”“五岳”“三峰”等式样。这里词人却反其道而用之，将缓缓流淌的碧水比作美人的眼波，远处黛绿的山峰犹如美人蹙起的眉头，把秀丽的景色喻为美人的眉眼，构思新颖巧妙，令人称绝。而好友鲍浩然将要去往的浙东，正是“眉眼盈盈处”，即一个山清水秀，景色诱人的地方。

刚刚送走了春天，现在友人也要离去。“才始”和“又”两个字接续，含蓄地表达了春天与友人俱去的失落与无奈，语淡情浓。但词人并未沉浸于离别的悲伤中，而是宽慰友人“若到江南赶上春，千万和春住”。江南景色优美，春天可能还没有那么快离去，如果你去了江南还能赶上当地的春天，千万要与春光同住，不要辜负了良辰美景。

这首送别词没有浓烈的离愁，更多的是词人对好友的宽慰，借浙东“眉眼盈盈”的景色和江南春色来冲淡离别的忧伤。整首词语言轻快新丽，犹如民歌般婉转自然。

南乡子·送述古

宋·苏轼（1037—1101）

回首乱山横，不见居人只见城。谁似临平山上塔，亭亭，迎客西来送客行。

归路晚风清，一枕初寒梦不成。今夜残灯斜照处，荧荧，秋雨晴时泪不晴。

| 辑 评 |

[宋]胡仔《苕溪渔隐丛话》引《复斋漫录》："鲁直记江亭鬼所题词，有'泪眼不曾晴'之句。余以此鬼剽东坡乐章'秋雨晴时泪不晴'之语。"

赏读

这首词是作者送别友人述古（陈襄）之作，在他赴任杭州的第二年，友人接替前任杭州太守沈立之职，在期满后移任南都，故作此词送别。

不同于大多数送别作品着重刻画二人分别的场面，词的上片直接回叙与友人分手后的情景：回望离别之地，只见群山横亘，而伫立原地目送友人离去后，回首城郭亦不见人烟。接下来由景入情，赋予临平山上亭亭耸立的高塔以人的感情，似乎它也受到作者心绪的影响而翘首西望，但高塔终究是客观的无知之物，不如人一般会因主观之情而伤心难过，“谁似”二字用得极妙，道出了无情之塔与有情之人的区别。自己到底不能像高塔那样日复一日迎客西来又送客远去，内心却无动于衷，字里行间透着一种酸楚与无奈。

下片写归来后的心境。归途中晚风凄清，与此时的心情暗合。欲欹枕而眠，却夜不能寐。初寒的卧枕，斜照的残灯，闪烁的微光，这些意象的组合共同营造出凄凉的氛围，正是作者孤寂心境的写照。结句“秋雨晴时泪不晴”可谓巧思独运，以两个“晴”字串联起雨和泪，秋雨纵有停歇的时候，而泪水却不可抑制地夺眶而出，反衬出词人思念的苦楚，读来摧人心肝。

整首词运用了拟人与反衬的修辞手法，以及情景交融的表现手法，抒发了自己对友人的恋恋不舍与离别的黯然神伤，情真而意切，催泪而感人。

临江仙·送王缄

宋·苏轼（1037—1101）

忘却成都来十载，因君未免思量。凭将清泪洒江阳。故山知好在，孤客自悲凉。

坐上别愁君未见，归来欲断无肠。殷勤且更尽离觞。此身如传舍，何处是吾乡。

|辑 评|

[金] 王若虚《滹南遗老集》："东坡送王缄词云：'坐上别愁君未见，门来欲断无肠。'此未别时语也，而言'归来'，则不顺矣。'欲断无肠'，亦恐难道。"

赏 读

这首词是苏轼写给第一任妻子王弗的弟弟王缄的送别之作，自王弗过世归葬眉山至妻弟到钱塘来看望作者，正好过去整整十年，因而感触大发写下该词。

“忘却成都来十载”，道出了词人对亡妻的彻骨思念。十年来，词人假装“忘却”，将内心深处所有的悲痛都化为长久以来的自我克制。但妻弟王缄的到来，不禁又勾起了往日的种种回忆，心里好不容易筑起的高墙又瞬间坍塌了。“凭将清泪洒江阳”，词人嘱托王缄，代自己将伤心之泪带回家乡，洒向江头聊作凭吊。从王缄的口中得知故山仍好，词人便多了几分宽慰，却因自己长年在外只身漂泊，归期无望，又不由得悲从中来。

下片切入正题，王缄的到来纵然勾起伤心往事，故人重逢虽为悲凉的心境平添了几分暖意，但对方来去匆匆，在丧妻之痛与思乡之苦中又加入了离别之愁，而自己此前早已断尽愁肠，今后再遇诸类伤心之事，恐怕也无肠可断了，可谓倍添凄绝。“殷勤且更尽离觞”，今朝有酒今朝醉，且将离愁排遣一边，却也是无奈之举。收束二句，借用《汉书·盖宽饶传》“富贵无常，忽则易人。此如传舍，阅人多矣”之典，道出“人生如寄”之旨，似是看破一切，实乃悲痛到极致。

整首词倾注了词人悼亡的悲痛、送别的惆怅、思乡的愁闷以及政治上的失意，读来令人沉痛不已。

蝶恋花

宋·晏几道（1038—1110）

醉别西楼醒不记。春梦秋云，聚散真容易。斜月半窗还少睡。画屏闲展吴山翠。

衣上酒痕诗里字。点点行行，总是凄凉意。红烛自怜无好计。夜寒空替人垂泪。

|辑 评|

[清] 先著、程洪《词洁辑评》："程洪曰：如小山父子及德麟辈，用事亦未尝不轻，但有厚薄浓淡之分。后人一再过，不复留余味，而古人隽永不已。"

[清] 陈廷焯《词则·大雅集》："一字一泪，一字一珠。"

赏读

这首词是离别感忆的恋情之作，描写与恋人别后的凄凉情景。开篇回忆往昔情景，曾经一度醉别西楼，醒后却全然忘记。前欢旧梦，早已无迹可寻。紧接着用“春梦”和“秋云”来比喻聚散离合的无常，春梦旖旎却短暂，秋云明净却易逝。上片最后两句由虚写转为实写，此时已是深夜时分，斜月低至半窗，却因追忆前尘往事而无法入睡，睁眼所见，是床前的画屏在烛光的照映之下悠闲地展示着青翠的吴山秀色。一个“闲”字，将画屏拟人化，反衬出主人公内心的郁闷不安。

过片“衣上酒痕”紧承上片的“醉别西楼”，点明是在西楼欢宴时所留下的痕迹。“诗里字”，是指宴席上所题写的辞章，古代文人在欢歌宴饮时，往往有即兴作诗的风雅之举。然而，这些本该作为旧日欢乐生活的表征的种种，在这无眠的夜晚里却只能翻引起无限凄凉的感伤意绪，辗转反侧便在情理之中了。收束两句化用杜牧《赠别二首》中“蜡烛有心还惜别，替人垂泪到天明”二句，将蜡烛拟人化，赋予蜡烛人的凄凉之绪与同情之心，“自怜”“空替”二词颇见巧思。尽管如此，蜡烛却也别无他计，只能在这寂寂寒夜里空自替人洒一掬同情之泪了。

整首词语境蕴藉，词情感人，低回往复，充满无可排遣的悲凉意绪，是小山词风格的典型代表。

鹧鸪天

宋·晏几道（1038—1110）

醉拍春衫惜旧香。天将离恨恼疏狂。
年年陌上生秋草，日日楼中到夕阳。
云渺渺，水茫茫。征人归路许多长。
相思本是无凭语，莫向花笺费泪行。

赏读

这首词描写了往日欢聚的疏狂与今时别后的孤独，流露出作者对离别的无限伤感。

上片以昔日的欢乐回忆为切入点，反衬离恨无法排遣，“旧香”是过去伊人所遗留在衣衫上的香泽，二字以点带面，勾连起词人对往昔欢乐情事的无限眷恋，成了“离恨”的缘由，“惜”字便是这种眷恋之情的最佳注脚。“疏狂”二字乃词人个性与生活情态的真实写照，无奈这样的性格却一再被离恨所“恼”，而“天”字点出这种懊恼之情是无法开解的。后两句采用赋的手法，选取了离别意象中最为常见的两个代表——“秋草”与“夕阳”,前面冠以“年年”与“日日”两个时间叠词，读起来朗朗上口，却又透着一种无可诉说的悲凉，在时空的交替中流露出深切的思念之情。

下片紧承上片的景语，“云渺渺，水茫茫”，视野由狭仄之室内延伸至浩渺之天地，却无非只是预示着归途的漫长难寻，双方再见遥遥无期，烘托出主人公的怅惘哀伤之情。收束两句更是将这种怅惘哀伤推向极致，主人公告诉自己，相思本来就没有凭据的话语，实是一种无可奈何的自我安慰。“莫向花笺费泪行”，祈使语气中透着决绝，看似无情，却是至情，以往情事悄然带出——原来主人公曾经不止一次向花笺诉说相思之苦。然而经受过离恨的百般折磨后，纵然再次“费泪行”也属枉然。

整首词通过对欢乐往昔的追忆，表达了词人的离愁之感与孤独之叹，情味隽永，感人至深。

清平乐

宋·晏几道（1038—1110）

留人不住，醉解兰舟去。一棹碧涛春水路，过尽晓莺啼处。

渡头杨柳青青，枝枝叶叶离情。此后锦书休寄，画楼云雨无凭。

|辑 评|

［清］周济《宋四家词选》：“结语殊怨，然不忍割。”

［清］陈廷焯《词则·别调集》：“怨语，然自是凄绝。”

赏 读

这首词是一首离情怨别之作，传言为代妓立言，或是借娼妓之口诉说离别的愁怨。

上片开头“留人不住”短短四字，分别描绘了送者与行者双方的不同情态：前者是苦苦挽留，后者是去意已决，一痴缠，一决绝。“醉解兰舟去”，点明恋人虽在饯别时喝得酣醉，但解开船缆便不带一丝留恋地走了，去意何等坚决与急切，留下送者满腹委屈与怨念。“一棹碧涛春水路，过尽晓莺啼处”乃离去后泛舟江上之景，江中春水碧波荡漾，江上莺啼婉转悠扬。然而，江景之美只会更加衬托出送者的落寞与行者的无情。“过尽”二字，暗示双方天各一方的事实，透着一种希望落空、幻想破灭的怅惘。

下片将描写转向送行的女子，女子目送情郎远去，自己却仍不愿离去。渡头尽是青青的柳色，一枝一叶仿佛都在诉说着离情。古人向来喜欢折柳枝送别，“柳”即“留”，与上片的“留人”相呼应，“留”而不得，渲染了女子失落黯然的心情。“此后锦书休寄，画楼云雨无凭”二句，乃女子的负气自语：你既无心我便休。当相守的期盼落空，相思便也转为怨恨，纵然是斩断往日恩情，到底意绪难平。

这首词代女子立言，细腻地刻画出一个爱而不得的痴情女子形象，将离别中痴缠幽怨的微妙心理展现得尤为到位，不失为一首深情之作。

南歌子

宋·黄庭坚（1045—1105）

槐绿低窗暗，榴红照眼明。玉人邀我少留行。无奈一帆烟雨、画船轻。

柳叶随歌皱，梨花与泪倾。别时不似见时情。今夜月明江上、酒初醒。

赏读

黄庭坚，字鲁直，号山谷道人，晚号涪翁，洪州分宁（今江西修水）人。与张耒、晁补之、秦观并称苏门四学士。诗与苏轼齐名，并称“苏黄”，被尊为江西诗派之祖，影响颇大。能词善书，书法为“宋四家”之一。

这首别情词是黄庭坚少有的不用典故的作品之一，显得清新别致，不拘一格。

上片首先点明送别的时间和情景，此时正值初夏，绿叶繁茂的槐树遮掩得窗前昏暗无光，红艳似火的榴花映照得室外灼灼耀眼。“玉人邀我少留行”，主人公即将乘船而去，正与伊人难舍难分，伊人再三挽留，自己也是恋恋不舍。“无奈”二字顿生转折，主人公终究还是按时出发，不能少留，与愿乖违。只见江面烟雨迷蒙，画船轻盈前行，偏偏离别之人心中却只剩无限的凄楚。

下片开头二句紧承上片的“无奈”之情，运用比喻的修辞手法，将伊人的双眉比作“柳叶”，脸庞比作“梨花”，描绘了饯别时伊人蹙眉而歌、倾泪如雨的情景，极具镜头感。“别时不似见时情”，又忽地一转，由当前分别时的悲悲戚戚回溯到当初相见时的你侬我侬，却也只是徒增伤感罢了。末句别出心裁，不直接说登舟之后苦闷难遣、借酒消愁，却说半夜酒醒时分，唯见月色莹莹、江水悠悠，不尽之言、不绝之意，皆蕴藏于此情此景之中。

整首词构思奇特、色彩明丽，对仗工整、对比强烈，词人以乐景衬哀情，倍添其哀，人物形象也在渲染得恰到好处的环境氛围中呼之欲出。

八六子

宋·秦观（1049—1100）

倚危亭。恨如芳草，萋萋刬尽还生。念柳外青骢别后，水边红袂分时，怆然暗惊。

无端天与娉婷，夜月一帘幽梦，春风十里柔情。怎奈向、欢娱渐随流水，素弦声断，翠绡香减，那堪片片飞花弄晚，蒙蒙残雨笼晴。正销凝。黄鹂又啼数声。

|辑 评|

[宋] 洪迈《容斋四笔》："秦少游《八六子》词云：'片片飞花弄晚，蒙蒙残雨笼晴。正销凝，黄鹂又啼数声。'语句清峭，为名流推激。"

[明] 沈际飞《草堂诗余正集》："恨如刬草还生，愁如春絮相接。言愁，愁不可断；言恨，恨不可已。"

赏读

这首词描写的是秦观与他曾经在扬州意外相遇并产生情愫的一位歌女之间的离别相思之情。

词人临亭远眺，触景生情，一个“恨”字点明全词词眼。“恨如芳草，萋萋刬尽还生”脱胎于李煜《清平乐》词“离恨恰如春草，更行更远还生”，以“芳草”比喻离恨，使人感受到词人的离恨就如原上之草，“春风吹又生”。“柳外青骢”与“水边红袂”交代当时与佳人分别的情景，“念”字点明这是回忆，而“怆然暗惊”则落到现实，形成强烈反差，倍添凄楚。

下片则进一步追忆昔时欢乐。“无端”即不知何故，感叹老天没来由地赐予这位佳人娉婷之姿，令自己为之痴迷。“夜月一帘幽梦，春风十里柔情”则暗用杜牧《赠别》中的“春风十里扬州路，卷上珠帘总不如”句意，却更为旖旎蕴藉。可惜好景不长，此等欢娱早已随流水而去，再也听不到悦耳的琴声，再也闻不到纱巾的香味。“怎奈向”“那堪”紧承上片的“恨”，把与佳人分手之后的离愁别绪进一步具体化。“片片飞花弄晚，蒙蒙残雨笼晴”对仗工稳，乃眼前所见之景，却更增惆怅之绪。末句以景作结，“正销凝，黄鹂又啼数声”，非啼叫声恼人，而是心中自恼也。

整首词情景交融，意境蕴藉，将离别之情写得凄美生动，感人至深，耐人寻味。

蝶恋花·秋思

宋·周邦彦（1056—1121）

月皎惊乌栖不定。更漏将阑，辘轳牵金井。唤起两眸清炯炯。泪花落枕红绵冷。

执手霜风吹鬓影。去意徊徨，别语愁难听。楼上阑干横斗柄。露寒人远鸡相应。

|辑 评|

[明] 王世贞《艺苑卮言》："美成能作景语，不能作情语，能入丽字，不能入雅字，以故价微劣于柳。然至'枕痕一线红生玉'，又'唤起两眸清炯炯，泪花落枕红绵冷'，其形容睡起之妙，真能动人。"

[清] 黄苏《蓼园词话》："前一阕言未行前，闻乌惊漏残、辘轳声响而警醒泪落。次阕言别时情况凄楚，玉人远而惟鸡相应，更觉凄婉矣。"

赏读

周邦彦，字美成，号清真居士，钱塘（今浙江杭州）人。北宋婉约派作家，被认为是“负一代词名”的词人，在宋代影响甚大。

这首词写一对恋人秋日清晨分别的情景。皎洁的月光惊醒了树上栖息的乌鸦，更漏将尽，天色欲晓，已有人开始在井边汲水。开头几句从听觉入手，暗示这对恋人一夜难眠，所以才能清楚地听见这些声响。天快亮了，离别的时刻就要到来。两人被响声“唤起”，因为一夜辗转未睡，更为分别而伤心落泪，所以醒来的两人不是睡眼惺忪的，而是“两眸清炯炯”。由于流了太多泪水，红绵枕芯都被打湿了，两人难舍难分的情状可想而知。

下片由室内转向室外。纵有千般不舍，离别的时刻还是到来了。女子送别心上人，二人执手话别，清冷的霜风吹乱了她的鬓发，她也无心理会。离人“去意徊徨”，一步三回头，依依不舍。告别的话虽然说了很多，但满心忧愁的女子一句都没有听进去。离人渐行渐远，女子登楼远眺，此时北斗星横斜，寒气袭人，行人已了无踪迹，回应她的只有几声鸡鸣。可谓凄婉之至。

这首词层次清晰，描写细致，别前、别时、别后的情景犹如一幅画卷展现在读者的眼前，词中主人公的依依惜别之情也表现得淋漓尽致。

凤凰台上忆吹箫

宋·李清照（1084—1155）

香冷金猊，被翻红浪，起来慵自梳头。任宝奁尘满，日上帘钩。生怕离怀别苦，多少事、欲说还休。新来瘦，非干病酒，不是悲秋。

休休，这回去也，千万遍阳关，也则难留。念武陵人远，烟锁秦楼。惟有楼前流水，应念我、终日凝眸。凝眸处，从今又添，一段新愁。

| 辑 评 |

[明] 李廷机《草堂诗余评林》："婉转见离情别意，思致巧成。"

[明] 茅暎《词的》："出自然，无一字不佳。"

[清] 陈廷焯《云韶集》："此种笔墨，不减耆卿、叔原，而清俊疏朗过之。'新来瘦'三语，婉转曲折，煞是妙绝。笔致绝佳，余韵尤胜。"

赏读

李清照，号易安居士，齐州章丘（今山东章丘）人。出生富贵之家，18 岁时，与情投意合的赵明诚结婚。婚后夫妇二人经常诗词酬唱，收集金石古玩，生活美满幸福。金兵南侵后，李清照南渡，经历了国破、家亡、夫死等一系列悲惨遭遇，孤独一人在南方过着颠沛流离的生活。

这是李清照的一首早期离别词，写于其夫赵明诚离家远游之际。

一个秋天的早晨，词人起床后无心梳妆打扮，待到“日上帘钩”，也不想点香叠被。次句点明原因，原来这一切都是因为她“生怕离怀别苦”，所以才情绪低迷。“多少事，欲说还休”，心中本有万千愁绪与哀怨想要与丈夫诉说，可是话到嘴边，又咽了下去。若将这些愁苦的事情告诉丈夫，只会让他也跟着伤心痛苦，所以她宁愿把一切都埋在心底，自己默默承受。通过这几句我们可以窥见词人的深情。词人近日因为离愁别恨而消瘦，但她并没有直接点明“新来瘦”的原因，而是说“非干病酒，不是悲秋”。意在言外，不言自明。

下片极言离别相思之苦。“休休，这回去也，千万

遍阳关，也则难留。”这几句写得十分哀怨。词人自知丈夫离家已无法改变，所以她想，算了吧，就算把《阳关曲》唱千千万万遍，也无法挽留他了。“念武陵人远，烟锁秦楼。”武陵人，此处代指赵明诚。丈夫渐行渐远，只剩词人一人在这“秦楼”之上，独守空房。而这秦楼又被“烟锁”，弥漫着的云雾遮挡了词人的视线，纵使她“终日凝眸”，也看不到丈夫的身影。词人对丈夫的盼望与痴情无人可诉，只有楼前的流水倒映出她每天站在楼上远望的身影，所以她说“惟有楼前流水，应念我、终日凝眸。”但流水毕竟无情，也不会念词人凝眸之事，则可想见词人孤身一人的悲伤落寞之情，“新愁”也自然而生了。结尾三句运用顶针的艺术手法，情感更加深入一层，将“离怀别苦”推向高潮。“新愁”则与“新来瘦”遥相呼应，自然巧妙。

整首词层次井然，婉转曲折，将离愁相思之情表达得含蓄细腻，余味隽永。

采桑子

宋·吕本中（1084—1115）

恨君不似江楼月，南北东西，南北东西，只有相随无别离。

恨君却似江楼月，暂满还亏，暂满还亏，待得团圆是几时？

辑评

[明] 卓人月《古今词统》：“章法妙。叠句法尤妙。似女子口授，不由笔写者。情不在艳，而在真也。”

吴世昌《词林新话》：“此词虽多重句，而意想高妙，措辞婉约，非能手不办。”

赏读

吕本中，字居仁，号紫薇，人称“东莱先生”，开封（今属河南）人。这首词抒写离别相思之情，词句明白如话，构思别致，颇有韵味。

一个“恨”字是全词的词眼。然而，“恨君”恰恰是因为“思君”。女子在楼上望着夜空中的明月，想起了自己远在他乡的丈夫。多希望他能像这月亮一般，无论“南北东西”，都能陪伴在自己的身边。“只有相随无别离”，这是女子在与丈夫长久的分离之后一个美好的愿望。

然而，女子转念一想，丈夫不正如这月亮一般吗？明月总是刚刚圆满不久就亏缺起来，而自己和丈夫也总是刚刚团圆又要分离，恰如月亮“暂满还亏”。谁又知道下一次的团圆会是什么时候呢？结尾用一个问句透露出女子无限的愁思，也表现了她对于丈夫重聚团圆的渴盼。

表面看起来，妻子的要求实在“无理”，这位远行的丈夫无论是“不似江楼月”还是“似江楼月”都受埋怨。然而正是这种“无理”的表达，体现了女子对丈夫的一片深情。

整首词语言质朴，采用比兴的手法，重章叠句的形式，进行反复咏叹，富有民歌风味。作者在“恨君不似江楼月”和“恨君却似江楼月”的矛盾诉求中，将词中女主人内心的幽怨、痛苦表现得淋漓尽致。

青玉案

宋・黄公度（1109—1156）

邻鸡不管离怀苦，又还是、催人去。回首高城音信阻。霜桥月馆，水村烟市，总是思君处。

裛残别袖燕支雨，谩留得愁千缕。欲倩归鸿分付与，鸿飞不住。倚栏无语，独立长天暮。

| 辑 评 |

［宋］曾丰《知稼翁词集序》："考功所立，不在文字。余于乐章窥之，文字之中，所立寓焉。泉幕之解，非所欲去，而寓意于'邻鸡不管离情'之句。"

赏读

黄公度，字师宪，号知稼翁，莆田（今属福建）人。词人刚登第时，因与主战派赵鼎交往甚密，而遭到秦桧的忌恨。等到词人任满离开泉州幕府时，皇帝召他去都城临安。他深知此去前途渺茫，故作下此词，借离愁别恨抒发心中的积郁。

“邻鸡不管离怀苦，又还是、催人去”两句用直白浅近的语言表达对“邻鸡”的不满，它们才不管离人内心的痛苦，不停地啼叫，催人离去。这两句表面上是怨鸡，实则是用“邻鸡”暗比秦桧，委婉地表达对奸臣小人的怨恨。词人在路上回望泉州城，想到此去音信难通，内心忧伤不已。“霜桥月馆，水村烟市，总是思君处。”中既有对时间的描述，又有对空间的书写，意思是作者不论走到哪里，都无时无刻地思念着泉州以及城中之人。

“裛残别袖燕支雨”写佳人惜别情态。燕支，即胭脂。作者此去不得不与佳人分别，临别时，佳人泪湿衣袖，依依不舍。离别使得两人的心中都留下了千万缕愁丝。高墙人隔，音信难通，作者寄希望于“归鸿”，希望它能帮自己传递消息。然而“归鸿”却像“邻鸡”一样无情，片刻也不停留地高飞而去。满腹愁绪的作者无奈之下只好“倚栏无语，独立长天暮。”在暮霭沉沉中，独倚危楼，默默无语。这两句意境深远，作者的一腔愁怨都寄寓在无言之中。

卜算子·别士季弟之官

宋·黄公度（1109—1156）

薄宦各东西，往事随风雨。先自离歌不忍闻，又何况、春将暮。

愁共落花多，人逐征鸿去。君向潇湘我向秦，后会知何处。

|辑评|

[清] 许昂霄《词综偶评》：“骨肉之别语无一毫妆点。”

赏读

绍兴八年（1138），黄公度举进士第一，其从弟黄童（字士季）亦以同榜及第。兄弟二人同时中进士，本是喜事。但入仕后便身不由己，即将各奔前程，因而又感到心情沮丧难过。临别之际，黄公度写下了这首词，表达了对兄弟的依依不舍之情。

首句便交代了离别的原因，为了位卑势微的小小官位，二人就要各奔东西了。往日欢聚的时光和记忆，都随着风雨消散了。悲哀伤感的离歌已经让人不忍听闻，更何况，离别又恰恰发生在春将归去的暮春时节。伤别再加上伤春，更让人忧伤断肠。

“愁共落花多”紧随上片“春将暮”，春天即将归去，百花凋零，落花自是不少。词人此处将抽象的离愁具体化，用漫天的落花来形容离愁别绪之多，别具一格。而离别的人，也即将随着鸿雁飞向远方。从此以后，“君向潇湘我向秦”，两人天各一方，谁知道再次相见会是何时何地呢？分别在即，词人发出了无奈的叹息。“君向潇湘我向秦”一句引用了唐代诗人郑谷《淮上与友人别》一诗，词人借此句表达二人即将去往不同的地方任职，自然别致。

整首词语言平淡质朴，情感却十分真挚。黄童亦有和章云：“不忍便回头，别泪多于雨。肺腑相看四十秋，奚止朝朝暮暮。何事值花时，又是匆匆去。过了阳关更向西，总是思兄处。”可见二人感情之深厚。

浪淘沙·丹阳浮玉亭席上作

宋·陆游（1125—1210）

绿树暗长亭，几把离樽。阳关常恨不堪闻。何况今朝秋色里，身是行人。

清泪浥罗巾，各自消魂。一江离恨恰平分。安得千寻横铁锁，截断烟津。

|辑 评|

[明]卓人月《古今词统》:“（‘安得’二句）想头愈奇愈新。”

俞陛云《唐五代两宋词选释》:“长亭把酒，自古伤离，身是行人，谁能堪此！下阕言居者、行者，同是江水量愁，铁锁横江，本以断东下之师，今以断愁来之路，句新与情挚兼并，与永叔之‘陌上寻人，倩他燕子’；玉田之‘相一事业．寄与孤鸿’，皆词人幽邃之思。”

赏读

乾道元年(1165)，陆游由镇江通判改任隆兴军通判。友人们在丹阳县的浮玉亭设宴为他饯行。于是，陆游便写下了这首感情深挚的《浪淘沙》。

初秋时节，郊外的树木还是苍绿的。长亭里，几个朋友正举着酒杯为作者践行，“暗”字含蓄地透露出了词人此时抑郁的心情。《阳关曲》最容易引起人的离愁别恨，所以词人总是不忍听它。更何况现在他即将与朋友分离，只身踏上征途。前路茫茫，与自己相伴的只有那清冷的秋色，词人心中的孤寂可想而知。“常恨”二字，表明词人宦海漂泊，又经别离的痛苦。

为离别而伤心落泪，打湿手帕的并非词人一人，还有前来送别的深情的友人。“一江离恨恰平分”，词人将无形的离恨比作有形的江水，并用江水来衡量离恨。而这一江的离愁别恨，送者和行者各占一半，恰好平分。正因为离恨如江水，所以词人才突发奇想，希望能用铁索来截断江水，即截断那无限的离愁别恨。末两句句意新奇、情感深挚。

这首词上片哀怨绵密，下片气魄较为阔大，可以说纤丽与雄慨的风格并存。词中抒写了词人和友人的离愁别恨，却又不止伤离惜别。词人此时沉沦下僚，辗转于通判之职，政治抱负也无法施展。整首词里所表达的悲痛之情除因离别外，或许还与他此时在人生道路上郁郁不得志相关。

南柯子

宋·范成大（1126—1193）

怅望梅花驿，凝情杜若洲。香云低处有高楼，可惜高楼不近木兰舟。

缄素双鱼远，题红片叶秋。欲凭江水寄离愁，江已东流那肯更西流。

｜辑 评｜

俞陛云《唐五代两宋词选释》：“上下阕之后二句，高楼而移傍兰舟，东流而挽使西注，皆事理所必无者，借以为喻，见虚愿之难偿。此与前首之‘两行低雁’二句，虽设想不同，而皆从侧面极力濬发，本意遂显呈于言外矣。”

赏读

范成大，字致能，一字幼元，早年自号此山居士，晚号石湖居士。平江府吴县（今江苏苏州）人。南宋名臣、文学家、诗人。谥号文穆，后世遂称其为“范文穆”。

这首词抒写离愁别绪。上片从男主人公写起，下片则将笔触转向女主人公，上下片两相呼应，互诉离愁。

南朝陆凯《赠范晔诗》云“折梅逢驿使，寄与陇头人。”所以这里“梅花驿”代指来自远方的书信或消息。“杜若洲”则取自《九歌·湘君》中的“采芳洲兮杜若，将以遗兮下女。”一句。男子每天都期待着女子寄来的书信，然而久盼不至，内心充满了惆怅。想要采杜若送给心上人，却无法送达，空有一片深情。“高楼”代指女子居处，“木兰舟”指男子远游所乘之船，此处代指远行的男子。心上人的闺房就在那美丽的云朵之下，她是否也每天都站在高楼之上盼望着“我”的到来呢？只可惜“高楼不近木兰舟”，遥远的距离使得这对有情人无法相见。这一句给人言尽意不尽之感，余味无穷。

下片写女子的离愁。前两句用了“鱼传尺素”和“红叶传情”的典故。但原典故中，书信都顺利地传达到

了对方手中，可惜到了女子这里，却是“缄素双鱼远，题红片叶秋。”书信无法送出。这也正与上片男子“怅望梅花驿”相呼应。一个“远”和一个“秋”字，使得整首词平添了悲剧的意味。由于音信不通，所以女子只能把一腔离愁寄予一江流水，希望江水能将自己的思念之情带给男子。然而“江已东流那肯更西流”，江水也不经过男子所在的地方。至此，女子最后的希望也破灭了，她内心的失望、幽怨可想而知。

整首词虚实相生，以含蓄婉约的手法表达了一对情人之间缠绵悱恻的离愁别恨。

鹧鸪天 代人赋

宋·辛弃疾（1140—1207）

晚日寒鸦一片愁。柳塘新绿却温柔。若教眼底无离恨，不信人间有白头。

肠已断，泪难收。相思重上小红楼。情知已被山遮断，频倚阑干不自由。

|辑评|

［明］李濂《批点稼轩长短句》：“情有所属，非代人赋也。”

［清］王夫之《姜斋诗话》：“以乐景写哀，以哀景写乐，一倍增其哀乐。”

俞陛云《唐五代两宋词选释》：“人生容易白头，大抵怨别伤离所致。故下阕言相思不已，重上楼头，明知江上峰青，已曲终人远，而阑干独倚，极目云天，与东坡‘天一方’之歌，同其寓感。”

赏读

辛弃疾，字幼安，号稼轩，历城（今山东济南）人。1161年，金完颜亮发动侵宋战争，金统治区的人民纷纷起义，辛弃疾加入耿京起义军。次年，耿京被害。辛弃疾俘获凶手后，率大军归宋。他具有非凡的政治才能和军事才能，屡次上书要求南宋政府北伐抗金，结果遭到了南宋统治阶级投降派的排斥和忌恨，为此被罢职闲居20年之久。晚年时曾被短暂起用，但不久又遭贬斥．最后含恨而终。

这首词题曰“代人赋”，是一首代言体的思妇词。词中的抒情主人公并非作者自己，而是一位与爱人分离的妇人。

早春傍晚，夕阳缓缓落下，暮色渐渐降临，寒气也渐渐弥漫开来，天边飞过一群乌鸦，大概是去寻找夜晚的栖息之所吧。女子看着眼前的景色，想到了刚刚分别的爱人，不知他现在行到了何处，今晚可有人家投宿？想到这些，一片愁绪不禁涌上心头。天色渐晚，女子纵然心中十分不舍，也不得不踏上了回家的路。一路上，映入眼帘的是那青青的池塘还有塘边刚刚发芽的柳树，点点新绿垂下，柔枝随风摇曳，让人的心也跟着柔软起来。然而这“温柔”的景色却再也

无人共赏，想到这些，女子心中的愁绪更浓了。这一句以乐景写哀情。这“温柔”的“柳塘新绿”只能增加女子心中的“一片愁”。

“若教眼底无离恨，不信人间有白头”，若是这世间没有那么多的离愁别恨，也就没有那么多因相思而白头之人了吧。然而事实却是主人公刚刚便经历了离别，体会到了离恨，所谓“思君令人老”，这位女子最终也难逃“白头”的命运吧。这两句意在强调“离恨”对人的伤害，同时也表达了一种真挚的愿望:希望“眼底”真的没有“离恨”，“人间”也不再有“白头”。

女子因为思念远走他乡的爱人，总是忍不住泪流满面，柔肠寸断。备受相思煎熬的她再一次登上“小红楼”,希望能够看到爱人远去的身影。一个“重”字，说明她已经多次登楼，突出了女子内心对爱人的思念。虽然她也知道爱人的身影早已被那远处的山峰遮断，可是依然忍不住一遍又一遍地倚着栏杆，眺望远方。“频”字与前面的“重”字相呼应，再一次突显女子对爱人的一片真情。

整首词写女性的相思离恨，情感真挚，哀婉动人。特别是结尾两句，通过女主人公的具体动作将其内心细腻的情感表现得十分生动具体，令人印象深刻。

鹧鸪天·送人

宋·辛弃疾（1140—1207）

唱彻《阳关》泪未干，功名余事且加餐。浮天水送无穷树，带雨云埋一半山。

今古恨，几千般；只应离合是悲欢？江头未是风波恶，别有人间行路难。

|辑 评|

[宋] 刘辰翁《辛稼轩词序》:“英雄感怆，有在长情之外。”

[清] 沈雄《古今词话》:“情以景幽，单情则露；景以情妍，独景则滞。”

[清] 吴衡照《莲子居词话》:“言情之词，必藉景色映托，乃具深宛流美之致。”

赏 读

这首词作于辛弃疾中年时期，此时他已在宦海沉沉浮浮，历经了不少挫折。所以词中既有和朋友分别的伤感，又含有对世路艰难的感慨。

开篇直接点题。《阳关》即《阳关三叠》曲，又叫《渭城曲》。唐代王维作《送元二使安西》："渭城朝雨浥轻尘，客舍青青柳色新。劝君更尽一杯酒，西出阳关无故人。"后人为这首诗配上曲调，成了送别之曲。作者与朋友即将分别，他将《阳关曲》唱了一遍又一遍，依然无法表达自己内心的不舍与伤感，忍不住流下了离别的眼泪。但作者并没有一直沉溺于这种伤感的情绪中，很快便调整心情，对朋友说，功名利禄都是次要的事情，保重身体才最重要。辛弃疾向来胸怀大志，渴望建功立业，收复中原。然而此时他却把"功名"当作"余事"，岂不怪哉？想来是因为朝廷当权派一心想向金求和，不给他施展才华和抱负的机会，作者壮志难酬，才说出"功名余事且加餐"这样的激愤反语。"浮天水送无穷树，带雨云埋一半山"两句寓情于景，写送别时的景象。朋友乘船前行，江边的树木慢慢向后退去，好像是江水在送别无穷无尽的树木。山雨欲来，层层阴云隐没了一半的山峰。上句写

离愁别绪，在离别的人眼中，仿佛江水树木都在依依惜别一样。下句则通过阴云联想到行人的前途，此去路途艰险，让人不禁为其担忧。

接着，词人笔锋一转，说“今古恨，几千般，只应离合是悲欢？”古往今来，使人感到愤恨伤感的事情有几千几万种，难道只有离别使人悲伤，相聚使人欢乐吗？言外之意是“离合”只是个人间的小事，只是“今古恨”的一种而已。而国家的安危、社会的混乱、政治的黑暗、百姓的苦难，远在个人的悲欢离合之上，是更值得人忧心的事。这一句超越个人情感的得失，提升了词的思想境界。最后词人从心底发出呼喊：“江头未是风波恶，别有人间行路难！”江上的风波算不得险恶，人世间的道路才更加艰难凶险。这两句既是对朋友的忠告与提醒，也是词人基于自身经历的人生感悟，寄意深刻。

这首词虽是写送别，但超越了普通送别词中所一味渲染的离愁别绪，境界阔大，主旨深刻。

蝶恋花

清·王国维（1877—1927）

满地霜华浓似雪。人语西风，瘦马嘶残月。一曲阳关浑未彻，车声渐共歌声咽。

换尽天涯芳草色。陌上深深，依旧年时辙。自是浮生无可说，人间第一耽离别。

| 赏读 |

王国维，中国近代的国学大师，与梁启超、陈寅恪和赵元任号称清华国学研究院的“四大导师”。他将西方的美学观念引入古典诗词评论，撰写了诗词评论专著《人间词话》，被学者奉为圭臬。

这首词写作于光绪三十二年（1906）秋，王国维奔赴父丧南归故里期间。整首词充满了悲情离绪。

满地的霜像厚厚的雪一样，离别的人在西风中话别，残瘦的马对着一轮残月嘶鸣。一曲《阳关三叠》还没有唱尽，就匆匆上路，车声辘辘，渐行渐远，也渐渐地与歌声相应和，悲切地呜咽着。严霜，西风，瘦马，残月，是视觉，是空间之广大；阳关，车声，是听觉，是空间之延续。上片，淡淡笔触，却让整个空间充斥着离别愁绪。

天涯的青草已经全部换了颜色，陌上深深的车辙痕迹，却依旧是来时的痕迹。充满活力、青春的青草，换尽了颜色，征途上离别的车辙却依旧清晰可见。一个“换尽”，一个“依旧”，形成强烈对比，应该保留的被换尽，应该被淡化的却依旧，使得上片的离愁不再只是离愁，而是深深的无奈。“自是浮生不可说，人间第一耽离别”，这漂浮无定的人生有什么可说的呢？人世间最让人无法自拔的就是那离别愁绪，唯有独自感叹。

蝶恋花

清·王国维（1877—1927）

阅尽天涯离别苦，不道归来，零落花如许。花底相看无一语，绿窗春与天俱暮。

待把相思灯下诉，一缕新欢，旧恨千千缕。最是人间留不住，朱颜辞镜花辞树。

赏读

关于此词的写作时间，有两说。一说以陈永正笺注本为代表，认为这首词写作于1905年的夏天，此时王国维返回海宁的家，与妻子莫氏团聚。一说认为此词写于1907年夏，此时莫氏病危，王国维匆忙赶回家，不久莫夫人病逝，叶嘉莹《说王国维词五首》中说，此词“写生离之后又面临死别的哀痛”。结合此词的情感基调，第二种说法似乎更为可信。

开篇三句就渲染了一种悲凉的情调：本已览尽人

世间的离别，没想到，回来之后，却仍然看到百花零落如此的情景。好不容易从“耽离别”之中摆脱出来，甚至能以平常心对待了，却因为满地零落的百花，又无法自拔地沦陷进去。在花底相对，却都无一语可说，绿窗里的春与这天一样迟暮了。相看无语，不是不说，也不是无话可说，而是不知如何说，又不知说些什么。时光流逝，年华易老，孱弱的身体更挡不住疾病的摧残，纵使相逢，也是充满了无奈、悔恨、痛苦、哀怨，而一切在这无言之中。

尽管“无一语”，但是还是要说，所以把相思在灯下细细来倾诉。但谁又料得到，一丝新的欢愉，又引起了无穷的旧恨。王国维与莫夫人结婚以来，聚少离多，倘若两人时常相处，必定有许多美好之事，只是分开时无法实现，重逢了时日苦短，此时又是病弱残身，时日无多。离别时，辜负了多少年华；相聚了，又积累了多少无奈。虽说“两情若是久长时，又岂在朝朝暮暮”，但如今孱弱病身，时日无多，纵使情长，没有了生命，还有什么值得欢喜？所以，这人世间呀，最是留不住的，是“朱颜辞镜花辞树”，是挡不住的时光流逝，是一去不复返的青春，更是时间对生命的摧残与吞噬，而作为至亲之人的王国维，只能清醒地看着这一切，无奈又无助。

人之重逢，是喜悦的，而在王国维这里，却是悲苦的。

图书在版编目（CIP）数据

小磨诗坊. 离别 / 王兆鹏丛书主编；王文本册主编
. -- 武汉：崇文书局, 2019.1（2021.8重印）
ISBN 978-7-5403-5106-9

Ⅰ. ①小… Ⅱ. ①王… ②王… Ⅲ. ①古典诗歌—诗集—中国 Ⅳ. ①I222

中国版本图书馆CIP数据核字(2018)第161257号

小磨诗坊·离别

责任编辑 程可嘉
装帧设计 黄 彦 杨 艳
出版发行 长江出版传媒 | 崇 文 书 局
业务电话 027-87293001
印　　刷 湖北画中画印刷有限公司
版　　次 2019年1月第1版
印　　次 2021年8月第2次印刷
开　　本 787×1092　1/32
印　　张 7.5
定　　价 39.00元

本书如有印装质量问题，可向承印厂调换